suhrkamp taschenbuch 3774

Der junge Lord Holbeton hat ein Problem: er kann seine Angebetete, die mittellose Sally, nicht heiraten, weil sein Vermögen vom alten Duff treuhänderisch verwaltet wird und der seiner Wahl niemals zustimmen wird. Mr. Duff hingegen, ein Schinkenhändler in London, trauert noch immer seiner alten Flamme Mrs. Chavender nach, bei der Holbeton zu Besuch ist. Joss Weatherby, Werbegraphiker in Duffs Schinkenimperium, wiederum bewirbt sich auf die Stelle eines Butlers bei Mr. Steptoe, Mrs. Chavenders Schwager, um Holbetons Verlobter Sally nahe zu sein. Und alle müssen sie seltsame Hürden überwinden, um am Ende zusammenzukommen.

P. G. Wodehouse, geboren 1881 in Guildford, Surrey, starb 1975 in Long Island, NY. 1902 veröffentlichte er seinen ersten Roman, 95 weitere folgten. Er hat »nicht ein einziges Buch geschrieben, das kein Vergnügen bereiten würde«. (*Philipp Blom, Neue Zürcher Zeitung*)

Jetzt oder nie!
P. G. Wodehouse
im suhrkamp taschenbuch

»Mit Wodehouse steht man immer auf der richtigen Seite. Bei ihm siegt Jung gegen Alt, Neffen und Nichten lehnen sich gegen dominante Onkel und Tanten auf, Liebende kriegen sich am Ende doch, Erbschleicher gehen leer aus, die Obrigkeit macht sich lächerlich, Gefangene entwischen. Die Aristokraten sind ignorant, die Verwandten furchteinflößend, die Dienstmädchen gewitzt, die Butler umfassend gebildet, die Schriftsteller ausgekocht, die Mädchen hübsch und die Burschen heiratswillige Hornochsen. Dazu scheint die Sonne und alle trinken einen über den Durst. Eine perfekte Welt.«

Felicitas von Lovenberg, Frankfurter Allgemeine Zeitung

»Wodehouse nicht zu mögen ist kein Vergehen, nur ein Unglück.« *Fritz Senn*

»Ein Wodehouse ist wie ein Steckenpferd: Wer es reitet, kommt nur schwer davon los, und wer es nie geritten hat, weiß nichts von den Wonnen, auf die er verzichtet.« *Volker Breidecker, Süddeutsche Zeitung*

»All jenen, die in der Welt mehr Konfrontation als Komik sehen, sei dringend empfohlen, neben dem morgendlichen Müsli eine Seite Wodehouse zu lesen – eine Therapie, die in unzähligen Fällen Wunder gewirkt hat.«

Philipp Blom, Neue Zürcher Zeitung

Das Arkadien, das Wodehouse in über neunzig Büchern schuf, ist nicht etwa Produkt eines kindlichen Geistes, sondern kostbares Gebilde einer Wunderwaffe, seiner Prosa. Das Phänomen kann nur verstehen, wer diese Sprache – oder die kongenialen Übersetzungen von Thomas Schlachter – liest: Sie erzeugt eine Komplizenschaft zwischen Buch und Leser, festgeklopft von Lachsalven.«

Felicitas von Lovenberg, Frankfurter Allgemeine Zeitung

»Der Wodehouse-Effekt ... Bekehrungsversuche von Wodehouse-Fans an Wodehouse-Ungläubigen erweisen sich in der Regel als erfolglos. Es scheint sich hier um einen Defekt zu handeln, für den trotz der Entschlüsselung des menschlichen Genoms noch keine Heilung in Aussicht steht.«

Wolf Lepenies, Süddeutsche Zeitung

»Er gilt als Urvater der britischen Komik und war in Deutschland schon nahezu vergessen. Doch jetzt wird alles gut.« *Sebastian Domsch, Merkur*

Dem Übersetzer Thomas Schlachter ist es gelungen, den Witz und Stil dieser Bücher ins Deutsche zu transferieren, ohne jemals das typische Idiom plump zu germanisieren. So kann dieser Dichter nun nicht nur bei brennendem Plumpudding, sondern auch in Gegenwart einer krossen Gans weihnachtliche Freude und literarische Kurzweil stiften.«

Johannes Plate, Rheinischer Merkur

»Übersetzer Thomas Schlachter leistet dem erzbritischen Humor-Klassiker kongeniale Dienste.« *Der Spiegel*

»Besser kann man seine Zeit kaum verschwenden.«

Ralf Stiftel, Westfälischer Anzeiger

»Lizenz zum Kichern.« *Johannes Saltzwedel, Der Spiegel*

P.G.Wodehouse
Jetzt oder nie!

Roman

Mit einem Nachwort von
Evelyn Waugh
Aus dem Englischen von
Thomas Schlachter

Suhrkamp

Titel der Originalausgabe:
Quick Service

Umschlagillustration: David Hitch

suhrkamp taschenbuch 3774
Erste Auflage 2006

Druck: Ebner & Spiegel, Ulm
Umschlag: Göllner, Michels, Zegarzewski
Printed in Germany
ISBN 3-518-44774-8

1 2 3 4 5 6 – 11 10 09 08 07 06

Jetzt oder nie!

1. Kapitel

Trotz des kräftigen Kaffeedufts, der dem gertenschlanken jungen Mann mit dem butterfarbenen Haar und dem ziemlich markanten Adamsapfel beim Öffnen der Tür entgegenwehte, betrat dieser mit abgespannter Miene und stumpfem Blick das Frühstückszimmer von Claines Hall, jenem Herrenhaus im Tudorstil, das die aus Los Angeles stammende Mrs. Howard Steptoe erst kürzlich in der Grafschaft Sussex erworben hatte. Wohl schätzte er Kaffee wie selten jemand und würde auch jetzt seine zwei Tassen anstandslos hinunterkippen. Trotzdem gab es nichts daran zu deuteln, daß er sich am Vorabend mit einem bettelarmen Mädchen verlobt hatte und an diesem Morgen seinem Treuhänder in London die Kunde schonend beibringen mußte. Selbst unter günstigsten Umständen begegnete er seinem Treuhänder nur schweren Herzens. Und sah er sich, wie eben jetzt, gezwungen, jene Schnappschildkröte in Menschengestalt aufzustören und zu reizen, bedauerte er doch, daß sein verstorbener Vater die Geldgeschäfte nicht in die Hand eines halbwegs umgänglichen Geschöpfes wie Jack the Ripper gelegt hatte.

Das Frühstückszimmer war hell und freundlich, und durch die Verandatür fiel die Morgensonne. An einer Wand hing ein alter flämischer Gobelin, auf dem Bauersleute fröhlich praßten, an einer anderen ein alter flämischer Gobelin, auf dem Bauersleute dem lieben Gott die Zeit stahlen. Silberplatten, von kleinen Flammen erwärmt, lächelten von der Anrichte herüber, und neben diesen fiel das Auge des Betrachters auf einen mächtigen Schinken, der noch mit keinem Messer in Berührung gekommen war. Über dem Kamin befand sich das eindrucksvolle Porträt einer majestätischen Dame Anfang vierzig, die stolz aus dem Rahmen starrte, als sei ihr Auge in unmittelbarer Nähe auf etwas gefallen, das sie gleichzeitig erstaunte und empörte. Das Werk stammte von einem jungen Künstler namens Jocelyn Weatherby, und bei der Porträtierten handelte es sich um Mrs. Chavender, die Witwe von Mrs. Steptoes Bruder Otis.

Mrs. Steptoe selbst, eine drahtige kleine Person mit stechenden blauen Augen, saß oben am Tisch und erläuterte Sally Fairmile gerade deren Tagesaufgaben. Sally war eine arme Verwandte, und als solcher fehlte es ihr nie an Beschäftigung. Wenn Mrs. Steptoe die verwaisten Töchter entfernter Verwandter schon mit einem Dach über dem Kopf versorgte, war es ihr recht, wenn sie sich Kost und Logis verdienten.

»Guten Morgen, Lord Holbeton«, sagte sie gedankenverloren.

»Guten Morgen«, sagte auch Sally und schenkte ihm ein flüchtiges Lächeln. Sie sah ihn zum erstenmal, seit sie sich am Vorabend verlobt hatten.

»Oh, guten Morgen, guten Morgen«, erwiderte Lord Holbeton. »Guten Morgen«, fügte er der Deutlichkeit halber hinzu und ging zur Anrichte hinüber, wo er moralische Stärkung zu finden hoffte.

»Mir ist nicht ganz klar«, fuhr Mrs. Steptoe fort, als ihr Gast Platz nahm, nachdem er sich griesgrämig eine Portion Rührei auf den Teller geladen hatte, »wohin wir heute alle verfrachten sollen. Ich spreche von den Wagen. Sie sagten doch, Sie wollten nach London fahren, nicht wahr?«

Lord Holbeton zuckte zusammen.

»Jawohl«, antwortete er mit zitternder Stimme. »Muß da wen in einer bestimmten Sache aufsuchen.«

»Und Beatrice sollte nach Brighton, um die Preise zu überreichen. Bestimmt hätte sie gern den Rolls. Der Packard befindet sich gerade in Reparatur. Dann müssen Sie eben mit dem Zweisitzer vorliebnehmen. Er klappert zwar ein bißchen, aber wenigstens läuft er. Sally kann Sie hinfahren. Sie muß ohnehin in die Stadt, um für Howard einen neuen Kammerdiener aufzutreiben.«

Wiewohl er wußte, daß seine Gastgeberin das nötige Pulver in rauhen Mengen besaß und ihrem Gemahl nichts abschlug, war Lord Holbeton doch verblüfft. Er fühlte sich an jenen beinahe zügellosen Luxus erinnert, der regelmäßig zu Französischen Revolutionen oder zum Verfall und Untergang Römischer Reiche führt.

»Wie viele hat er denn?« erkundigte er sich verdutzt.

»Immer nur einen aufs Mal«, antwortete Sally. »Aber irgendwie bringt er sie alle durch.«

»Sie tun sich schwer mit seinen Manieren«, erläuterte Mrs. Steptoe.

Lord Holbeton konnte es den braven Burschen nicht verdenken, denn auch er tat sich schwer mit Mr. Steptoes Manieren. Zu Beginn seines Aufenthalts in Claines Hall war eine Art formlose Übereinkunft getroffen worden, wonach er sich seines Gastgebers annehmen und ihm ein Quentchen höchst erstrebenswerten Schliffs verpassen sollte. Doch derart unwirsch hatte jener auf seine Fürsorge reagiert, daß Lord Holbeton schon bald von seiner missionarischen Tätigkeit abließ. Mr. Steptoe hatte nämlich, kaum versuchte man seinen Gang dorthin zu lenken, wo Geschmack und Niveau zu Hause sind, eine Art, die Augen zusammenzukneifen und aus dem Mundwinkel »Scheibenkleister!« zu knurren, daß wohl selbst ein Freiherr von Knigge verzagt wäre.

»Als dieser letzte Bursche kündigte«, sagte Mrs. Steptoe, die grimmig im Kaffee rührte und eine gewisse Ähnlichkeit mit einer Klapperschlange hatte, sofern man sich eine Klapperschlange beim Kaffeerühren vorstellen kann, »glaubte Howard bereits, den Feind endgültig in die Flucht geschlagen zu haben. Aber das sind nichts als fromme Wünsche. Solange in England noch ein einziger Kammerdiener übrig ist, bekommt ihn Howard. Ich habe Sally gebeten, diesmal einen von der stahlharten Sorte zu engagieren, der keinen Spaß versteht. Und wenn mir in diesem Leben sonst nichts mehr gelingen sollte, *ihn* bringe ich schon noch auf Vordermann!«

Während sie sprach, kam Mr. Steptoe herein, ein Koloß von einem Mann mit breitgeschlagener Nase und zwei Ohren, die den Henkeln einer alten griechischen Vase glichen. Eigentlich war er bereits früher hier gewesen, doch Mrs. Steptoe hatte ihn noch einmal hinaufgeschickt, damit er sich einen Kragen umlege. Seine mürrische Miene drückte unmißverständlich aus, daß ihn solche Behandlung nicht bloß im Genick, sondern auch im Gemüt piesackte. Mit einem finsteren und abschätzigen Blick zu Lord Holbeton, welchen er als Tranfunzel reinsten Wassers betrachtete und zudem im Verdacht hatte, seiner Gattin derlei Flöhe ins Ohr zu setzen, schritt er zur Anrichte und schaufelte sich großzügig Fisch auf den Teller.

Das einzige noch abwesende Mitglied der Gesellschaft war Mrs. Chavender, die porträtierte Dame. Sie trat kurze Zeit später ein und sah aus wie die Tragödin Sarah Siddons in einer ihrer fürstlicheren Rollen. Sie hätte ein würdiges Sujet für den Pinsel von Sir Peter Lely oder Sir Joshua Reynolds abgegeben, und in der Tat hätten sowohl Sir Joshua wie Sir Peter vermutlich ein noch treffenderes Abbild zustande gebracht, als es Joss Weatherby gelungen war – was Joss auch als erster eingeräumt hätte, war ihm doch jeder Künstlerneid fremd.

Als sie nun würdevoll ins Zimmer rauschte, fand sie beim Publikum glänzende Aufnahme.

»Guten Morgen, Beatrice«, sagte Mrs. Steptoe strahlend.

»Guten Morgen, Mrs. Chavender«, sagte Sally.

»Oh, servus, servus«, sagte Lord Holbeton.

Mr. Steptoe sagte nichts. Er hatte der neu Hinzugekommenen bloß einen Blick zugeworfen. Mehr durfte man von ihm nicht erwarten. Sein schlichtes Herz war bei den Mahlzeiten einzig und allein darauf bedacht, tüchtig reinzuhauen. Seine behaarte Hand streckte sich gerade nach der Butter, und er begann die nächste Toastscheibe zu schmieren.

Lord Holbeton war hastig aufgesprungen, was Mr. Steptoe auch in tausend Jahren nicht in den Sinn gekommen wäre, und ging, ganz Gentleman, zur Anrichte hinüber. Genau diese tadellosen Manieren im Verein mit dem zierlichen guten Aussehen und der Gewohnheit, sich nach dem Abendessen ans Klavier zu setzen und mit sanfter, bebender Tenorstimme Lieder wie *Trees* zum besten zu geben, waren Sally Fairmile als erstes positiv aufgefallen.

»Was darf ich Ihnen bringen, Mrs. Chavender? Eier? Fisch? Schinken?«

Ein schicksalsträchtiger Augenblick. Von der Antwort dieser Frau hing nicht nur das Los sämtlicher Anwesender ab, sondern auch jenes von J.B. Duff, Generaldirektor der Firma Duff & Trotter, Londons führendem Feinkostgeschäft; von Joss Weatherby, dem Künstler; von Chibnall, Mrs. Steptoes Butler; und schließlich auch jenes von Chibnalls Verlobter Vera Pym, dem Schankmädchen aus dem Rose & Crown im Nachbarstädtchen Loose Chippings.

Wenn sie »Eier« gesagt hätte, wäre nichts passiert. Hätte sie mit »Fisch« geantwortet, wäre diese kleine Welt nicht in ihren Grundfesten erschüttert worden.

»Schinken«, sagte Mrs. Chavender.

Lord Holbeton tranchierte den Schinken mit der geschliffenen Eleganz, die seinem ganzen Tun eignete, und nun breitete sich Stille aus, die nur von einem krachenden und an einen Waldbrand erinnernden Geräusch zerrissen wurde, als Mr. Steptoe die Zähne in seinen Toast schlug. Dieser mit den Kieferknochen eines Gorillas gesegnete Mann vermochte selbst aus Kartoffelpüree einen beträchtlichen Lärmpegel herauszulocken, doch zu wahrer Meisterschaft lief er erst auf, wenn er Toast verspeiste.

Die Konversation wurde schließlich von Mrs. Chavender wie-

der in Gang gebracht. Sie hatte Messer und Gabel sinken lassen und starrte mit geradezu majestätischem Ekel auf den Teller, so als inspiziere Mrs. Siddons eine Raupe in ihrem Salat.
»Dieser Schinken«, sprach sie, »ist ungenießbar.«
Mrs. Steptoe blickte in jäher Besorgnis auf. Wiewohl selbst in beachtlichem Wohlstand lebend, hatten die Anwandlungen dieser noch betuchteren Schwägerin für sie größtes Gewicht, und sie erschauerte furchtsam vor ihrem finsteren Blick. Mrs. Chavender hatte dem Vernehmen nach ein schwaches Herz, und Mrs. Steptoe war ihre einzige Verwandte.
»Ist etwas nicht in Ordnung mit ihm, Beatrice?«
»In Anbetracht dessen, daß ich ihn gerade als ungenießbar bezeichnet habe, darfst du ruhig glauben, daß er nicht über jeden Zweifel erhaben ist.«
»Sally, du hast ihn gekauft«, sagte Mrs. Steptoe vorwurfsvoll.
Sally sah sich außerstande, diese Anschuldigung zu bestreiten.
»Ich dachte, er sei bestimmt gut«, brachte sie zu ihrer Verteidigung vor. »Er stammt von Londons untadeligsten Leuten.«
»Ihre Moral«, entgegnete Mrs. Chavender, »steht hier nicht zur Debatte. Vielleicht sind es, wie du behauptest, tatsächlich Londons untadeligste Leute, obwohl das nicht viel zu bedeuten hat. Mir geht es einzig darum, daß sie minderwertigen Schinken feilbieten. Und glaub mir, von Schinken verstehe ich was. Bevor ich meinen verstorbenen Gatten heiratete, war ich mit einem Schinkenkönig verlobt – obwohl man ihn in dieser Phase seiner Laufbahn wohl eher als Schinkenprinzen bezeichnet hätte –, und dieser redete von früh bis spät über nichts anderes. Ich kenne die Materie aus dem Effeff. Und jetzt gehe ich bei diesen Gaunern vorbei und beschwere mich in aller Form. Wie heißen die Hundsbeutel denn?«
»Duff & Trotter«, antwortete Sally. »Die sollen doch auf dem Gebiet der Frühstücksgastronomie die allererste Adresse sein. Ein bißchen überrascht es mich schon, daß man die Unerfahrenheit einer jungen Frau dort offenbar schamlos ausgenützt hat.«

Als jener Name fiel, schrie Lord Holbeton laut auf. Er saß mit starrem Blick da, derweil das Rührei an seinen reglosen Lippen hängenblieb.

»Duff & Trotter?« sagte er zitternd.

»Duff & Trotter?« sagte auch Mrs. Chavender. Sally hatte den Eindruck, daß in ihren schönen Augen der Überschwang des Triumphs lag. Sie wirkte wie eine römische Matrone im Circus Maximus, die zum eigenen Erstaunen auf den siegreichen Streitwagen gesetzt hat. »Mein Kind, du willst mir doch nicht sagen, daß es sich bei diesem abscheulichen Klumpen um einen von Jimmy Duffs Premium-Schinken handelt?«

»Doch, genau so heißen sie.«

Mrs. Chavender holte tief Luft.

»Zu schön, um wahr zu sein«, sagte sie. »Ich wußte nicht, daß es außer in moralischen Kindergeschichten eine ausgleichende Gerechtigkeit gibt. Jimmy Duff ist genau der, von dem ich erzählte, Mabel – der Mann, der mit Schinken handelte und über nichts anderes redete. Die tödliche Langeweile, mit der er mich strafte, spottet jeder Beschreibung. Jimmy Duff! James Buchanan Duff, meiner Seel'! Sieh mal einer an! Seit fünfzehn Jahren habe ich Jimmy nicht mehr gesehen, und wenn ich ihm erst den Kopf gewaschen habe, wird er sich wünschen, daß es auch in den nächsten dreißig zu keinem Treffen mehr kommt.«

»Wie meinst du das?«

»Ich gedenke ihm heute morgen einen Besuch abzustatten und klipp und klar zu sagen, was eine anständige Dame von seinen greulichen Schinken hält.«

»Aber du fährst doch nach Brighton?«

»Ich mache unterwegs einen kleinen Abstecher zu Jimmy.«

»Würdest du ihm nicht besser schreiben?«

»Schreiben? Du scheinst nicht zu verstehen, worum es hier geht. Vor fünfzehn Jahren, als ich Jimmy Duff kennenlernte und seiner aalglatten Art auf den Leim kroch, war ich ein junges, idealistisches Mädchen und hatte nichts als romantische Schwärmereien im Kopf. Diesen romantischen Schwärmereien machte er mit seinen widerwärtigen Schinken ein für allemal den Garaus. Oft ging er mit mir im Mondschein spazieren und erklärte lang und breit, woher die Dinger ihr nußartiges Aroma hätten. Er wartete, bis die Musikkapelle *Träumerei* spielte, und setzte mir dann die Feinheiten des Einpökelns auseinander. Und jetzt, wo ich nach all den bitteren Jahren die Gelegenheit habe, mich an ihm schadlos zu halten, sagst du mir, ich solle schreiben. Schreiben, soweit kommt's noch! Ich spreche in seinem Büro vor, blicke ihm in die Augen und sehe zu, wie er sich vor mir in den Staub wirft. Läute nach Chibnall.«

Der Butler trat ein. Ein agiler, athletischer junger Butler der neuen Schule. Würdevoll und doch sehnig.

»Chibnall, packen Sie mir bitte ein halbes Dutzend Scheiben dieses Schinkens in eine Pappschachtel und legen Sie sie in den Wagen. Und ich benötige den Wagen wohl schon etwas früher, wenn ich auf der Fahrt nach Brighton noch den Umweg über London machen soll.«

»Sag Purkis Bescheid, Sally«, meinte Mrs. Steptoe resigniert.

Sally erhob sich artig. Erst als sie bereits den halben Weg zur Garage hinter sich hatte, wies ein blökendes Geräusch in ihrem Rücken sie darauf hin, daß ihr Verlobter ihr gefolgt war.

»Sag mal, Sally!«

»Ach, grüß dich, George«, erwiderte sie und schnellte flink wie ein aufgeschrecktes Kätzchen herum. Sie verspürte ein gewisses Unbehagen. Seit der gefühlsbetonten Szene am Vorabend hatten sich die beiden nicht mehr unter vier Augen gesprochen, und Sally erkannte nun, daß es bestimmt nicht ganz einfach wäre, den richtigen Ton zu treffen.

Diese Sorge hätte sie sich nicht zu machen brauchen. Lord Holbeton war viel zu aufgewühlt, um die Richtigkeit von Tönen beurteilen zu können. Sein Blick war verstört, der Mund stand ihm offen, und der Adamsapfel hüpfte herum wie ein Lämmlein im Lenz.

»Sag mal, Sally, das ist ja ganz grauenhaft!«

»Was denn?«

»Die Sache mit der Chavender und dem Schinken.«

»Ich fand's ziemlich lustig.«

»Lustig? Ha!« versetzte Lord Holbeton und führte einen grimmigen Tanz auf. »Du wirst es nicht mehr so furchtbar lustig finden, wenn du erst einmal den Sachverhalt kennst.« Er hielt kurz inne, um seiner Gefühle Herr zu werden. Der Tatbestand, den er nun gleich umreißen würde, hatte ihm das Leben schon oft zur Qual gemacht. »Ich habe es gestern abend nicht erwähnt, aber mein alter Herr hat mir auf dem Sterbebett ein hübsches Sümmchen vermacht.«

Sally war perplex. Obwohl sie kein geldgieriges Mädchen war, konnte sie, die schon lange ein kärgliches Dasein als arme Verwandte der Steptoes fristete, darin nichts Betrübliches erkennen.

»Aber ist das nicht wunderbar? Ich liebe den Zaster!«

»Durchaus, doch die Sache hat einen Haken. Er überließ das Geld einem Treuhänder, weil er sich in den Kopf gesetzt hatte, daß ich nicht wisse, wie man mit einem hübschen Sümmchen umgeht …«

»Was ihn nur auf die Idee gebracht hat?«

In Wahrheit hatte sich der erste Baron diese ungünstige Meinung über seinen einst heißgeliebten Sohn gebildet, als es in Oxford zu jenem unseligen Bruch eines Eheversprechens gekommen war, doch Lord Holbeton hielt es für unpassend, gerade jetzt davon zu reden.

»Oh, ich weiß nicht. Alte Herren haben manchmal solche Mucken. Jedenfalls wird der Zaster nun für mich verwaltet. Ich bekomme keinen Fünfpfundschein zwischen die Finger, wenn ich meinem Treuhänder nicht einen guten und plausiblen Grund nennen kann. Und willst du wissen, wer dieser vermaledeite Treuhänder ist? Der alte Duff. Jener Bursche also, dem diese Frau gleich ihre Schinkenscheiben vor den Latz knallen wird.«

»Aber wie kommt es denn zu dieser Verbindung zwischen euch beiden?«

»Mein alter Herr war sein Kompagnon. Eigentlich hieß er Trotter, bevor ihm der Adelstitel zufiel. Er hielt stets große Stücke auf den alten Duff und ernannte ihn deshalb zu meinem Treuhänder. Und nun wollte ich es heute vormittag mit ihm aufnehmen und von uns beiden erzählen und wenn immer möglich auch etwas Bargeld aus ihm rausholen. Und jetzt so was!«

»Ich weiß, was du meinst«, sagte Sally nachdenklich. »Du glaubst, er wird nach Mrs. Chavenders Besuch nicht gerade schmelzen vor Freude?«

»Na, hältst du das für wahrscheinlich?«

»Eher nicht.«

»Wenn sich«, sagte Lord Holbeton, »das alte Aas bisher so hartnäckig geweigert hat, die Piepen auszuspucken, wird er dann in einem Augenblick blechen, in dem seine Seele noch blutet vom Hohn und Spott dieses fürchterlichen Frauenzimmers? Er liebt die Schinken, als wären es seine Söhne. Wie nennt man diese kleinen Pferde noch mal?«

»Ponys?«

»Nein, nein, die aus Holz.«

»Steckenpferde?«

»Genau. Die Premium-Schinken sind Duffs Steckenpferd. Darauf hat er sein Geschäft aufgebaut, und alles andere bedeutet ihm nichts. Da wird es ihm gerade einfallen, der Stimme der Vernunft zu folgen, nachdem er Mrs. Chavender gesehen hat.«

In solchen Momenten obliegt es der Frau, mit Aufmunterung und Zuspruch zur Stelle zu sein.

»Ach, du wirst ihn schon herumkriegen«, meinte Sally hoffnungsvoll.

»Meinst du?«

»Ja.«

»Ich nicht«, erwiderte Lord Holbeton. »Und ich kann dir auch sagen, warum. Weil ich einen Bogen von mindestens fünfzig Meilen um ihn machen werde.«

»Oh, George!«

»Und es hat auch keinen Zweck, ›Oh, George!‹ zu sagen«, fuhr Lord Holbeton fort. »Da kann ich ja gleich mit einem verwundeten Puma ein Plauderstündchen halten.«

»Aber er ist doch gar nicht so schrecklich.«

»Du hast ihn noch nie gesehen.«

»Ich habe sein Bild gesehen. Beim Kauf jedes Premium-Schinkens bekommt man auf der Verpackung eins dazu. Auf mich hat er wie ein alter Schmusekater gewirkt.«

Lord Holbeton kniff die Augen zusammen.

»Wie ein Schmusekater?«

»Jawohl.«

»Ein *Schmusekater?*« fragte Lord Holbeton, der immer noch glaubte, sich verhört zu haben. »Und was ist mit den Augenbrauen?«

»Ziemlich fesch. Die haben es mir angetan.«

Lord Holbeton beschloß, dieser fruchtlosen Diskussion ein Ende zu setzen. Beim Thema J. Buchanan Duff tat sich offenbar zwischen diesem Mädchen und ihm ein tiefer Graben auf, der sich wohl nie würde überbrücken lassen.

»Na schön, wenn du schon so denkst«, sagte er, »warum gehst dann nicht *du* hin und nimmst es mit ihm auf?«

»Also gut«, erwiderte Sally. »Wird erledigt.«

Lord Holbeton starrte ungläubig. Seine Frage war rein rhetorisch gemeint gewesen, und Sallys ernstliche Zustimmung verblüffte ihn. Einen Moment lang packte ihn Reue. Sally wirkte so jung und viel zu zerbrechlich, um einem Menschen die Stirn bieten zu können, der selbst an einem guten Vormittag wie ein Geschöpf aus der Apokalypse des Johannes aussah.

Doch dann ging ihm auf, welcher Ärger ihm dadurch erspart bliebe. Wenn schon jemand in einem Faß die Niagarafälle hinuntergehen mußte, war es doch sehr viel angenehmer, nicht selbst der Betreffende zu sein.

»Das meinst du aber nicht im Ernst?«

»Doch.«

»Gehst du tatsächlich hin?«

»Na klar. Was ist schon dabei?«

»Mach dich auf diese Augenbrauen gefaßt.«

»Auf die freue ich mich schon.«

»Vielleicht triffst du ja noch vor Mrs. Chavender bei ihm ein.«

»Wohl kaum, wenn sie den Rolls nimmt und ich den Zweisitzer.«

»Ja, das ist wahr. Dann können wir also nur das Beste hoffen.«

»Das müssen wir.«

»Und all das«, meinte Lord Holbeton, »wäre zu vermeiden gewesen, wenn die Frau ein Rührei genommen hätte. Aber so ist das Leben nun mal.«

»So ist das Leben«, pflichtete ihm Sally bei.

2. Kapitel

Der Geschäftssitz von Duff & Trotter, jener irdischen Wohltäter, bei deren bloßer Erwähnung jeder vernunftbegabte Bürger Londons ehrfürchtig den Hut zieht, liegt auf einem umfriedeten Grundstück in der Nähe der Regent Street. Der Kunde tritt durch eine Drehtür und findet sich in einer Art Dom wieder, in dem jene Waren präsentiert werden, die die Firma berühmt gemacht haben. Hier gibt es Pasteten; da Obst; und dort drüben Suppen und Kolonialwaren; und weiter vorne Orangenmarmelade, Konfitüre, Kaviar und eingemachtes

Fleisch. Dem Premium-Schinken bleibt in seiner Eigenschaft als Steckenpferd des Generaldirektors ein gesonderter Schrein vorbehalten.

Da bei Duff & Trotter die Geschäfte zumeist auf telefonischem Wege getätigt werden, erlebt man hier nirgends das Gedränge und Geschubse bescheidenerer Etablissements. Bloß eine Handvoll Herzoginnen, denen gewiß das Wasser im Mund zusammenlief, sowie ein paar Grafen, die sich die Lippen leckten, waren an diesem Vormittag um elf Uhr zugegen, als Joss Weatherby eintrat und sich durch die Delikatessenhaine schlängelte.

Joss Weatherby zeichnete die Plakate für den Premium-Schinken; er war ein ranker, heiterer und schlaksiger junger Mann, der sich in seinem Amt, das einen Menschen von weniger überschäumendem Temperament leicht hätte vergrämen können, sehr tapfer schlug. Dies war wohl darauf zurückzuführen, daß er gut aß, gut schlief und sich einer exzellenten Verdauung erfreute – was ihn von seinem Brotherrn unterschied, dem der Magendarmkanal allerlei Ungemach bereitete.

Sein Weg zu Mr. Duffs Chefbüro im zweiten Stock führte an der Obst- und Gemüseabteilung vorbei, und obwohl ihn die große Mappe unter dem Arm behinderte, konnte er sich doch mit der freien Hand im Vorbeiflitzen eine Weintraube und einen Zimtapfel schnappen. Das Einverleiben der letzten Traube fiel exakt mit seinem Eintreffen im Vorzimmerchen zusammen, in welchem sich Mr. Duffs Sekretärin, Miss Daphne Hesseltyne, aufhielt.

»Guten Morgen, Schnuckiputzi«, sagte er galant.

»Guten Abend«, versetzte die vor Schlagfertigkeit sprühende Miss Hesseltyne. »Wirklich allerhand, daß Sie erst jetzt eintrudeln! Sie hätten schon um zehn hier sein sollen.«

»Leider habe ich heute morgen verschlafen. Ein Mann führte mich gestern abend in eines dieser karitativen Kasinos. Bestimmt freut es Sie, zu hören, daß ich beim Knobeln tüchtig abgesahnt habe. Zimtapfel gefällig? Auf Kosten des Hauses. Die Obst- und Gemüseabteilung hat etwas von ihrem Überfluß abgegeben.«

»Haben Sie schon wieder Obst geklaut? Erinnern Sie sich nicht mehr, wie Mr. Duff Ihnen das letzte Mal die Leviten gelesen hat.«

»Aber diesmal habe ich mich nicht erwischen lassen. Meine Finger haben bloß schnell gezuckt.«

»Gehen Sie jetzt besser rein. Er erwartet Sie. Und ich kann Ihnen jetzt schon sagen, daß er vor Wut kocht. Er hat wieder einmal seine Verdauungsbeschwerden.«

»Das arme, elende Wrack. Manchmal habe ich den Eindruck, am besten würde er sich gleich zum alten Eisen werfen und ganz von vorn anfangen. Aber gegen mich wird sich seine Wut bestimmt nicht richten. Nicht gegen den guten alten Weatherby. Habe ich Ihnen je erzählt, wie ich ihn einst in Amerika vor dem Ertrinken rettete? Schauen Sie sich durch das Oberlicht an, wie sein Antlitz erstrahlt, wenn ich vor ihm stehe.«

Doch das Chefzimmer war leer, als Joss eintrat. Erst nachdem er beschwingt mit einem Briefbeschwerer auf den Schreibtisch geklopft und munter »Heraus mit den Toten!« gebrüllt hatte, kam Mr. Duff vom kleinen Balkon vor dem Fenster herein, wo er soeben versucht hatte, seine Dyspepsie mit Hilfe von Atemübungen zu lindern.

»Aha, J.B.«, sagte Joss fidel. »Einen schönen guten Morgen!«

»Ach, da sind Sie also, was?« erwiderte Mr. Duff und zeigte sich wenig geneigt, es seinem Untergebenen an Überschwenglichkeit gleichzutun.

Der Generaldirektor von Duff & Trotter war ein massiger Mann, der nach einer sportlichen Jugend etwas an Gewicht zugelegt hatte. In seiner Collegezeit war er ein ziemlich achtbarer Hammerwerfer gewesen, und es sah ganz danach aus, als wünsche er sich jetzt einen Hammer, um ihn Joss an den Kopf zu werfen. Die Brauen, welche Lord Holbeton so plastisch geschildert hatte, waren zu einem einzigen dicken Strich zusammengezogen, und darunter funkelten feindselige Augen. Sie schienen den ganzen Raum zu erleuchten, und bloß ein junger Mann mit dem Nervenkostüm eines Maulesels, wie Joss es gottlob sein eigen nannte, konnte ihnen ungerührt standhalten.

»Sie sind zu spät!« dröhnte er.

»Eigentlich nicht«, erwiderte Joss.

»Was zum Teufel meinen Sie mit ›eigentlich nicht‹?«

»Ein Mann wie ich scheint immer später dran zu sein, als er es in Wahrheit ist. Das rührt daher, daß seine Gegenwart so sehnlich herbeigewünscht wird. Die Leute verspannen sich, horchen auf seine Schritte, und jede Minute erscheint ihnen wie eine Stunde. Na, J.B., bei Ihnen soll's mal wieder mächtig rumpeln im Gedärm. Zu dumm, wenn's so ist.«

»Sie hätten um zehn hier sein sollen.«

»Wie ich soeben unserer halben Portion Hesseltyne anvertraute, habe ich verschlafen. Ich bin gestern abend in ein Würfelspiel hineingeraten und habe meine Widersacher sozusagen mit dem Flammenschwert hinweggefegt. Sie wären stolz auf mich gewesen.«

»Sie frönen also dem Glücksspiel, wie?«

»Nur alle Jubeljahre einmal. Ich wünschte, Sie würden nicht reden, als ob ich das fleischgewordene organisierte Verbrechen wäre. Aber kommen wir zur Sache. Ich habe meine neuen Plakatentwürfe für Ihren prima Premium-Schinken mitgebracht. Ich bin mir nicht sicher, ob sie was taugen.«

»Tun sie nicht.«

»Sie haben sie ja noch gar nicht gesehen.«

»Brauch' ich auch nicht.«

Joss musterte ihn kühl. Er hatte seinen Chef sehr, sehr gern, neigte jedoch zur Ansicht, daß es für diesen das allerbeste wäre, wenn man ihm ab und zu einen Tritt in die Weichteile versetzte.

»Ich weiß nicht, ob Sie das wissen, J.B., aber bei einem Burschen wie Ihnen werden gleich Hunderte in Verdacht geraten, wenn man Sie einmal tot in Ihrer Bibliothek auffinden sollte, durchbohrt von einem Brieföffner im orientalischen Stil.«

Mr. Duff versteifte sich.

»Ich weiß nicht, ob *Sie* das wissen, junger Mann, aber jedesmal, wenn ich Sie zu Gesicht bekomme, sind Sie noch eine Idee frecher. Dabei waren Sie von Anfang an rotzfrech. Wenn das so weitergeht, feuere ich Sie.«

»Papperlapapp. Ich habe Ihnen doch das Leben gerettet.«

»Ja, und so, wie es mir heute morgen geht, würde ich Sie deswegen am liebsten verklagen. Ja, was ist?«

Die Frage richtete sich an Miss Hesseltyne, die ihren vorgelagerten Posten verlassen hatte.

»Mr. Duff, eine Dame wünscht Sie zu sprechen.«

»Von Schleiern umhüllt und einen wundersamen exotischen Duft verströmend«, sagte Joss. »Ich vermute, die gehen hier ein und aus.«

»Könnten Sie nicht mal eine Sekunde die Klappe halten?« fragte Mr. Duff.

»Doch, doch, wenn es gar nicht anders geht«, entgegnete Joss.

»Wer ist es denn?«

»Eine gewisse Mrs. Chavender.«

»Was!?«

Es machte beinahe den Anschein, als hätte Miss Hesseltyne ihren Herrn und Gebieter mit dem Schlachtbeil getroffen. Auf seinen Absätzen taumelte er rückwärts, wobei er vollkommen aus dem Leim zu gehen schien.

Joss runzelte nachdenklich die Stirn.

»Chavender? Chavender? Ich kenne eine Mrs. Chavender. Ob es sich wohl um dieselbe handelt? Schicken Sie sie sofort hinauf.«

Mr. Duff brüllte wie ein Seelöwe.

»Unterstehen Sie sich! Was fällt Ihnen eigentlich ein, hier in meinem Büro Befehle zu erteilen? Sagen Sie ihr, ich sei nicht da.«

»Jawohl, Sir.«

Joss zeigte sich erstaunt.

»Aber warum so schamhaft, J.B.? Wenn es sich um die mir bekannte Mrs. Chavender handelt, werden Sie sie mögen. Sie ist ein wahres Goldstück. Vor zwei Jahren habe ich sie in Palm Beach porträtiert.«

Miss Hesseltyne kam zurück.

»Ich habe die Dame unten nicht mehr erreichen können, Sir. Sie ist bereits auf dem Weg hierher.«

Mr. Duff hatte begonnen, sämtliche Verhaltensformen eines in die Enge getriebenen wilden Tieres vorzuführen.

»Ich mach' mich aus dem Staub!«

»Sie werden ihr im Flur begegnen«, sagte Joss, und Mr. Duff verharrte mit den Fingern auf der Türklinke. Noch durchschaute Joss das Ganze nicht, doch packte ihn Mitleid.

»Ich kann zwar Ihren Gedanken nicht ganz folgen, J.B., aber wenn Sie sich dieser äußerst charmanten Dame tatsächlich entziehen wollen, dann hüpfen Sie besser hinaus auf den Balkon. Ich schließe hinter Ihnen das Fenster.«

Der Ratschlag erschien Mr. Duff vortrefflich. Flink wie ein Wiesel schoß er hinaus. Kaum war er verschwunden, wurde energisch an die Tür gepocht, woraufhin die Besucherin in das Zimmer preschte. In ihrer rechten Hand schwang sie eine Pappschachtel, als wär's ein Banner.

Mrs. Chavender, die mit Mr. Duff gerechnet hatte und sich statt dessen bloß einem Grünschnabel gegenübersah, schien verblüfft.

»Hallo, wo ist denn Jimmy?«

»Er mußte schnell weg.«

»Und wer sind Sie?«

»Sein bester Freund und schärfster Kritiker. Mein Name ist Weatherby. Ich fürchte, Sie erinnern sich nicht mehr an mich, Mrs. Chavender.«

Mrs. Chavender hatte eine Lorgnette gezückt.

»Donnerwetter! Sie sind doch der Bursche, der mein Porträt gemalt hat.«

»Stimmt. Haben Sie es immer noch?«

»Ich habe es Howard Steptoe geschenkt, dem Mann meiner Schwägerin. Ich wohne bei den beiden. Es hängt im Frühstückszimmer.«

»Bestimmt bekommen die Hausbewohner davon einen mordsmäßigen Kohldampf. Ein Blick darauf, und schon stürzen sie sich wie die Wölfe auf die Spiegeleier mit Speck.«

»Sie sind ja so rotzfrech wie eh und je.«

»Es ist schon seltsam, wie hartnäckig man mich als rotzfrech bezeichnet. Ich würde eher sagen, mir eigne eine leutselige Lebensart. Erst heute morgen beklagte sich Mr. Duff abermals über mein rotzfreches Wesen, das ihm den ganzen Tag zu versauern schien.«

»Arbeiten Sie denn für ihn?«

»Er würde diese Frage verneinen, obwohl ich es mit Bienenfleiß tue. Ich bin Werbegraphiker.«

»Was Sie da erzählen, hört sich an, als sei er ein alter Griesgram geworden. Ist er verheiratet?«

»Nein.«

»Aha, da liegt der Hase also im Pfeffer. Darum hat es ihm die Petersilie verhagelt. Alle Männer sollten heiraten.«

»Nie sprachen Sie ein wahreres Wort.«

»Sind Sie verheiratet?«

»Noch nicht. Ich warte weiterhin auf die Richtige. Aber wenn sie des Weges kommt, heißt es für mich: Jetzt oder nie!«

Mrs. Chavender musterte ihn kritisch.

»Sie sind gar kein unansehnliches Bürschchen.«

»Und das ist ja wohl noch zurückhaltend ausgedrückt, oder?«

»Wie ist denn Jimmy heute so? Er hatte zu meiner Zeit durchaus seine Reize.«

»Ein Hauch des alten Zaubers hat sich erhalten. In schummrigem Licht vermag er auch heute noch zu blenden. Ich zeichne ihn für Sie, einverstanden?«

Die Skizze, die Joss auf das Briefpapier der Firma Duff & Trotter warf, geriet ein bißchen hastig und neigte zur Karikatur, doch Mrs. Chavender billigte sie lauthals.

»Jimmy, wie er leibt und lebt! Aber bei Ihnen wirkt er glücklicher, als er es sein wird, wenn er mich sieht.«

»Wie meinen Sie das?«

»Er wird mit Tränen in den Augen herumtanzen, das können Sie mir glauben. Werfen Sie mal einen Blick da hinein.«

Joss spähte in die Pappschachtel.

»Sieht nach Schinken aus.«

»Ja, seien wir nicht ungerecht. Oberflächlich betrachtet besteht wohl eine gewisse Ähnlichkeit. Dies ist ein Warenmuster von Jimmys Premium-Schinken. Ich bin hier, um mich darüber zu beschweren.«

Joss sah rasch zur Decke hoch. Sie war nicht heruntergekommen, doch viel hatte bestimmt nicht gefehlt.

»Beschweren wollen Sie sich? Über einen Premium-Schinken?«

»Er ist der Schandfleck eines stolzen Gewerbes und eine Zumutung für die arglose Kundschaft. Zu neunzig Prozent besteht er aus schwabbeligem Fett. Und der Rest ist unverkennbar aus rosarotem Gummi.«

»Sie haben doch nicht etwa vor, das J.B. zu sagen? Sie brechen ihm das Herz.«

»Das will ich ja.«

»Gott sei Dank ist er nicht hier.«

»Wie lange wird er denn fortbleiben?«

»Vielleicht jahrelang, vielleicht eine Ewigkeit.«

»Und ich kann nicht warten, Sakrament! Ich muß unbedingt nach Brighton, um in einem Mädcheninternat die Preise zu überreichen. Sie werden meine Vertretung übernehmen müssen. Rufen Sie mich an und teilen Sie mir mit, wie er es aufgenommen hat. Die Rufnummer ist Loose Chippings 803. Und wenn Sie lieber schreiben möchten, lautet die Anschrift Claines Hall, Loose Chippings, Sussex. Und jetzt mache ich mich wohl besser auf den Weg. War schön, Sie mal wiederzusehen. Hören Sie, was sage ich denn vor einer Schar von Schülerinnen?«

»›Servus, Mädchen‹ oder so ähnlich?«

»Das wäre durchaus in Ordnung, wenn meine Ansprache nicht eine Dreiviertelstunde dauern und die Kleinen dazu ermuntern sollte, brave Ehefrauen und Mütter zu werden. Na ja, auf der Fahrt wird mir schon noch was einfallen.«

Nachdem Joss sie zum Fahrstuhl geleitet hatte, stellte er fest, daß Mr. Duff aus seinem Versteck gekommen war. Er saß wieder an seinem Schreibtisch und wischte sich den Schweiß von der Stirn.

»Puh«, sagte er. »Das war knapp! Gießen Sie mir einen Sherry ein.«

»Einen Sherry?«

»Dort drüben im Schrank steht eine Flasche.«

»Sie verstecken also Sherry im Schrank, was?« bemerkte der hellhörig gewordene Joss. »Ein heimlicher Trinker, was? Sagen Sie mir eins, J.B., warum wollten Sie Mrs. Chavender nicht empfangen?«

Ein glasiger, gehetzter Ausdruck trat in Mr. Duffs Augen.

»Wir waren einmal verlobt.«

»Ach!« sagte Joss, dem nun alles klar war. Er wußte, daß sein Chef zu jenen eingefleischten Junggesellen gehörte, die der Klang jeder Hochzeitsglocke erschauern läßt. Ihm war bewußt, daß eingefleischte Junggesellen oft vor einer Begegnung mit ihren alten Schwärmen zurückschrecken.

»Ich mag es nicht, daß sie mich hier im Büro aufsucht«, sagte Mr. Duff und schöpfte neue Kraft aus seinem Sherry. »Es ist unheimlich. Was wollte sie denn? Ich habe da draußen kein Wort verstehen können.«

Joss beschloß, Milde walten zu lassen. Es war wirklich nicht nötig, mit Kanonen auf diesen molligen Spatz zu schießen, indem man ihm reinen Wein einschenkte.

»Sie wollte sich einfach mal bei Ihnen melden.«

»Wir haben uns seit fünfzehn Jahren nicht mehr gesehen.«

»Ach, Sie sind eben wie ein Kaugummi. Der Geschmack bleibt.«

»Sie sieht noch genau wie damals aus.«

»Sie haben sie gesehen?«

»Ja, ich habe hineingelinst. Hat sich überhaupt nicht verändert. Dieselben Augen. Dieselben gekräuselten Lippen. Na ja, lassen wir das«, meinte Mr. Duff und rief sich in die Gegenwart zurück. Er setzte nun den typischen Büroausdruck auf. »Zeigen Sie mal Ihre Entwürfe.«

Joss öffnete die Mappe und kippte den Inhalt auf den Schreibtisch. Es handelte sich um ein halbes Dutzend Entwürfe, und auf jedem war ein glotzäugiges und über das ganze Gesicht grinsendes Mädchen zu sehen. Er breitete sie vor seinem Chef aus.

»Sie erinnern mich an einen orientalischen Herrscher im Kreise seines Harems«, bemerkte er gutgelaunt. »Der Sultan nimmt die Damen in Augenschein.«

Mr. Duff besah sich die Zeichnungen argwöhnisch.

»Gräßlich«, sagte er.

»Großartiger Strich«, entgegnete Joss. »Wer ist nur dieser Weatherby? Der Mann ist gut!«

Mr. Duff blieb gereizt.

»Diese verdammten Mädchen. Ich kann sie nicht mehr sehen.«

»In diesem Punkt«, antwortete Joss, der auf der Schreibtisch-

kante Platz genommen hatte, sich aber auf einen Wink seines Chefs hin eilends erhob, »kann ich Ihnen aus tiefster Seele beipflichten, J.B. Und dabei liegt es nur daran, daß mir die Mandarine in der Graphikabteilung ständig Knüppel zwischen die Beine werfen. Sie lassen es nicht zu, daß ich mich entfalte. Ich weiß nicht, ob Sie je einem stolzen Adler zugesehen haben, wie er die Flügel spreizt und sich in die Lüfte schwingen will, um plötzlich feststellen zu müssen, daß einer seiner Läufe an einen Pfosten gefesselt ist. Genau so steht es mit mir. ›Mädchen!‹ sagen die Mandarine. ›Wir wollen Mädchen mit großen Augen und reichlich Gebiß, denen der Premium-Schinken aus sämtlichen Poren trieft‹, und ich muß das dann ausführen. Mir persönlich hat es noch nie eingeleuchtet, weshalb die intelligente Kundschaft in irgendeiner Weise beeindruckt sein sollte, nur weil ein Mädchen mit Kulleraugen und Überbiß das Zeug mag. Aber so ist es eben.«
Während dieser Tirade hatte sich auf Mr. Duffs Gesicht ein Ausdruck beinahe religiöser Erweckung abgezeichnet, der Joss nicht unvertraut war. Zusammen mit dem ominösen Wackeln der Augenbrauen und dem Anschwellen der ganzen Person sagte er ihm, daß sein Gegenüber wieder einmal von einem Gedankenblitz gestreift worden war. Mr. Duff, so stellte er fest, war nun der Napoleon der Geschäftswelt, jener Mann mit den kühnen Ideen, der gern Nägel mit Köpfen machte.
»Heda!«
»Ja, J.B.?«
»Mir ist eine Idee gekommen.«
»Ich hab' mir schon gedacht, daß bei Ihnen was am Gären ist.«
»Diese Mädchen. Die Kundschaft kann sie nicht mehr sehen. Man verlangt mal was anderes.«
»Das sage ich den Mandarinen auch immer.«
»Etwas ganz Neues.«
»Genau.«

»Wissen Sie, was ich jetzt tue?«

»Sie jagen die ganze Bande zum Teufel und machen mich zum Leiter der Graphikabteilung.«

»Sie können von Glück reden, wenn Sie Ihren jetzigen Posten behalten.«

»Oh, deswegen sollten wir uns nicht den Kopf zerbrechen.«

»Ach nein? Passen Se auf. Ich mache jetzt folgendes. Ist mir schlagartig in den Sinn gekommen. Statt eines schwachköpfigen Backfisches, der ›Hurra! Ein Premium-Schinken!‹ ruft, werde ich den Leuten Beatrice Chavender vorsetzen, die mit gekräuselten Lippen sagt: ›Räumt das Dreckzeug weg. Ich will meinen *Premium*!‹«

Sosehr es ihm widerstrebte, seinen Chef in irgendeiner Form anzufeuern und dadurch noch gänzlich größenwahnsinnig zu stimmen, konnte Joss nicht umhin, sich anerkennend zu äußern.

»Das ist eine Idee«, pflichtete er bei.

»'ne Erleuchtung ist's!« verbesserte Mr. Duff.

»Ja, ich sehe, worauf Sie hinauswollen. Ich habe mir auch schon etwas Ähnliches überlegt. Jemand wie Mrs. Chavender …«

»Ich habe nicht gesagt ›jemand wie Mrs. Chavender‹, ich habe ›Mrs.

Chavender‹ gesagt. Sie haben doch ein Porträt von ihr gemalt. War es gut?«

»Mein lieber J.B., was für eine Frage!«

»Ist ihr typischer Gesichtsausdruck auch gut getroffen?«

»Perfekt.«

»Dann gäbe das Bild also ein erstklassiges Plakat ab?«

»Ohne Zweifel. Jede klar denkende englische Hausfrau würde sogleich im gestreckten Galopp zu ihrem Lebensmittelhändler stürmen und schreiend nach der Ware verlangen.«

»Sag' ich's doch. Dieses Porträt wird unser neues Plakat.«

Joss musterte ihn mit echter Verwunderung. Wenn Mr. Duff

die Ärmel hochkrempelte und glänzende Einfälle zur Ankurbelung des Geschäftsganges produzierte, konnte er durchaus verblüffen, doch zu einem solchen Höhenflug hatte er nie zuvor angesetzt.

»Das ist doch wohl nicht Ihr Ernst?«

»Aber natürlich ist es mein Ernst.«

»Das können Sie nicht machen.«

»Und wieso nicht?«

»Nun, zum einen würde sie Sie mit einer gigantischen Schadenersatzforderung vor den Kadi zitieren.«

»Soll sie doch. Das verbuche ich als Werbekosten.«

»Und dann gilt es natürlich auch den menschlichen Anstand halbwegs zu wahren.«

Darauf ging Mr. Duff gar nicht erst ein.

»Besitzt sie dieses Porträt immer noch?«

»Sie hat mir erzählt, sie habe es dem Mann ihrer Schwägerin geschenkt, bei der sie wohnt – einer Mrs. Steptoe aus Claines Hall, Loose Chippings, Sussex.«

»Sagen Sie Miss Hesseltyne, sie solle mir die Nummer heraussuchen.«

»Ich weiß sie auswendig. Loose Chippings 803.«

»Dann rufe ich diese Steptoe vom Club aus an, um zu sehen, ob wir handelseinig werden. Ich gehe jetzt zum Osteopathen. Vielleicht kann er ja etwas gegen meine Verdauungsbeschwerden tun.«

»So ist's recht. Kopf hoch, Duff! Aber hören Sie, J.B. …«

»Wenn man nach mir verlangt, der Mann heißt Clunk.«

»Man wird nicht nach Ihnen verlangen, da mag er heißen, wie er will. Sie werden nicht eine Minute vermißt werden. Kein Mensch wird Ihre Abwesenheit auch nur bemerken.«

»So ein frecher Hund!« stöhnte Mr. Duff.

»Aber hören Sie, J.B., was dieses Porträt angeht …«

»Ende der Diskussion.«

»Ich wollte ja nur sagen …«

»Schenken Sie es sich. Das war schon immer Ihr Problem: Sie reden zuviel.«
Joss zuckte die Achseln. Jedes vernünftige Argumentieren wäre reine Zeitverschwendung. Sein Gegenüber hatte dieses Projekt als Idee bezeichnet, doch bei J.B. Duffs Ideen handelte es sich stets um fixe, und bei solcher Gelegenheit erinnerte er an den Herrn aus Coleridges berühmtem Gedicht, der labte sich an Honigtau und trank der Götter Nektar gar. Es schallt der Ruf: Seid auf der Hut! Sein Haar so wild, sein Aug' voll Glut, oh, haltet fern euch der Gefahr – und viel anderes blieb einem auch gar nicht übrig.
»Na schön«, sagte er. »Fahren Sie ruhig fort damit. Aber vergessen Sie nicht, daß ich es Ihnen gesagt habe.«
»Was denn?«
»Das weiß ich auch nicht mehr, irgend etwas wahrscheinlich.«
Mr. Duff geriet ins Grübeln. Mit einem knurrenden Kichern fuhr er daraus hoch. Ein flüchtiger Gedanke schien ihn erheitert zu haben.
»Soll ich *Ihnen* mal was sagen?«
»Nur zu.«
»Das Komische an der Sache ist, daß Beatrice diese Schinken gar nie mochte.«
»Nein?«
»Nein. Deswegen verkrachten wir uns ja. Du meine Güte, wie mir plötzlich alles wieder einfällt! Es war ein Sommerabend, und wir spazierten die Küste entlang. Der Mond schien, das weiß ich noch, und alles war ganz still, mit Ausnahme eines Burschen in der Ferne, der zur Gitarre ein altes Liebeslied sang. Und ich erzählte ihr gerade, wie sich unser Premium im Staat New York im Vergleich zu Illinois verkaufte, als sie mich plötzlich wie eine Hyäne anfuhr: ›Du mit deinen dämlichen Schinken!‹ und davonstob und Otis Chavender, Import/Export, heiratete. Gott sei Dank!« sagte Mr. Duff in stiller Andacht.

Joss hatte, wie bereits gesehen, klar umrissene Vorstellungen von der Liebe. Obwohl ihm bislang das Mädchen noch nicht begegnet war, das es verdient hätte, mit der ganzen Inbrunst seines glutvollen Wesens überschüttet zu werden, war er ein moderner Minnesänger. Und so starrte er diesen ungehobelten Kerl mit beträchtlichem Abscheu an.

»Ich möchte Sie ja nicht verletzen, J.B.«, sagte er, »aber im Gemüt sind Sie ein Warzenschwein. Und zwar nicht einmal ein besonders putziges.«

»Sie sind gefeuert!«

»Aber nein, nicht doch. Lassen Sie das Geblödel. Für einen Lacher würden Sie alles tun, das ist Ihr Problem. Wollen Sie wirklich behaupten, Sie seien gern Junggeselle?«

»Liebend gern.«

»Sie müssen verrückt sein. Ich«, fuhr Joss leise fort, »träume die ganze Zeit von einem bezaubernden Mädchen, das eines Tages wie eine zärtliche Göttin in mein Leben tritt, mir in die Augen sieht und die Hände auf die Wangen legt, mein Gesicht zu sich hinunterzieht und flüstert: ›Mein Mann!‹«

»Brr!« antwortete Mr. Duff. »Verschonen Sie mich. Da kriege ich ja Gänsehaut.«

Als er endlich allein war, schritt Joss hinüber zu jenem Sessel, dessen weiches Polster sonst nur von J.B. Duffs ehrwürdigem Hosenboden gedrückt wurde. Nachdem er sich darin eine Zeitlang geräkelt und an dies und das gedacht hatte, ließ er schrill die Klingel ertönen und amüsierte sich königlich, als Miss Hesseltyne voller Schaffenslust mit ihrem Notizblock hereinstürzte.

»War bloß ein Probealarm, um Ihre Tüchtigkeit zu prüfen, Schnuckiputzi«, erläuterte er. »Sie dürfen wieder gehen.«

Er flätzte sich erneut in den Sessel und legte die Füße auf den Schreibtisch. Mehr und mehr wurde ihm bewußt, daß der Leiter der Firma Duff & Trotter einen jener Posten bekleidete, die man wohl unter dem Arbeitstitel »Ruhige Kugel« zusammenfassen könnte. Schon fast eine Viertelstunde war vergangen, seit der große Boß ihn verlassen hatte, und noch war kein einziges kniffliges Problem aufgetreten, das nach einer prompten Entscheidung verlangt hätte. Er hatte schon immer den Verdacht gehegt, daß diese Bonzen ihr Geld im Schlaf verdienten.

Später, als ihn der Müßiggang etwas zu langweilen begann, erschien Miss Hesseltyne in der Tür, was ihn veranlaßte, die Augenbrauen gebieterisch hochzuziehen.

»Ich habe nicht geläutet.«

»Das ist mir bewußt.«

»Und weshalb stehen Sie dann da? Gehen Sie wieder, dann klingle ich, und Sie kommen noch einmal herein. Ordnung muß sein.«

Miss Hesseltyne wirkte höchst aufgewühlt.

»Ich habe es Ihnen doch gesagt!« rief sie.

»Was denn?«

»Der Hausdetektiv hat gesehen, wie Sie das Obst geklaut haben.«

»Auch ein blindes Huhn findet mal ein Korn!«

»Und er wird bei Mr. Duff Meldung erstatten, sobald dieser zurück ist.«

Joss' Miene verdüsterte sich.

»Unerhört! Soll ich denn an meinem Arbeitsplatz zusammenklappen, nur weil man mir nicht ab und zu einen Zimtapfel gönnt? Jeder Arzt wird Ihnen bestätigen, daß der Mensch im Verlaufe des Vormittags eine Kleinigkeit braucht, fachlich gesprochen das ›zweite Frühstück‹. Andernfalls steht die Maschine still. Ich werde mich darüber sehr offen mit J.B. unterhalten, wenn ich ihn sehe. Ja, wo bin ich denn hier, in einem Lebensmittelspeicher oder in einer Strafkolonie?«

Er hätte weitergesprochen, doch in diesem Moment läutete es im Vorzimmer.

»Sehen Sie nach, wer es ist«, versetzte er barsch. Eigentlich

hatte er gar nicht barsch sein wollen, doch J.B. Duffs Sessel übte einen starken geistigen Einfluß auf ihn aus.
»Eine Dame wünscht Mr. Duff zu sprechen«, sagte Miss Hesseltyne bei ihrer Rückkehr.
»Was, schon wieder? Also gut, führen Sie sie herein«, entgegnete Joss und lehnte sich, die Fingerkuppen aufeinanderlegend, zurück. »Ich gebe ihr fünf Minuten.«
»Miss Fairmile«, meldete Miss Hesseltyne.
»Guten Morgen«, sagte Sally.
Joss fuhr, einem Springteufel gleich, aus dem Sessel und zitterte beim Aufsetzen wie Espenlaub.
»Guten Morgen«, brachte er mühsam hervor, denn er war verliebt, und das traf ihn völlig unerwartet.

3. Kapitel

Joss Weatherby war, wie wir bereits gesehen haben, ein junger Mann, der stark dazu neigte, von jenem Mädchen zu träumen, das eines Tages in sein Leben treten würde, um es in eitel Mondschein und Rosenduft zu verwandeln. Schon seit längerem suchte er deshalb aus reiner Gewohnheit den Horizont ab, für den Fall, daß die Betreffende dort auftauchte. Doch niemals hätte er erwartet, daß sie rasant wie eine Tontaube hochschnellen würde. Er verspürte in seinen Gliedern ein Kribbeln und eine sonderbare Unfähigkeit zu atmen.
Doch Unverwüstlichkeit gehörte zu den hervorstechendsten Merkmalen seines faszinierenden Naturells. Nach und nach gewann er die Fassung wieder. Der Nebel hob sich von seinen Augen, und das Gefühl, mit einem stumpfen Gegenstand auf den Kopf geschlagen worden zu sein, verflüchtigte sich allmählich. Auch wenn er noch nicht ganz auf dem Posten war, kam er doch wenigstens soweit zu sich, daß er Sally eingehender mustern konnte.

Seltsam, dachte er, daß sie so klein und so zierlich ist. Er hatte sich sein Mädchen stets recht groß vorgestellt. Und ihre Augen waren in seiner Phantasie haselnußbraun gewesen. Weshalb dem so war, hätte er nicht sagen können. Bloß so eine Idee.

Sally hatte, wie übrigens auch Mrs. Steptoe, blaue Augen. Doch während die blauen Augen von Mrs. Steptoe hell waren und aus einer Art Porzellan zu sein schienen, waren diejenigen von Sally Fairmile dunkel wie der Himmel in einer Sommernacht. Mrs. Steptoes Augen vermochten eine Panzerplatte einzudellen und weniger widerstandsfähiges Material wie beispielsweise die Seele von Howard Steptoe gleich ganz zu durchbohren, um auf der Rückseite wieder hinauszutreten. Jene von Sally dagegen waren sanft und anziehend. Joss jedenfalls zogen sie an.

Dies fiel ihm um so mehr auf, als Sally im Moment ganz aus Augen zu bestehen schien. Nun, da ihr Lord Holbetons furchterregender Treuhänder bald leibhaftig entgegentreten würde, hatte Sally plötzlich Panik erfaßt.

Sie bezwang die schmähliche Blöße. Schließlich, so rief sie sich in Erinnerung, hatte er auf der Verpackung jenes Schinkens wie ein alter Schmusekater ausgesehen.

»Ich wollte zu Mr. Duff«, sagte sie.

Joss holte tief Luft. Ihm fiel nun wieder ein, daß sie bereits beim Betreten des Zimmers gesprochen hatte, doch da war er noch ganz benommen gewesen und hatte sie kaum gehört. Daß sie neben ihren anderen Vorzügen auch noch über eine wohlklingende Stimme verfügte, beruhigte ihn ungemein. Bedachte man, wie es auf dieser Welt zuging, so hatte er sich gesagt, würde ein derart bezauberndes Mädchen zweifelsohne wie ein Reibeisen tönen. Joss Weatherby hatte in seinem Leben schon manche Enttäuschung erlebt, und was vermeintlich gut daherkam, hatte meistens einen Pferdefuß.

Er schloß die Augen.

»Sagen Sie das noch einmal.«

»Was denn?«

»›Ich wollte zu Mr. Duff.‹«

»Warum?«

»Sie haben eine ganz zauberhafte Stimme. Sie erinnert mich an das Frühjahr mit all den Narzissen und kleinen Vögelchen, die auf taufeuchtem Rasen zwitschern.«

»Oh?« Langsam ging Sally auf, daß sie es hier mit einem Exzentriker zu tun hatte. »Na, das ist ja prima, nicht wahr?«

»Mir ist es sehr recht«, erwiderte Joss.

Stille trat ein. Joss' Augen waren noch immer geschlossen, und seine Miene ähnelte der eines Musikliebhabers, welcher in den Klängen einer wunderschönen Melodie schwelgt. Die ihn musternde Sally gelangte zum Schluß, daß er ganz nett aussah. Eindeutig verrückt, aber ganz nett.

»Na, kann ich?«

Joss schlug die Augen auf.

»Wie bitte?«

»Zu Mr. Duff.«

»Er ist im Augenblick nicht hier. Aber vielleicht kann ja ich Ihnen weiterhelfen?«

»Nein, vielen Dank.«

»Ich bin seine rechte Hand. Wenn Sie gekommen sind, um eine Wildpastete zu kaufen, ist mein Einfluß groß genug, das für Sie zu regeln.«

»Leider reicht eine rechte Hand in diesem Fall nicht aus. Es geht nämlich um etwas Privates.«

»Er hat vor mir keine Geheimnisse.«

»Dies wird aber bestimmt eines sein«, entgegnete Sally und setzte unvermittelt ein Lächeln auf, das Joss auf den Absätzen zurücktaumeln ließ, als wäre besagter stumpfer Gegenstand abermals zur Anwendung gekommen.

»Sie sollten das nicht ohne Warnung tun«, sagte er vorwurfsvoll. »Sie müßten zuerst in ein Horn oder etwas Ähnliches

blasen. Sind Sie tatsächlich fest entschlossen, J.B. zu sprechen?«
»Allerdings.«
»Er ist heute vormittag ein bißchen bärbeißig. Vermutlich zahnt er gerade. Tja, in diesem Falle brauchen Sie eine Stärkung. Möchten Sie einen Sherry?«
»Sehr gern«, erwiderte Sally dankbar.
»Sofern die Mäuse nicht drangewesen sind«, meinte Joss, »sollte er hier im Schrank stehen.«
Er füllte die Gläser und nippte an seinem, um sich zu vergewissern, daß der alte Schluckspecht J.B. Duff von Sherry etwas verstand. Es handelte sich um ein ganz erlesenes Tröpfchen.
»Hoch die Tassen!« sagte er höflich.
»Jawohl, hoch damit!« erwiderte Sally. »Was sind Sie doch für ein mustergültiger Gastgeber.«
»Man hat ja auch seine menschlichen Regungen. Ich könnte Sie unmöglich ohne ein Schnäpschen auf das alte Schlachtroß Duff losgehen lassen.«
»Ist er tatsächlich so schlimm?«
»Haben Sie je John Bunyans *Pilgerreise* gelesen?«
»Als Kind.«
»Können Sie sich noch an das wegelagernde Ungeheuer Apollyon erinnern?«
»Ja.«
»Das ist Duff. Noch einen Sherry?«
»Gerne.«
»Ex!«
»Und hopp! Sie haben mir das Leben gerettet. Ich habe einen anstrengenden Vormittag hinter mir.«
»Waren Sie einkaufen?«
»Ich habe versucht, einen Kammerdiener zu finden.«
»Mit Erfolg?«
»Nein. Ich muß nach dem Mittagessen nochmals hin.«

»Ein Diener dürfte doch nicht so schwer aufzutreiben sein, vorausgesetzt, Sie suchen am rechten Ort. Sie sind doch bestimmt zu einer dieser Vermittlungen gegangen, oder?«

»Ja, aber ich habe Anweisung, nach einem besonders grimmigen Exemplar Ausschau zu halten. Mr. Steptoe ist nämlich nicht der Pflegeleichteste.«

»Sagten Sie Steptoe?«

»Ja. Ich wohne bei einer Mrs. Steptoe. Sie ist eine entfernte Verwandte von mir.«

»Aber doch nicht etwa Mrs. Steptoe aus Claines Hall, Loose Chippings, Sussex – Rufnummer Loose Chippings 803?«

»Genau die. Merkwürdig, daß Sie sie kennen.«

»Mir war gerade vorhin ein herzliches Wiedersehen mit Mrs. Chavender vergönnt. Wir sind dicke Freunde. Na, wenn das nicht verrückt ist! Jahrelang habe ich in den Tag hineingelebt, ohne auch nur den Namen Claines Hall zu hören, und heute – ganz plötzlich – aus heiterem Himmel – höre ich nichts anderes. Das hat doch etwas zu bedeuten! Man meint die Hand des Schicksals dahinter zu spüren.«

Sally interessierte sich nicht für die Hand des Schicksals. Doch über einen Punkt wollte sie sich dringend Klarheit verschaffen.

»War Mrs. Chavender bei Mr. Duff?«

»Nein.«

»Gut!«

»Warum? Nicht, daß ich indiskret sein möchte.«

»Nein, das ist mir bereits aufgefallen. Ich wollte aus einem bestimmten Grund einfach nicht, daß sich die beiden begegnen.«

»Und der wäre?«

»Wie schön, daß Sie nicht indiskret sind.«

»Das war ich noch nie, nicht einmal als Kind. Noch ein Sherry gefällig?«

»Da sage ich nicht nein, vielen Dank.«

»Hipp hipp!«

»Hurra!«

»HEDA!« stimmte von der Tür her Mr. Duff brüllend in den Chor ein. Der Osteopath Clunk betrieb seine Knochenverrenkerei unweit des Hauptsitzes der Firma Duff & Trotter, weshalb Mr. Duff den Weg hin und zurück flugs zurückgelegt hatte.

Die Gemütsverfassung, mit der J.B. Duff die sich ihm darbietende Szenerie überblickte, war nicht gerade von Frohsinn geprägt. Clunk hatte ihm in alter Verläßlichkeit eine gewisse körperliche Erleichterung verschafft, die jedoch erheblich durch den Umstand beeinträchtigt wurde, daß er glaubte, seine Seele sei in einen Mixer geraten. Kein gutmütiger Lieferant von Schinken und Lebensmitteln stand nun brütend im Zentrum dieses Trinkgelages, sondern ein veritabler Schurke mit Beil.

Auslöser der stürmischen Geistesverfinsterung, die sich seiner bemächtigt hatte, war in erster Linie die vorangegangene unmißverständliche Ablehnung seines Kaufangebots für Mrs. Chavenders Porträt gewesen. Nachdem er mit Loose Chippings 803 verbunden worden war, setzte ihn eine kühle, metallische Stimme davon in Kenntnis, daß Mrs. Steptoe am Apparat sei, und kurz darauf sagte diese Stimme noch kühler und metallischer: »Ausgeschlossen!« und fügte hinzu, eine solche Unverschämtheit habe sie noch nie gehört. Und daraufhin wurde der Hörer in Loose Chippings mit kräftig ausholender Vorhand auf die Gabel geschmettert.

Hinzugekommen war die Meldung, die der gewissenhafte Hausdetektiv über Joss und das Obst erstattet hatte. Und nun, da er in sein Büro gehastet kam, um den angestauten Groll an seinem fehlbaren Angestellten auszulassen, fiel sein erster Blick auf eben jenen jungen Mann, der hier offenbar eine richtige Orgie in Szene setzte. Und im selben Moment dämmerte ihm außerdem, daß das Fundament dieser Orgie – das, was der

Party erst den rechten Schwung verlieh – sein ganz privater Sherry war. Kein Wunder, stieß er jenes ungestüme »Heda!« aus. Mancher hätte sich an seiner Stelle mit einem kernigeren Ausdruck beholfen.

Der Ausruf durchbrach die vorübergehend eingetretene Stille und berührte die beiden Anwesenden aufs unangenehmste. Sally, die mit dem Rücken zur Tür stand und den Zuwachs an Festbesuchern nicht bemerkt hatte, tat einen Satz, als wäre unter ihr eine Bombe hochgegangen, während Joss sich gemächlicher erhob und seinen Chef scharf ins Visier nahm.

Für ihn stand fest, daß hier rasches Handeln vonnöten war. Miss Hesseltynes Bemerkung hatte ihm unzweideutig klargemacht, welcher Art die Tirade wäre, die jenem einleitenden »Heda!« folgen würde. Schon früher, so rief sie ihm in Erinnerung, hatte sich Mr. Duff einmal sehr hitzig und unverblümt über Lohnsklaven ausgelassen, die sich an firmeneigenem Obst vergriffen. Und eingedenk jener Worte, die Mr. Duff damals geäußert hatte, sah Joss sich nun gedrängt, unverzüglich zu handeln.

So trat er innerhalb von Sekunden auf Mr. Duff zu, packte Mr. Duff am Schlafittchen und ließ Mr. Duff einen sogenannten »Rausschmiß erster Klasse« angedeihen.

»Was fällt Ihnen ein, hier hereinzuplatzen und mich so anzufahren?« sagte er gestreng. »Sakrament, die Disziplin in diesem Laden geht jeden Tag mehr vor die Hunde! Entschuldigen Sie mich bitte«, fügte er hinzu. »Einer meiner Angestellten. Will irgendwas von mir wissen. Bin gleich wieder da.«

Er schritt, Mr. Duff vor sich her schubsend, aus dem Zimmer und schloß die Tür.

4. Kapitel

Das Gespräch, das sich draußen im Korridor abspielte, war nicht eben wortreich. Mr. Duff hatte es kurzfristig die Sprache verschlagen, und Joss zog es zu Sally zurück.

»J.B.«, sagte Joss, »möchten Sie gern in tausend Stücke gerissen werden?«

Mr. Duff bekam es allmählich mit der Angst zu tun. Zwar hatte er noch nie von einem Werbegraphiker gehört, der seinen Chef tätlich angegriffen hatte, doch irgendwo nimmt schließlich alles seinen Anfang, und Joss war bekanntlich ein findiger Geist und würde sich durch den bloßen Mangel an Präzedenzfällen nicht abschrecken lassen.

»Ich verrate Ihnen nämlich jetzt, wie Sie es soweit bringen können. Sie brauchen nur hineinzugehen und zu sagen, was Sie vorhin sagen wollten. Dieses Mädchen dort drin ist das wunderbarste Mädchen auf der Welt, und wenn Sie glauben, daß ich wie ein begossener Pudel daneben stehe und einfach ›Ja, Sir‹ und ›Nein, Sir‹ sage, während Sie mir den Marsch blasen, dann sind Sie schief gewickelt, J.B., dann sind Sie entsetzlich schief gewickelt. Falls Sie auch nur die Nase durch die Tür stecken, bevor ich Sie rufe, breche ich Ihnen das Rückgrat an acht verschiedenen Stellen. Sie werden sich vorkommen, als wären Sie wieder beim Osteopathen.«

Er wandte sich funkelnden Auges ab, und Mr. Duff fand die Sprache wieder.

»Heda!«

»Ja, Duff?«

»Sie sind gefeuert!«

»In Ordnung.«

»Ich meine richtig gefeuert.«

»Ja, ja, schon gut«, sagte Joss ungeduldig. »Ich habe jetzt keine Zeit für geschäftlichen Kleinkram.«

Er kehrte ins Büro zurück.

»Tut mir leid«, sagte er. »Diesen Burschen geht einfach jede Initiative ab. Läuft irgendwas krumm, verlieren sie gleich den Kopf und kommen zu mir gerannt. Dauernd heißt es: ›Fragen Sie Mr. Weatherby‹, ›Legen Sie's Mr. Weatherby vor‹, ›Mr. Weatherby wird's schon wissen.‹ Doch diesen Preis hat man wohl zu zahlen, wenn man das Ruder in der Hand haben will, aber es kann schon sehr lästig sein. Ich mußte mit dem guten alten Wapshott mal ein bißchen Fraktur reden.«

»Wapshott?«

»Das war Wapshott. P.P. Wapshott, Abteilungsleiter für Preßfleisch und *pâté de foie gras*.«

»Seltsam.«

»Wieso seltsam?«

»Für mich glich er Mr. Duff aufs Haar.«

»Aber Sie sind Mr. Duff doch gar nie begegnet?«

»Er ist auf der Verpackung des Premium-Schinkens abgebildet.«

»Ach? Das ist mir ganz entfallen. Ja, Sie haben recht. Das war Mr. Duff.«

»Was ist denn passiert?«

»Er hat mich gefeuert. Und wissen Sie was, ich hatte schon so 'ne Ahnung, daß er das tun würde. Wahrscheinlich habe ich wahrsagerische Fähigkeiten.«

Eigentlich hatte sich Sally in erster Linie darüber Sorgen gemacht, welche Auswirkungen die jüngsten Ereignisse auf ihre eigene Zukunft haben könnten, denn sie vermutete zu Recht, daß ein J.B. Duff, der gerade an den Schulterblättern aus seinem Büro hinauskomplimentiert worden war, keineswegs in der rechten Stimmung wäre, der Beschreibung einer jungen Liebe sein geneigtes Ohr zu leihen. Doch nun dachte sie nicht mehr an sich. Dieser liebenswürdige, wenn auch geistig umnachtete junge Mann steckte in Schwierigkeiten, und sie fühlte mit ihm.

»Oh, das tut mir leid.«

»Er schadet ja nur sich selbst.«

»Warum haben Sie das getan?«

»Mir blieb keine Wahl. Heute vormittag kam es zu einer kleinen Unstimmigkeit, weil ich mich, wie es meine Art ist, in der Obst- und Gemüseabteilung mit Warenmustern eindeckte, und mir war klar, daß er gleich seine Standardrede zu diesem Thema halten und dabei auch den Sherry nicht unerwähnt lassen würde. Selbstverständlich konnte ich nicht zulassen, daß er dies in Ihrer Gegenwart tat. Dieser Bursche redet, wie ihm der Schnabel gewachsen ist, und hätten Sie seine Worte vernommen, wäre es Ihnen unmöglich gewesen, an der hohen Meinung festzuhalten, die Sie sich von mir gebildet haben. Als er eintrat, sagten Sie sich gerade: ›Was für ein schneidiger Kerl dieser Weatherby doch ist! Ich wüßte nicht, wann mir je ein Mann begegnet wäre, der mich mehr beeindruckt hätte.‹ Zwei Minuten von J.B. Duffs üblen Schmähungen, und mein Zauber wäre dahingeschmolzen wie eine eingesalzene Schnecke.«

»Aber was machen Sie denn jetzt?«

»Sie wollen wissen, wie ich mir einen anderen Posten ergattern will? Keine Sorge. Ich werde Mr. Steptoes Kammerdiener.«

»Was!?«

»Sie sagten doch, die Stelle sei frei.«

»Aber Sie können doch nicht als Kammerdiener arbeiten.«

»Warum nicht?«

»Na, wie denn?«

»Indem ich heute nachmittag in Claines Hall genau in dieser Funktion vorspreche. Sie wollen doch nicht etwa sagen, daß Sie mir die Anstellung verweigern? Ohne Sie hätte ich meinen alten Posten noch. Es gibt ja auch noch so was wie moralische Verpflichtungen. Aber bitte, trinken Sie doch noch einen Sherry. Vielleicht haben wir das letzte Mal Gelegenheit, J.B. Duffs Gastfreundschaft zu genießen.«

Sally schüttelte den Kopf. Sie dachte nach. Wollte sie einen Kammerdiener von außergewöhnlichem Zuschnitt für ihren Herrn ergattern, wie Mrs. Steptoe ihr das eingeschärft hatte, so schien dies eine vortreffliche Gelegenheit zu sein.
Eigentlich schien es sogar die einzige zu sein. Die Stellenvermittlung hatte an diesem Vormittag bloß mit dem sanfteren und fragileren Typ von Kammerdiener aufwarten können. Man hatte etliche schmächtige junge Herren mit Dackelblick und ehrerbietigem Habitus an ihr vorbeiparadieren lassen, die wohl allesamt vorzüglich in der Kunst des Faltens, Bürstens und Bügelns waren, doch auch allesamt schlicht ungeeignet für die mühselige Aufgabe, Howard Steptoe zur Räson zu bringen, was das Tragen von steifen Hemden bei der abendlichen Tafel anging. Sollte sie nach dem Mittagessen dorthin zurückkehren, würde sie zweifellos nur eine weitere Prozession menschlicher Schafe zu sehen bekommen.
Außerdem war sie, obwohl dies nun vom bevorstehenden Gespräch mit Mr. Duff leicht überschattet wurde, ein unbeschwertes Mädchen und hatte Freude an schlichtem, bodenständigem Klamauk. Die Vorstellung, sich anschauen zu dürfen, wie Mr. Steptoe auf Joss reagierte, behagte ihr ungemein.
»Na schön, wenn es Ihnen tatsächlich Ernst ist.«
»Aber natürlich ist es mir Ernst«, entgegnete Joss. Um das Entschwinden dieser Frau aus seinem Leben zu verhindern, hätte er sich in Claines Hall sogar als Küchenmagd anstellen lassen. Wenn die Liebe einen Weatherby ereilte, scheute er keinen Aufwand.
»Sie wissen doch noch, was ich Ihnen über Mr. Steptoe gesagt habe?«
»Nein. Was haben Sie mir über Mr. Steptoe gesagt?«
»Er ist ein ziemlich schwieriger Mensch.«
»Hart, wie?«
»Steinhart!«
»Schon verstanden. Eines dieser Zwanzig-Minuten-Eier.

Keine Bange. Einem Menschen, der im Stab von J.B. Duff gedient hat, erscheinen alle anderen Eier lachhaft weichgekocht. Steptoe wird für mich der reine Kuraufenthalt sein. Nun, das hätten wir geklärt, wie wär's mit einem kleinen Imbiß?«

»Das geht leider nicht. Ich muß Mr. Duff sprechen.«

»Aber natürlich. Das habe ich schon wieder vergessen. Ich schicke ihn herein.«

Mr. Duff lehnte an der Wand und träumte vor sich hin. Gerade war ihm flaumig leicht der Gedanke zugeschwebt, wie erfreulich es doch wäre, Joss die Haut über die Ohren zu ziehen.

»Heda!« sagte Joss. »Sie sollen jetzt hineingehen.«

»Vergessen Sie bloß nicht, daß Sie gefeuert sind«, entgegnete Mr. Duff, der in diesem Punkt keinesfalls mißverstanden werden wollte.

5. Kapitel

Als Mr. Duff ins Büro trat und Sally sich bewußt wurde, daß die folgenschwere Unterhaltung unmittelbar bevorstand, schnappte sie kurz nach Luft, als hätte ihr jemand eiskaltes Wasser den Rücken hinuntergeschüttet. Sie fühlte sich wie eine winzig kleine Christin in der Arena, die mit ansehen muß, wie ein riesiger Löwe auf sie zukommt.

Dann, als Mr. Duff ihr entgegentrat und sie ihn fest und ganz ins Auge faßte, fiel die Nervosität von ihr ab und machte mütterlicher Wärme Platz. In seiner Miene spiegelte sich offenbar das nackte Grauen.

Tatsächlich hatte Mr. Duff, der unter Geschlechtsgenossen ein wahrer Teufelskerl war, vor Frauen schreckliche Angst. Nach Möglichkeit ging er ihnen ganz aus dem Weg, doch sah er sich von einer in die Zange genommen und war an Flucht nicht zu denken, machte er sich stets die durchtriebene Taktik der

Zahnspinnerraupe zunutze – welche sich, wie uns eine ausgewiesene Kapazität mitteilt, »mit den Abschreckungsmitteln, die Mutter Natur ihr geschenkt hat, nicht zufriedengibt, sondern jungen Vögeln Fratzen schneidet und so einen gehörigen Schrecken einjagt.« Und deshalb spiegelte sich in Mr. Duffs Miene jenes Grauen. Mutter Natur hatte ihm zur Abschrekkung buschige Augenbrauen und stechende Augen geschenkt, doch die Fratzen waren sein eigener Beitrag.

Sally allerdings glaubte, er leide Qualen, und da sie ein nettes Mädchen war, mutierte sie zur kleinen Mutter.

»Möchten Sie vielleicht einen Sherry?« fragte sie, da sie sich erinnern konnte, welche Linderung ihr dieser verschafft hatte.

Das großzügige Angebot raubte Mr. Duff – nach all den anderen beunruhigenden Zwischenfällen des Vormittags – vorübergehend den Mut. Doch er war praktisch veranlagt, eine Unerläßlichkeit für den, der eine weltberühmte Schinkenfabrik aufbauen will. Er brauchte den Sherry und nahm das Angebot deshalb an.

»Gerne«, sagte er mürrisch.

»Trinken Sie, dann geht es Ihnen gleich besser.«

»Woher wissen Sie denn, daß es mir nicht gut geht?«

»Ich dachte, Sie hätten sich vielleicht über Mr. Weatherby aufgeregt.«

»So ein Rotzlöffel!«

»Mir hat er gefallen.«

»Sie können ihn gern haben.«

»Er ist komisch.«

»Mich belustigt er nicht.«

»Wer ist er eigentlich?«

»Hören Sie«, sagte Mr. Duff, dem das Gesprächsthema zusehends Übelkeit verursachte. »Ich schlage vor, wir reden nicht mehr von ihm.« Nun wurde ihm bewußt, daß er noch nicht erfahren hatte, was ihm eigentlich die Ehre dieses Besuchs verschaffte. »Wer sind Sie?«

»Mein Name ist Fairmile.«

»Sie wollten mich sprechen?«

»Ja.«

»Weswegen denn?«

Sally wagte den Sprung ins kalte Wasser.

»Lord Holbeton bat mich, Sie aufzusuchen. Ich ... er ... er weilt im Moment als Gast in dem Haus, in dem ich wohne.«

»Und wo ist das? Seit Monaten höre ich nichts mehr von ihm. Ich hoffte schon, er sei tot.«

Sallys Haltung wurde kühler. Sie mußte feststellen, daß sie diesen Mann zu Unrecht als alten Schmusekater eingeschätzt hatte.

»Claines Hall«, antwortete sie knapp. »Das ist in Sussex.«

»Claines Hall? Komisch. Kennen Sie Mrs. Chavender?«

»Selbstverständlich.«

»Haben Sie das Porträt von ihr gesehen, das dort hängt?«

»Selbstverständlich.«

»Und wie ist es?«

»Gut.«

»Und fängt es ihren typischen hochnäsigen Gesichtsausdruck auch wirklich ein?«

»O ja.«

Mr. Duff seufzte sehnsüchtig.

»Aber wer hat Ihnen denn davon erzählt?«

»Der junge Weatherby. Er hat es gemalt.«

»Ist er Künstler?«

»Ja.«

»Ich fragte mich schon, was er ist.«

»Ich könnte Ihnen sagen, was er in meinen Augen ist.«

»Bestimmt ist er sehr klug.«

»Jetzt reden wir ja schon wieder von ihm!« sagte Mr. Duff angewidert. »Sie haben doch gesagt, Sie seien hierhergekommen, um mit mir über George Trotter zu sprechen.«

»George Holbeton.«

»Na schön, George Holbeton, wenn Ihnen das lieber ist. Sein Vater hieß Percy Trotter, bis er sich einen Decknamen zulegte. Vermutlich hat er Sie hergeschickt, damit Sie mir Geld abknöpfen?«

»Ja«, sagte Sally und staunte über solch hellseherisches Talent.

»Und warum ist er nicht selbst gekommen?«

Diese Frage hatte Sally erwartet.

»Es geht ihm nicht gut.«

»Was ist denn los mit ihm?«

»Er – äh – er hat Halsschmerzen.«

»Das wundert mich nicht. Singt er immer noch die ganze Zeit?«

»Er singt recht häufig.«

»Wenn man das als Singen bezeichnen kann. Jedenfalls hört es sich an wie ein Loch in der Gasleitung. ›Gott allein läßt Bäume blüh'n.‹ Bah! In einer wahrhaft zivilisierten Welt würde man Schnulzensänger standrechtlich erschießen. Von mir kriegt er jedenfalls keinen Penny. Was bringt Sie überhaupt dazu, sich mit so einem einzulassen?«

»Wir sind verlobt.«

»Was!? Sie haben sich tatsächlich mit George Holbeton verlobt?«

»Ja.«

»Dann sollten Sie Ihren Geisteszustand mal überprüfen lassen«, meinte Mr. Duff.

Sally versteifte sich. Ihre Kühlheit wurde noch auffälliger.

»Jetzt bereue ich es«, sagte sie, »daß ich Ihnen den Sherry angeboten habe.«

»Wie meinen Sie das, daß Sie mir den Sherry angeboten haben?« platzte es aus Mr. Duff. »Das ist immer noch mein Sherry!«

Diesen Punkt hatte Sally übersehen, und so blieb sie die schlagfertige Antwort schuldig.

»Mit George Holbeton verlobt?« fragte der verwunderte Mr. Duff. Plötzlich schien er eine Idee zu haben. »Sind Sie reich?«

»Nein.«

»Und wie um Himmels willen können Sie dann mit George Holbeton verlobt sein?« sagte Mr. Duff sichtlich verblüfft.

»Ich mach' mich jetzt wohl besser auf den Weg«, sagte Sally.

Mr. Duff schien dieser Idee gegenüber durchaus aufgeschlossen zu sein. Er ließ Sally bis zur Tür gelangen, ohne etwas zu sagen. Dann jedoch, als ihre Finger bereits auf der Klinke lagen, durchzuckte seine korpulente Gestalt plötzlich eine Art Krampf und ließ sie erzittern wie einen Wackelpudding. Er glich einem Mann, unter dessen Stirn ein Gedanke spukt.

»Warten Sie!« brüllte er.

Sally blieb stehen, kühl und feindselig. Ihre Nase war klein, doch sie reckte sie mit beinahe chavendereskem Hochmut hoch.

»Warum? Ich habe gesagt, was ich sagen wollte.«

»Ich möchte Ihnen einen Vorschlag unterbreiten.«

»Sie haben sich geweigert, George auszuzahlen.«

»Ja, aber ich glaube, wir könnten ins Geschäft kommen.«

»Wie meinen Sie das?«

»Nehmen Sie doch Platz.«

Sally kehrte zu ihrem Stuhl zurück.

»Also?«

Mr. Duff betrachtete finster seinen Schreibtisch, als sei er auf der Suche nach dem richtigen Anfang. Sein Blick fiel auf die Zeichnung, die Joss von ihm für Mrs. Chavender angefertigt hatte, und einen Augenblick starrte er gereizt darauf. Dann zerknüllte er das Blatt und warf es in den Papierkorb. Seine Gedanken schienen dadurch an Klarheit zu gewinnen. Er hatte den richtigen Aufhänger gefunden, und bei Geschäftsabschlüssen geht nichts über den richtigen Aufhänger.

»Passen Se auf«, sagte er. »Ich will Ihnen 'ne kleine Geschichte erzählen.«

6. *Kapitel*

Schon seit den frühen Morgenstunden schien vom wolkenlosen Himmel die sommerliche Sonne auf Claines Hall und Umgebung. Vögel zwitscherten, Bienen summten und Insekten schwirrten. Doch trotz des heiteren Wetters war der Tag für George, den zweiten Baron Holbeton, von Trübsal und innerer Unrast geprägt. Die Anspannung beim Warten auf die neuesten Frontnachrichten brachte ihn an den Rand des Nervenzusammenbruchs.

Mrs. Steptoes Eröffnung am Mittagstisch, derzufolge Mr. Duff am Telefon Unsummen für Mrs. Chavenders Porträt geboten hatte, war keineswegs dazu angetan gewesen, seine Ruhelosigkeit zu dämpfen. Weil dies nur bedeuten konnte, daß bei seinem Vormund endgültig eine Schraube locker war, mußte er sich nun auf das Schlimmste gefaßt machen. Es ist schon mühsam genug, einem zurechnungsfähigen Treuhänder Geld abzulisten, doch kommt auch noch ein Dachschaden hinzu, wachsen die Schwierigkeiten ins Unermeßliche.

Den ganzen Nachmittag hindurch steigerte sich seine Erregung. Da er nichts von den zahlreichen Pflichten wußte, die Sally für Mrs. Steptoe in der Metropole zu erledigen hatte, konnte er nicht begreifen, weshalb sie nicht auftauchte. Um halb fünf, als er gerade beim Haupttor über die Einfahrt schlenderte, war ihm zumute wie in Tennysons Gedicht jener Mariana, die sich im Wasserschloß verzehrte, aber auch wie den Priestern Baals, die sich mit Messern klaffende Wunden beibrachten.

Das Brummen eines Wagens ließ ihn mit aufleuchtenden Augen herumschnellen. Ein schmucker Zweisitzer bog durch die Toreinfahrt. Doch dann erlosch jenes Leuchten, denn am Steuer saß nicht etwa Sally, sondern ein ihm unbekannter junger Mann mit gefälligen Gesichtszügen, der ihm freundlich zuwinkte und in Richtung Haus davonfuhr.

Daß auf dem Klappsitz des Wagens Koffer standen, stimmte ihn nachdenklich. Ihm war nicht bekannt, daß man Gäste erwartete. Doch dann verbannte er den Gedanken aus seinem Kopf und ging weiter auf und ab.

Als Sally schließlich eintraf, krochen bereits Schatten über die Einfahrt. George wirkte auf sie leicht grantig.

»Na endlich!«

»Hast du mich früher zurückerwartet?«

»Aber natürlich.«

»Ich hatte eine ganze Menge zu tun.«

In ihrer Haltung lag eine Heiterkeit, die ihn aufmunterte. Er schöpfte neue Hoffnung, vermutete er doch, daß ein Mädchen, das von einem Lebensmittelhändler gerade eine Abfuhr erhalten hat, unmöglich so quietschvergnügt sein kann.

»Na?«

»Alles in Ordnung.«

»Hast du das Geld?«

»Das nicht gerade.«

»Wie meinst du das?«

»Er hat es mir nicht direkt gegeben.«

»Dann schickt er es also?«

»Nein. Aber es ist schon in Ordnung. Ich erzähle dir am besten, was passiert ist.«

»Ja«, sagte Lord Holbeton wißbegierig.

Sally blickte sich um. Sie machte auf Lord Holbeton einen etwas verstohlenen Eindruck.

»Ob uns wohl jemand hören kann?«

»Nein.«

»Vielleicht schon. Steig ein, dann fahren wir ein Stück weit.«

»Was soll denn die dumme Geheimniskrämerei?«

»Das wirst du schon sehen.«

Sally setzte den Wagen zurück und fuhr in Richtung Loose

Chippings davon. An der Wegbiegung vor dem Ententeich der Familie Higgins, dort, wo sich das Land öffnet und keinerlei Möglichkeit besteht, belauscht zu werden, hielt sie an.

»Das war vielleicht ein Tag, George! Ich habe einen ganz ungewöhnlichen jungen Mann kennengelernt.«

Lord Holbeton interessierte sich nicht für ungewöhnliche junge Männer.

»Was ist denn beim alten Duff vorgefallen?«

»Na ja, am Anfang war er ziemlich grob. Ich glaube nicht, daß er dich sonderlich mag.«

»Er mag niemanden.«

»Ach nein? Wenn du wüßtest!«

»Wie meinst du das?«

»Obschon ›mögen‹ nicht der passende Ausdruck ist. Bei weitem nicht stark genug. Wie gesagt, am Anfang war er ziemlich grob. Ich wollte schon mit erhobener Nase aus dem Zimmer rauschen, als er plötzlich ›Warten Sie!‹ rief. Und so wartete ich eben.«

»Und dann?«

»Eine Zeitlang saß er bloß da und wackelte mit den Augenbrauen, doch schließlich sagte er: ›Passen Se auf, ich will Ihnen 'ne kleine Geschichte erzählen.‹«

»Ja?«

»Und daraufhin erzählte er sie mir. Er sagte, vor vielen Jahren sei er ein junger Bursche voller romantischer Flausen gewesen und habe die ganze Zeit von einem bezaubernden Mädchen geträumt, das eines Tages wie eine zärtliche Göttin in sein Leben treten würde …«

Lord Holbeton starrte ungläubig.

»Das hat der alte Duff gesagt?«

»Jawohl.«

»Bist du auch ganz sicher, daß es der alte Duff war?«

»Natürlich.«

»Dann hat er bestimmt einen sitzen gehabt.«

»Keineswegs, obwohl wir dem Sherry herzhaft zugesprochen haben. Wenn man's genau nimmt, ist der Sherry die ganze Zeit wie Wasser geflossen. Mr. Weatherby hat ihn im Schrank entdeckt.«

»Wer zum Kuckuck ist Mr. Weatherby?«

»Das ist der ungewöhnliche junge Mann, von dem ich dir erzählt habe. Er hat etwas furchtbar Verrücktes angestellt ...«

Lord Holbetons Desinteresse an ungewöhnlichen jungen Männern erstreckte sich auch auf deren kauzige Taten.

»Na, sag schon. Was ist denn nun mit meinem Geld?«

»Wo bin ich stehengeblieben? Ach ja, bei Mr. Duff und seinem Traum von dem Mädchen, das in sein Leben treten würde. Nun, sie trat hinein. Doch unglücklicherweise kam es zum Zerwürfnis, und sie trat schnurstracks wieder hinaus. Und er liebt sie noch immer! Nach fünfzehn Jahren, George. Das ist die traurigste Geschichte, die ich je gehört habe. Dieser einsame, arme alte Mann. Das Herz blutete mir. Literweise. Du weißt doch, wer sie ist, oder?«

»Woher sollte ich das denn wissen?«

»Aber natürlich weißt du's. Du warst doch dabei, als sie beim Frühstück erzählte, sie sei mit ihm verlobt gewesen. Mrs. Chavender.«

»Ach?« sagte Lord Holbeton. Abgesehen davon, daß sich dadurch klärte, weshalb Mr. Duff das Porträt von Mrs. Chavender begehrte, konnte er nichts Weltbewegendes darin erkennen. Falls er einen schwachen Punkt hatte, dann war es wohl seine leicht ausgeprägte Ichbezogenheit. »Na, was ist mit meinem Geld?«

»Dazu komme ich noch. Aber ich muß dir die ganze Geschichte erzählen, sonst verstehst du sie nicht. Mr. Duff liebt Mrs. Chavender noch immer. Hast du das begriffen? Und nun kommt ihm zu Ohren, daß ihr Porträt im Frühstückszimmer hängt, und er will es unbedingt haben. Er behauptet, er wolle es aufhängen und betrachten, um so in alten Erinnerungen zu schwelgen. Deshalb rief er Mrs. Steptoe an und erkundigte sich, ob sie es ihm verkaufe.«

»Und mein Geld?«

»Selbstverständlich lehnte sie ab. Das Porträt war ein Geschenk von Mrs. Chavender an Mr. Steptoe, und Mrs. Steptoe würde sich nicht trauen, es zu verkaufen, weil sie befürchten müßte, die andere damit vor den Kopf zu stoßen. Mr. Duff war untröstlich.«

»Und was sagte er über mein Geld?«

»Seine Stimme bebte, als er mir davon erzählte.«

Auch ihre Stimme bebte. Ein Mädchen, das sich von einem Mann in den Bann ziehen läßt, der das Lied *Trees* singt, muß notgedrungen sentimental veranlagt sein, und deshalb hatte J.B. Duffs Wunsch, ein konkretes Andenken an die goldene Vergangenheit zu besitzen, sie auch so aufgewühlt.

»Und dann verschlug es mir den Atem. Weißt du, was er sagte?«

»Über mein Geld?«

»Nein, über dieses Porträt. Er sagte, er müsse es einfach haben, es gehe nicht anders. Und als ich entgegnete, daß ich mir leider nicht vorstellen könne, wie dies zu bewerkstelligen sei, sagte er, du würdest es für ihn stehlen.«

Ein Laut wie der letzte Schnaufer einer Ente entfuhr Lord Holbeton.

»Stehlen?«

»Und ich sagte: ›Aber Mr. Duff! Was für eine glänzende Idee!‹«

Lord Holbeton schluckte.

»Du sagtest: ›Was für eine glänzende Idee!‹?«

»Ja. Er will dich nämlich nur auszahlen, wenn du das tust. Es sei ein Kinderspiel, hat er gesagt, schließlich verlange er nicht von dir, daß du in den Tresorraum der Bank von England eindringst und eine Tonne Goldbarren herausholst. Du brauchest weiter nichts zu tun, als abzuwarten, bis die Luft rein sei, und dann das Bild aus dem Rahmen zu schneiden und es unter deinem Jackett zu verstecken.«

»Ach?« sagte Lord Holbeton. Ihm war klar, daß dieser Kommentar den rechten Schwung vermissen ließ, doch im Moment fiel ihm nichts Besseres ein.

»In einem Punkt blieb ich jedoch eisern. Wenn es nach ihm ginge, müßtest du ihm das Ding nach London bringen, doch das lehnte ich rundweg ab. Ich sagte, du seist äußerst zappelig und ich würde es nicht zulassen, daß man dich in seelische Bedrängnis bringe. Wir einigten uns darauf, daß er in Loose Chippings im Rose & Crown absteigt und du ihm das Porträt dorthin bringst.«

»Ach?« sagte Lord Holbeton abermals.

»Du mußt jetzt also nur noch auf eine günstige Gelegenheit warten. Wir dürfen den armen alten Mann nicht enttäuschen. Er ist ja so zartbesaitet. Du hättest sehen sollen, wie sein Gesicht aufleuchtete, als ich ihm sagte, ich hielte es für eine glänzende Idee.«

Lord Holbeton schwieg. Man hätte vermuten können, daß sein Schweigen von der Bestürzung über das bedenklich tiefe sittliche Niveau von Lebensmittelhändlern herrührte. Dies war jedoch nicht der Fall. Er fragte sich allmählich bloß, ob er, indem er einer jungen Frau die Ehe versprochen hatte, die es für eine glänzende Idee hielt, wenn er Porträts aus Rahmen schnitt und unter seinem Jackett versteckte, nicht etwas vorschnell gehandelt hatte.

7. Kapitel

Der Zweisitzer, der Lord Holbeton in der Einfahrt überholt hatte, rollte weiter in Richtung Haus, und wenig später wurde Chibnall, der Butler, welcher in seinem Kabinett nachdenklich bei Tee und gebuttertem Toast saß, durch das Schellen der Haustürglocke aus seinen düsteren Tagträumen gerissen.

Chibnall war, ungeachtet seiner gesetzten Erscheinung, ein von starken Leidenschaften getriebener Mann, und seine Nachdenklichkeit rührte daher, daß er an diesem Vormittag, als er im Rose & Crown eingekehrt war, um einen zur Brust zu nehmen, seine Verlobte Vera Pym beim Schäkern mit einem Handelsreisenden ertappt hatte. Tatsächlich hatte sie diesem den Schlips zurechtgerückt, und der Anblick war Chibnall in die Knochen gefahren. Nicht zum erstenmal hatte er in ihrem Gehabe einen Leichtsinn wahrgenommen, den er in hohem Maße mißbilligte. Und obschon er in jenem Augenblick nichts gesagt und sich nur ostentativ zurückgezogen hatte, wollte er ihr, bevor der Tag zur Neige ging, ein paar garstige Zeilen schreiben und durch den Stiefeljungen überbringen lassen.

Die Glocke rief ihm in Erinnerung, daß es im Leben noch anderes gibt als die Treulosigkeit des Weibs. Es war Chibnall, der Liebhaber, gewesen, der zu Tee und Toast Platz genommen hatte, doch der Mann, der nun aufstand, sich die Butter von den Lippen wischte und zur Haustür schritt, um sie zu öffnen, war Chibnall, der Sklave der Pflicht.

»Guten Tag«, sagte der junge Mann mit den gefälligen Zügen, der vor ihm auf der Fußmatte stand.

»Guten Tag, Sir«, antwortete Chibnall.

Daß es für einen neuen Kammerdiener unschicklich ist, im Sportwagen vor dem Hauptportal vorzufahren, wenn er sich in der obersten Kommandostelle melden soll, dies wäre Joss Weatherby überhaupt nicht eingefallen. Er war ein begeisterter Automobilist, und nach seinem Abschied von Sally hatte er gleich sein altes Gefährt aus der Garage geholt. Die erfrischende Fahrt durch das ländliche England, welches sich an diesem schönen Nachmittag in seiner ganzen Pracht zeigte, sowie der noch erfrischendere Gedanke, daß er in Kürze unter demselben Dach Quartier nehmen würde wie jenes von ihm verehrte Mädchen, hatten ein Glänzen in seine Augen treten lassen und seine auch sonst nicht leicht zu übersehende Leutseligkeit noch gesteigert.

Er betrachtete Claines Hall mit Wohlgefallen. Die ganze Anlage sagte ihm ungemein zu. Er mochte die lieblichen Mauern, die grünen Rasenflächen, die farbenfrohen Blumenbeete, die zwitschernden Vögel, die summenden Bienen und die schwirrenden Insekten. Und als Chibnall erschien, strahlte er ihn an, als liebe er ihn wie seinen eigenen Bruder. Der Butler konnte sich nicht erinnern, je einem fideleren Besucher die Tür geöffnet zu haben.

»Ist Mrs. Steptoe zu Hause?«

»Jawohl, Sir.«

»Ein herrlicher Tag.«

»Jawohl, Sir.«

»Hübsches Plätzchen hier. Tudor, nicht wahr?«

»Jawohl, Sir.«

»Sie wissen nicht zufällig, was das für ein Vogel war, den ich in der Einfahrt gesehen habe? Rötlich und mit gelbem Köpfchen.«

»Nein, Sir.«

»Schade«, sagte Joss. »Hat mir gut gefallen.«

Chibnall stieg die Stufen hinunter und holte die Koffer aus dem Wagen. Wie schon Lord Holbeton erstaunten sie auch ihn, doch war er nicht befugt, sich dazu zu äußern. Es würde sich noch früh genug eine Erklärung dafür finden.

»Oh, danke schön.«

»Ich lasse Ihren Wagen dann nach hinten zu den Ställen bringen, Sir.«

»Ach, tatsächlich?«

Joss empfand dies in seiner beschwingten Laune als derart aufmerksam, daß er kurz entschlossen einen Fünfpfundschein aus der Tasche zog und dem Mann überreichte. Er war froh, daß ihm seine erfolgreiche Spekulation im karitativen Kasino dergleichen ermöglichte.

»Ach, herzlichen Dank, Sir!« entfuhr es Chibnall, der innerlich errötete, weil er um ein Haar »Oho!« gesagt hätte. Hier stand, so ging ihm durch den Kopf, ein Gast von Format. Zu viele von denen, die in seiner Amtszeit Mrs. Steptoes Gäste gewesen waren, hatten sich ihrer Verpflichtungen lässig mit zehn Schilling und einem breiten Lächeln entledigt. »Sehr freundlich von Ihnen, Sir.«

»Keine Ursache.«

»Wenn Sie mir bitte folgen wollen, Sir. Mrs. Steptoe ist im Salon.«

Sie machten sich auf den Weg dorthin und plauderten angeregt über Gott und die Welt.

Mrs. Steptoe hatte sich nicht der Entspannung wegen in den Salon zurückgezogen, sondern um sich besser konzentrieren zu können. Am nächsten Tag sollte sie ihre erste Gartenparty geben, eine gesellschaftliche Veranstaltung von herausragender Bedeutung, die in der Grafschaft zweifellos breites Echo finden würde, weshalb sie die Gästeliste noch einmal durchgehen wollte. Sie wurde nämlich den peinigenden Verdacht nicht los, daß sie eine hochgestellte Persönlichkeit übergangen hatte, die auf diesen Affront gewiß ähnlich reagieren würde wie die Böse Fee, die man nicht zur königlichen Taufe eingeladen hat. Sie wußte, daß in einer englischen Grafschaft nichts die ehrgeizige Zuzüglerin zuverlässiger ins Fettnäpfchen treten läßt als der Ausschluß des höchsten Tieres weit und breit vom Schwelgen in Tee und Erdbeeren.

Chibnalls sanftes »Mr. Weatherby« von der Tür her machte ihr bewußt, wie wohlbegründet ihre Ängste gewesen waren. Unter dem Buchstaben »W« fand sich keine Person dieses Namens, und die diskrete Würde in Joss' Kleidung ließ, be-

gleitet von der unbeschwerten Heiterkeit seines Auftretens, keinen Zweifel daran, daß man es hier mit einem Filius aus adligem Hause zu tun hatte. Allerdings konnte sie ihn nicht geradeheraus fragen, wer er sei und woher er komme, denn dies würde nur die hochgezogene Augenbraue und den typischen starren Blick des Briten auf den Plan rufen.
Sie war eine zu resolute Frau, um ernsthaft aus dem Konzept zu geraten, doch ihre Stimme bebte merklich, als sie das Wort an ihn richtete.
»Oh, sehr angenehm.«
»Ganz meinerseits.«
»Was für ein prächtiger Tag!«
»Himmlisch.«
»Wirklich nett, daß Sie bei uns vorbeischauen. Setzen Sie sich doch.«
Sie bot ihm einen Stuhl an und nahm auch selbst wieder Platz. Ihr war klar, daß das Ganze nicht einfach werden würde. Der Fluch des englischen Alltags – das, was den Fremden zur Raserei treibt und die Wände hochgehen läßt – besteht natürlich darin, daß die nobelsten Väter häufig Söhne mit ganz anderen Namen haben. Nehmen wir Graf Sowieso. Schön. So weit, so gut. Doch sein Erbe heißt Lord Irgendwie, und falls der Kindersegen in seiner Ehe anhält, besteht dieser aus allem möglichen, vom Ehrenwert Algernon Dings bis zum Ehrenwert Lionel Bums. Um sich über die Identität dieses jungen Mannes Gewißheit zu verschaffen und ihn an die Gartenparty einzuladen, würde Mrs. Steptoe die Ahnentafel also Schicht um Schicht abtragen müssen – wie jene Tänzerin, die ihre sieben Schleier lüftet.
»Kommen Sie von weit her?« fragte sie und erhoffte sich davon einen Hinweis, an dem sich anknüpfen ließe.
»Aus London.«
»Oh?« sagte Mrs. Steptoe verdutzt.
Es entstand eine Pause. Joss sah sich um und bewunderte den

wohligen Prunk seiner Umgebung. Er hatte den Eindruck, daß sich ein Mann in einem solchen Haus ausgesprochen heimisch fühlen konnte. Auf den Gedanken, daß er während seines Aufenthalts in Claines Hall wahrscheinlich nicht im Salon ein- und ausgehen würde, war er bisher nicht gekommen.

»Bestimmt war es heute heiß in London.«

»In manchen Momenten wurde es sogar sehr heiß.«

»Wie angenehm, aufs Land zurückzukommen.«

»Oh, allerdings.«

»Sussex ist in dieser Jahreszeit so prächtig.«

»Und nicht nur in dieser.«

»Welcher Teil spricht Sie denn am meisten an?« erkundigte sich Mrs. Steptoe und spekulierte auf einen Ausbruch von Lokalpatriotismus.

»Die ganze Gegend. Sieh mal an«, sagte Joss, dessen Blick über die gegenüberliegende Wand gestreift und jäh von etwas in Beschlag genommen worden war. »Ist das nicht ein Corot?«

»Wie bitte?«

»Dieses Bild dort«, sagte Joss und erhob sich. »Ein Corot, nicht wahr?«

»Tatsächlich?« sagte Mrs. Steptoe, die nicht unbedingt eine Kunstkoryphäe war, obwohl sie durchaus wußte, was ihr gefiel.

»Jawohl, so ist es. Seine italienische Periode. Sehr plastisch.«

»Ach ja?«

»Sehr, *sehr* plastisch. Mir gefällt der Aufbau. Interessant. Ruhige Anordnung. Stark, aber nicht bombastisch. Schöne Lichtabstufung, und die Farben sind ebenfalls fein aufeinander abgestimmt.«

»Möchten Sie vielleicht eine Tasse Tee?« erkundigte sich Mrs. Steptoe.

Möglicherweise lag es an der leichten Rauheit in ihrer Stimme, jedenfalls überkam Joss an dieser Stelle das Gefühl, daß irgend etwas nicht stimme. Obwohl er diesen Gedankenaustausch über die Schule von Barbizon liebend gern fortgesetzt hätte, spürte er doch, daß er in gewisser Hinsicht fahrlässig gewesen war. Und plötzlich wurde ihm klar, was sich ereignet hatte. Er hatte *joie de vivre* in seine Haltung einfließen lassen. Es war ja vollkommen in Ordnung, an diesem glücklichen Tag alle Welt ins Herz zu schließen; andererseits durfte er nicht außer acht lassen, daß er hier als Kammerdiener im Dienste eines Gentlemans weilte. Längst schon hätte er die »Madams« wie Vogelfutter um sich werfen sollen.

»Mit dem größten Vergnügen, Madam«, korrigierte er seinen Fauxpas.

Mrs. Steptoe kniff kurz die Augen zusammen, gab dann aber tüchtig Kontra.

»Der Tee gehört zu jenen englischen Bräuchen, die mir in Fleisch und Blut übergegangen sind«, sagte sie. »Mein Mann kann nichts damit anfangen, aber ich lasse mir um fünf Uhr niemals mein Täßchen entgehen.«

»Tatsächlich, Madam?«

»So wohltuend.«

»Allerdings, Madam.«

Mrs. Steptoes Verlegenheit drückte sich in einem nervösen Kichern aus. Allmählich wuchsen ihr die Dinge über den Kopf. Ihr Aufenthalt in Großbritannien hatte sie mit den Landessitten hinlänglich vertraut gemacht – seit Wochen aß sie ihre weichgekochten Eier aus der Schale und nicht mehr zermanscht aus einem Glas, und Howard war es strikt untersagt, die Weste bis ganz unten zuzuknöpfen –, doch sie wußte auch, daß ihr Rüstzeug weiterhin gewisse Lücken aufwies, unter anderem die, daß sie dem britischen Humor noch immer nicht ganz gewachsen war. Manchmal erfaßte sie ihn mit Leichtigkeit, doch manchmal – wie eben jetzt – konnte sie sich keinerlei Reim darauf machen.

»Ist das der neueste Scherz?« fragte sie und hoffte, einen halbwegs aufgeweckten Ton anzuschlagen.

»Madam?«

»Ja genau, daß man Frauen so anspricht, wie die Männer, die in alten Romanen ›gnädige Frau‹ sagen. Im Grunde ist es ja ganz drollig«, sinnierte Mrs. Steptoe, »auch wenn ich mir nicht ganz sicher bin, ob es mir tatsächlich gefällt. Sie hören sich dadurch fast wie ein Kammerdiener an.«

»Das bin ich ja auch, Madam.«

Mrs. Steptoe beschlich ein ungebührlicher Verdacht. Noch immer wirkte Joss wie ein Filius aus adligem Hause, doch langsam erschien er ihr wie ein Filius aus adligem Hause, der einen in der Krone hatte.

»Sie halten mich jetzt wohl für schrecklich dumm«, versetzte sie kühl, »aber ich finde das nicht besonders lustig.«

»Das ist auch nicht lustig, Madam. Ich bin Mr. Steptoes neuer Kammerdiener.«

»Was!?«

»Jawohl, Madam. Miss Fairmile hat mich heute morgen angestellt.«

Keine Pein ist quälender als die einer Dame mit feinem Sinn für Klassenunterschiede, welche – nachdem sie einem vermeintlichen Adelssproß den ganzen Charme ihrer besten Umgangsformen hat angedeihen lassen – feststellen muß, daß es sich nur um das neueste Exemplar ihres Gesindes handelt. Und Mrs. Steptoe hätte ihren Gefühlen zweifellos freien Lauf gelassen, wenn ihr Blick nicht, als sie schon loslegen wollte, jenem von Joss begegnet wäre. Es war ein fester, ruhiger Blick, der Blick eines Mannes, der J.B. Duff zwei Jahre lang kaltblütig in die Augen gesehen hatte, wobei dieser zwar nicht gerade zu Kreuze gekrochen, aber doch auf nahezu manierliche Wortwechsel zurückgebunden worden war. Dies beeindruckte Mrs. Steptoe. Sie erkannte eine Persönlichkeit, wenn sie eine sah. So hart und erbarmungslos praktisch sie veranlagt sein mochte, hatte die Fürstin von Claines Hall doch auch eine sehnsuchtsvolle Seite und liebte es, Luftschlösser zu bauen.

Seit ihrer Ankunft in England träumte sie davon, eines Tages einen Kammerdiener anzuheuern, der aus dem rechten Holz geschnitzt war, einen persönlichen Bediensteten von Blut und Eisen, der ihrem Howard mit spitzem Kinn entgegentrat und ihn spuren ließ. Und falls sie sein vielversprechendes Äußeres nicht vollkommen falsch einschätzte, hatte sie nun einen solchen vor sich.

Ihr Blick wurde sanfter. Gerade noch hätte man sie mit einer Klapperschlange in Angriffsstellung verwechseln können. Ihre Miene wandelte sich nun zu der einer Klapperschlange, die sich ein endgültiges Urteil vorbehält, bis die Beweisaufnahme abgeschlossen ist.

»Ach?« sagte sie.

»Jawohl, Madam.«

»Chibnall hätte Sie in die Gesindestube führen sollen.«

»Jawohl, Madam.«

»Aber wo Sie nun schon mal hier sind ...«

»Ganz recht, Madam. Zweifellos wünschen Sie mir einige Winke und Hinweise in bezug auf meine Pflichten zu geben.« Joss hüstelte taktvoll. »Ich meinte Miss Fairmile dahingehend verstanden zu haben, Madam, daß Mr. Steptoe eine nicht ganz unkomplizierte Person sein soll.«

Genau auf diesen Punkt wollte Mrs. Steptoe zu sprechen kommen.

»So ist es«, erwiderte sie. »Er faßt seine Diener hart an.«

»Tatsächlich, Madam?«

»Er jagt ihnen tüchtig Angst ein, woraufhin sie das Handtuch werfen. Der einzige, der wenigstens zwei Wochen ausgeharrt hat, war Ihr Vorgänger. Ich setzte ganz auf ihn, aber Mr. Steptoe kriegte ihn schließlich doch klein. Ihm paßte es nicht, daß Mr. Steptoe seine Nase in die Hemdbrust drückte.«

Dies interessierte Joss außerordentlich. Er hatte nicht gewußt, daß er seinen Dienst unter einem Mann mit Gummihals versehen sollte.

»Ist Mr. Steptoe ein Schlangenmensch?«

»Sie verstehen mich nicht. Es war die Nase Ihres *Vorgängers*, die Mr. Steptoe in Mr. Steptoes Hemdbrust drückte. Ihr Vorgänger hatte ihm nämlich für das Abendessen ein steifes Hemd herausgelegt, und Mr. Steptoe mag steife Hemden nicht. Deshalb drückte er die Nase Ihres Vorgängers hinein.«

»Ach so, Madam.«

»Tja, nun wissen Sie also, womit Sie es zu tun haben.«

»Ich erkenne durchaus den Ernst der Lage, Madam, sehe ihr jedoch unerschrocken entgegen. Ich stehe nicht zum erstenmal im Dienst eines schwierigen Gentlemans.«

»Und Sie haben sich wacker geschlagen?«

»Zur allseitigen Zufriedenheit, Madam.«

Mrs. Steptoes letzte schwache Zweifel verflogen. Sofern sie einer Klapperschlange überhaupt noch irgendwie ähnelte, dann hatte diese die Stimme des Gewissens vernommen und beschlossen, sich abzuregen und einen friedlichen Abend unter ihresgleichen zu verbringen. Dies war der Übermensch, von dem sie immer geträumt hatte. Sie beschloß, nichts zu verheimlichen, sondern ihm bis zum Rand reinen Wein einzuschenken.

»Das ist ja wunderbar«, sagte sie. »Mir fällt ein Stein vom Herzen. Langsam glaube ich, Sie könnten das Kind schaukeln. Nicht jeder weiß mit Mr. Steptoe umzugehen, wenn er erst einmal in Fahrt kommt, doch Sie haben offenbar, was es braucht. Im Grunde geht es um folgendes. Ich sage das wohlverstanden im Vertrauen. Ich wünsche nicht zitiert zu werden.«

»Dafür habe ich volles Verständnis, Madam.«

»Also ganz unter uns, und damit Sie Bescheid wissen: Mr. Steptoe ist ein Tolpatsch.«

»Tatsächlich, Madam?«

»Ihm geht jedes herkömmliche Anstandsgefühl ab. Ich bringe es offensichtlich nicht in seinen sturen Schädel, daß er sich seinem Stand entsprechend aufführen soll. Gerade neulich ertappte ich ihn hinter dem Stall, wie er mit meinem Chauffeur knobelte.«

»Ts-ts, Madam.«

»Ja. Ich hörte, wie eine Stimme ›Baby braucht neue Schuhe!‹ brüllte, und sah ihn prompt dort stehen.«

»Ojemine, Madam.«

»Und er haßt es, wenn er sich in die Abendgarderobe werfen muß. Er behauptet, die Kragen zwickten ihn im Genick, und er kann es auch nicht leiden, wie die steifen Hemden beim Einatmen plötzlich aufplatzen. Seine Kinderstube war nämlich miserabel. Vor unserer Hochzeit bekam er steife Hemden nur zu Gesicht, wenn sich der Ringrichter über ihn beugte und bis zehn zählte.«

»Mr. Steptoe war Boxer?«

»Vorkämpfe an der Pazifikküste. Das allererste Mal sah ich ihn im Stadion der Armeeveteranen in Hollywood. Er wurde von einem Burschen namens Wildcat Wix gerade zu Hackfleisch verarbeitet.«

Dies tröstete Joss immerhin ein bißchen. Obwohl er entschlossen war, sich nicht unterkriegen zu lassen, hörte er doch mit Wohlgefallen, daß er es nicht mit einem jähzornigen Boxchampion zu tun hatte.

»Sie wissen ja, wie diese Schmalspurboxer sind. Sie kommen aus der Gosse, was sie offensichtlich fürs Leben prägt. Ich verlasse mich also darauf, daß Sie ihn mit harter Hand anfassen. Ganz besonders heute abend. Wir erwarten ein oder zwei wirklich reizende Gäste zum Essen, und ich traue es dem guten Steptoe durchaus zu, daß er in einem Schildkrötenhalspullover aufkreuzt, falls man seine Triebe nicht bändigt. Und jetzt läute ich nach Chibnall, damit er Sie auf Ihr Zimmer bringt. Ich hoffe, Sie fühlen sich darin wohl.«

»Vielen Dank, Madam.«

»Geben Sie acht auf Mr. Steptoes Schuhwerk. Wenn man ihn

auch nur eine Sekunde aus den Augen läßt, tanzt er uns beim Abendessen noch in Turnschuhen an.«

»Ich werde sehr wachsam sein, Madam.«

»Daran zweifle ich nicht. Ach, Chibnall«, sagte Mrs. Steptoe, »dies ist Weatherby, Mr. Steptoes neuer Kammerdiener. Würden Sie ihm sein Zimmer zeigen?«

Als wir behaupteten, keine Pein sei quälender als die einer Gastgeberin, die einen ihrer Bediensteten mit einem Adelssproß verwechselt, unterlief uns ein Lapsus. Ihr ebenbürtig, ja vielleicht sogar überlegen ist nämlich diejenige eines Butlers von hochmütiger Gesinnung, der feststellt, daß er einen Arbeitskollegen mit »Sir« angesprochen hat. Und so wandte sich Chibnall mit loderndem Blick und Groll in allen Zügen nach Joss um, als sich die Tür hinter den beiden schloß. Einzig der Umstand, daß Joss' Fünfpfundschein in seiner Hosentasche steckte, hielt ihn von den ungestümsten Formen der Zurechtweisung ab.

»Warum haben Sie mir nicht gesagt, wer Sie sind?« wollte er wissen.

»Sie haben mich nicht danach gefragt«, antwortete Joss.

»Sie gondeln mit Ihrem Wagen einfach vor das Hauptportal, als ob das Haus Ihnen gehörte!«

»Sie wollen damit sagen, daß das nicht ganz der richtige Ton war? Ja, bestimmt haben Sie recht. Aber wohin gehen wir denn?«

»Ich habe Anweisung, Eurer Lordschaft das Zimmer Eurer Lordschaft zu zeigen«, antwortete Chibnall, dessen Ironie zwar gut, aber wie meistens etwas gar dick aufgetragen war. »Vielleicht hätten Eure Lordschaft die Güte, die Füße Eurer Lordschaft zu heben und mir zu folgen.«

Sie hatten die weichen Teppiche und die Chippendale-Möbel der herrschenden Klasse hinter sich gelassen und gerieten in das Ödland der läuferlosen und nach Schmierseife riechenden Treppen und Korridore. Joss rutschte das Herz in die Hose. Er fühlte sich wie Dante, der von Vergil durch die Hölle geführt wird. Und als Vergil mitten in der Schmierseifenzone eine Tür aufstieß und den Blick auf ein kleines Schlafzimmer und einen gesprungenen Krug in einer angeschlagenen Schüssel freigab, schüttelte Joss entschieden den Kopf.

»Oh, nein, nein, nein«, sagte er. »Oh, nein, nein, nein.«

»Wie bitte?«

»So geht das nicht. Haben Sie nichts Besseres?«

»Vielleicht hätten Sie gern ein eigenes Badezimmer?«

»Ein eigenes Badezimmer, aber natürlich«, sagte Joss. »Dazu ein paar hübsche Drucke an der Wand und einen ordentlichen Sessel. Oder lieber zwei Sessel, denn ich will doch hoffen, daß Sie recht oft auf eine Zigarette und einen Schwatz vorbeikommen, wenn wir gerade nicht Dienst tun.«

Ein scharf zischendes Einatmen an seiner Seite zeigte ihm an, daß er zu schroff gewesen war. Fraglos hätte er daran denken sollen, daß bei derartigen Gesprächen gewisse vorbereitende Maßnahmen unerläßlich sind.

»Ich frage mich«, sagte er und zog einen Fünfpfundschein aus der Tasche, »ob Sie sich noch einmal für einen davon erwärmen könnten? Vielleicht sammeln Sie sie ja?«

Eine lange Pause trat ein, in der Chibnall, der Mann, mit Chibnall, dem Butler, rang. Der Mann hätte Joss den Fünfpfundschein am liebsten ins Gesicht geschleudert, der Butler dagegen wollte ihn einstecken. Der Butler obsiegte.

»Danke«, sagte er.

»Wissen Sie«, erklärte Joss, »Mrs. Steptoe forderte mich ausdrücklich auf, mich hier wohl zu fühlen, und ich würde sie nur ungern enttäuschen. Und ich sollte Ihnen auch sagen, daß ich nicht immer der war, den Sie nun vor sich sehen. Es ist noch nicht lange her, da lebte ich in einer Atmosphäre der Erhabenheit, ja des Luxus. Ich wohnte tatsächlich in Marmorhallen und sah mich umgeben von Vasallen und Leibeigenen. Ich darf keine Namen nennen, nicht einmal Ihnen gegenüber, doch wenn ich die Identität des blaublütigen Vaters preisgäbe, der mich ohne einen roten Heller verstieß, weil ich das Mädchen nicht heiraten wollte, das er für mich ausersehen hatte, wären Sie sprachlos.«

Chibnall schien plötzlich ein Licht aufzugehen. Unbewußt hatte sich ihm, so merkte er nun, eine solche Erklärung für die befremdlichen Vorgänge längst aufgedrängt. Er war ein leidenschaftlicher Leser von Groschenheften und verhandelte deren Qualitäten häufig mit Miss Pym, die Kriminalreißern den Vorzug gab. Der von Joss dargestellte Sachverhalt war ihm wohl vertraut. Er kannte ihn nicht nur aus *Hyazinthe*, sondern auch aus *Der Gentleman Mark Delamere* und *Vertreibung aus dem Paradies*.

»Tatsächlich, Sir?«

»Darum bin ich auch etwas pingelig.«

»Das kann ich durchaus verstehen, Sir.«

»Wer ist hier für die Schlafzimmer zuständig?«

»Die Wirtschafterin, Sir.«

»Es müßte ihr doch möglich sein, etwas Passendes für mich zu finden?«

»Gewiß, Sir. Es stehen mehrere Gästezimmer frei.«

»Dann führen Sie mich bitte zu ihr. Am besten trommeln Sie sowieso gleich sämtliche Angestellten zusammen. Ich würde gerne in einer entscheidenden taktischen Frage das Wort an sie richten.«

Etwa eine halbe Stunde später – Joss saß vergnügt in der Gesindestube und spielte mit Mrs. Barlow, der Wirtschafterin, Mrs. Ellis, der Köchin, sowie Chibnall eine gemütliche Partie Bridge – durchdrang das Läuten einer Glocke dieses Schattenreich. Man hatte das Gefühl, ein mit einem kräftigen Daumen ausgestatteter Mensch habe just diesen Daumen auf den Knopf gedrückt und nicht mehr weggenommen.

»Mr. Steptoe«, sagte Chibnall, der beim Kartenspiel den Strohmann machte.

Joss seufzte. Von seiner Partnerin frenetisch angefeuert, hatte er gerade einen Herz-Kleinschlemm angesagt und schien ihn erfüllen zu können.

»Sehr lästig«, sagte er. »Aber wohl nicht zu vermeiden. Vielleicht könnten Sie mir den Weg zeigen.«

Die Tür zu Mr. Steptoes Schlafzimmer stand einen Spalt offen, als sie dort anlangten. Aus dem Inneren drangen die rastlosen Bewegungen eines schweren Körpers, die vermuten ließen, daß entweder ein Elefant ausgebrochen war oder Mr. Steptoe auf und ab schritt. Das Geräusch verhieß Unheil, und als Chibnall Joss in die Augen sah, lag in seinem Blick respektvolles Mitleid. Chibnall hatte schon viele Kammerdiener in diesen Raum treten sehen, die sich später, am ganzen Körper zitternd, blind hinausgetastet hatten wie die Gäste nach dem Bankett des Londoner Oberbürgermeisters – oder denen sogar, wie etwa seinem Vorgänger, das Blut in Strömen aus der Nase geflossen war.

Eilends schüttelte er Joss die Hand und stahl sich leise davon. Joss stieß die Tür auf und trat ein. Er ahnte, daß die erste Unterhaltung mit seinem neuen Dienstherrn zu Beginn wohl von gewissen Mißtönen begleitet sein würde. Und damit lag er goldrichtig. Ein kurzer Blick in Mr. Steptoes Richtung zeigte ihm bereits, daß dieser nicht gerade sonnig gestimmt war.

Tatsächlich hatte noch kein Mensch, der ihn erst nach seiner Ankunft in England kennenlernte, Howard Steptoe je in sonniger Stimmung gesehen. Er war, wie wir bereits bei seinem Auftritt am Frühstückstisch gesehen haben, ein verbitterter und desillusionierter Mann.

Als ihn eine wohlhabende Witwe, die seinem handfesten Charme erlegen war, aus der Gosse holte, in der er seine entscheidenden Jugendjahre verbracht hatte, glaubte Howard »Schnauze« Steptoe, in Bälde ein gemachter Mann zu sein. Und nun saß er hier in dieser Hölle, bestehend aus Kammerdienern, steifen Kragen, Teegesellschaften, der lokalen High

Society und Gefährten wie etwa jenem Lord Holbeton, die so schrecklich gut zu ihm paßten. Ein böses Erwachen.

An diesem Tag war seine Stimmung seit dem Mittagessen immer finsterer geworden. Man erinnert sich vielleicht, daß Mrs. Steptoe ihm am Mittagstisch erzählt hatte, ein Mr. Duff habe ein Kaufangebot für Mrs. Chavenders Porträt gemacht. Und wenn ein Mann, der dringend Geld braucht, zu hören bekommt, daß seine Gattin ein blendendes Angebot für ein Porträt ausgeschlagen hat, das sich in seinem eigenen Besitz befindet und dessen Wert er allenfalls auf dreißig Cents veranschlagt hätte, dann neigt er dazu (und sei sein Gemüt sonst noch so milde und gelassen), vor Zorn etwas zu glühen. Mr. Steptoe, der weder mild noch gelassen war, hatte geglüht wie ein Hochofen.

Und vor etwa einer halben Stunde war er Sally begegnet und hatte von ihr erfahren, daß ein neuer Kammerdiener in Claines Hall eingetroffen sei. Wo er sich doch gerade dazu beglückwünscht hatte, dieses Übel ausgemerzt zu haben.

Howard Steptoe erwartete seinen Kammerdiener.

»Guten Abend, Sir«, sagte Joss. »Sie haben geläutet?«

Er war tief beeindruckt vom Wuchs seines Gegenübers und überrascht, daß dieser Wuchs ihn nicht über Vorkämpfe an der Pazifikküste hinausgebracht hatte. Mangelhafte Beinarbeit, so stand zu vermuten.

Auf dem Bett lag ein schneeweißes Hemd. Mr. Steptoe zeigte mit einem bananenförmigen Finger darauf – vor Erregung zitternd, denn dies schlug dem Faß den Boden aus.

»He Sie!«

»Sir?«

»Sehen Sie dieses Hemd?«

»Jawohl, Sir.«

»Steif.«

»Ganz recht, Sir.«

»Räumen Sie's weg, sonst stopfe ich Ihnen das Maul damit.«

Joss spürte, daß es an der Zeit war, die harte Hand spielen zu lassen. Eine bezwingende Ruhe lag in dem Blick, den er dem wutschäumenden Mann zuwarf.
»Steptoe«, sagte er ruhig, »Sie werden jetzt hübsch Ihr Hemd anziehen.«

8. *Kapitel*

Stille trat ein. Mr. Steptoes ungeheure Gestalt war allem Anschein nach von einer Schüttellähmung ergriffen worden. Er regte sich, er rührte sich, und die Lebensgeister schienen ihn zu durchzucken. Die Hände zu Fäusten geballt, schnaubte er wütend durch die breitgeschlagene Nase.
»Was?« murrte er rauh. »Was ham Se gesagt?«
Joss wiederholte die Aufforderung. Er hatte seine Position leicht verlagert, so daß nun ein robuster Sessel zwischen ihnen stand, und vom Kaminsims hatte er – für alle Fälle – eine zweckentsprechende bauchige Vase genommen. Er war überzeugt, diese Meinungsverschiedenheit auf diplomatischem Wege beilegen zu können, doch konnte es nicht schaden, auf der Hut zu sein.
»Ich hau' Sie kurz und klein.«
»Lassen Sie den Unsinn. Was würde ich Ihnen kurz und klein schon nützen?«
Ein bitteres Lächeln umspielte einen Moment lang Mr. Steptoes verkniffene Lippen.
»Ha!« versetzte er. »Kluges Köpfchen, was?«
Joss schlug sich auf die Schenkel.
»Ich wußte, daß Sie das gleich sagen würden.«
»Ach, tatsächlich?«
»Entweder das oder sonst ›schlaues Köpfchen, was?‹ Da war ich mir so sicher wie darüber, daß in meiner Tasche die Schuldscheine für das Geld stecken, das Ihnen die Köchin beim Knobeln abgejagt hat.«

»Au, Backe!« sagte Mr. Steptoe wie vom Donner gerührt.

Gerade eine Woche war es her, da hatte Howard Steptoe, der sich auf diese Art ein bescheidenes Zubrot zu verdienen hoffte, damit angefangen, dem Gesinde dieses faszinierende Spiel beizubringen, und in einer schwarzen Stunde war er auch gegen die Köchin Mrs. Ellis, ein wahres Naturtalent, angetreten. Und nun hatte er diese am frühen Abend darum bitten müssen, einen weiteren Wechsel für den Betrag von sechzehn Schilling zu akzeptieren, wodurch seine Verpflichtungen auf die exorbitante Summe von sechs Pfund, acht Schilling und zwei Pence angewachsen waren.

»Und wenn ich daran denke, was Mrs. Steptoe sagen wird, wenn ich sie ihr zeige«, meinte Joss, »schaudert mich.«

Mr. Steptoe ging es nicht anders. Er zitterte vom Bug bis zum Heck.

Die Angst, diese Beweismittel für seine Missetaten könnten eines Tages den Weg zu Mrs. Steptoe finden, verfolgte »Schnauze« seit einer Woche bis in seine Träume. Er wußte nur zu gut, was dies für ein Nachspiel hätte.

Das Regime seiner Frau war zwar prinzipiell despotisch, aber doch wohlwollend, und die Liebe, die sie für ihn empfand, erlaubte es ihm, Kammerdienern die Nase in seine Hemdbrust zu drücken, ohne Schlimmeres als ein gequältes »Ach, Howard!« befürchten zu müssen. Sie war sogar recht nachsichtig gewesen, als sie ihn dabei erwischt hatte, wie er mit dem Chauffeur die Würfel rollen ließ.

Doch er wußte, daß mit ihr in einem Punkt nicht zu spaßen war. Fand sie erst einmal heraus, daß er Sussex' beste Köchin hatte über den Tisch ziehen wollen – was bei jener Köchin möglicherweise Gedanken an eine Kündigung reifen ließ –, dann würde die in ihr schlummernde Tigerin alle Ketten sprengen.

»Da ich auf eine gewisse Ruppigkeit von Ihrer Seite gefaßt war«, sagte Joss, »habe ich gerade vorhin die Gelegenheit beim Schopf gepackt, Ihre Wertpapiere aufzukaufen. Vielleicht interessiert es Sie, zu erfahren, daß ich sie für ein Trinkgeld bekommen habe. Das Vertrauen in Ihren Marktwert ist beim Gesinde erschüttert, und in der Regel wird mit Verlust abgestoßen.« Er hielt kurz inne. »Steptoe«, fuhr er fort, »Sie werden jetzt schön brav Ihr steifes Hemd anziehen.«

Mr. Steptoe hatte sich in einen Stuhl sinken lassen und stützte den Kopf in die Hände. Plötzlich empfand Joss Mitleid mit diesem schwergeprüften Mann.

»Kopf hoch«, sagte er. »Sie brauchen sich bloß artig und vernünftig aufzuführen, dann werde ich das entsetzliche letzte Mittel nicht einsetzen. Wie zum Kuckuck«, fragte er voller Anteilnahme, »konnten Sie denn so in die Miesen kommen? Sie müssen die Dinger völlig falsch geworfen haben. Am besten gebe ich Ihnen Unterricht.«

Mr. Steptoe sah mit ungläubiger Miene hoch.

»Knobeln Sie denn?«

»Ob ich knoble?« fragte Joss und lachte hell auf. »Sie sind gut! Die Würfelspieler in zahlreichen Städten würden schmunzeln, wenn sie Ihre Frage hören könnten. Sie sind doch bestimmt ein Anfänger?«

»Nein, bin ich nicht«, sagte Mr. Steptoe aufbrausend.

»Dann ist mit Ihrer Technik etwas faul. Die ganze Wissenschaft des Knobelns besteht darin, den Würfeln im richtigen Moment den richtigen Spruch vorzusagen. Und genau da haben Sie wohl gepatzt. Sie wirken auf mich wie ein erzkonservativer und verbohrter Mensch. Was Sie einmal auf den Knien Ihrer Mutter gelernt haben, reicht Ihnen fürs ganze Leben. Angeblich sagen Sie immer noch: ›Baby braucht neue Schuhe.‹«

»Na und, warum nicht?«

»Kreuzfalsch. Würfel reagieren doch nicht auf diesen alten Hokuspokus. Aber darüber wollen wir uns später unterhalten. Im Moment, Steptoe, möchte ich Sie dringend auffordern, nie wieder mit Köchinnen zu spielen. Die sind praktisch durchs Band satanisch begabt. Ihre eigene Zukunft als Knobler liegt meines Erachtens beim hohen und niederen Adel. Ich an Ihrer Stelle würde mich ganz auf diese Gartenparty konzentrieren, von der so viel gemunkelt wird.«

»Wie meinen Sie das?«

»Warten Sie bis zur Gartenparty, ziehen Sie die Crème de la Crème der Grafschaft von Tee und Gebäck ab, führen Sie sie hinter die Stallungen und lehren Sie sie Mores.«

»Daran habe ich noch gar nie gedacht.«

»Ich wüßte nicht, weshalb Sie nicht einen ordentlichen Reibach machen sollten.«

»Mir kann er gar nicht ordentlich genug sein.«

»Benötigen Sie das Geld für einen bestimmten Zweck?«

»Und ob!« Wiewohl sie allein waren und die Tür geschlossen war, blickte Mr. Steptoe nervös über die Schulter. »Ich möchte genug zusammenbringen, um meine Rückfahrt nach Hollywood berappen zu können.«

»Im Herzen sind Sie immer noch dort, wie? Aber ich habe mir sagen lassen, daß Ihre damalige Karriere nur bedingt erfolgreich war. Was ist denn, wenn Ihnen Wildcat Wix wieder begegnet?«

»Passen Se auf, ich könnte den Kerl zum Frühstück wegputzen.«

»Aber er soll Sie doch zu Hackfleisch verarbeitet haben?«

»Wer hat Ihnen das erzählt?«

»Mrs. Steptoe.«

»Frauen verstehen nichts von diesen Dingen. Ein geschmierter Ringrichter hat mich um den verdienten Punktsieg gebracht. Und ich will sowieso nicht mehr boxen, wenn ich zurückkehre. Damals bei meiner Abreise war ich schon dick drin im Filmgeschäft.«

»Mir ist gar nicht bewußt, daß ich Sie je auf der Leinwand gesehen hätte.«

»Es waren bis kurz vor Schluß ja auch bloß Statistenrollen. Doch dann hatte ich in einem Streifen drei erstklassige Dialogstellen.«
»Tatsächlich?«
»Genau so war's. Es handelte sich um eine dieser knallharten Stories, wo ständig jeder jedem eine runterhaut. Ich war so ein Gangster. Kommt ein Typ daher und sagt: ›Soso!‹ und ich sage: ›Soso!‹ und haue ihm eine runter. Dann kommt ein anderer Typ daher und sagt: ›Soso!‹ und ich sage: ›Soso!‹ und haue ihm eine runter. Und dann kommt noch ein dritter Typ daher und sagt: ›Soso!‹ und ich sage: ›Soso!‹ und haue ihm ebenfalls eine auf die Gosche.«
»Clark Gable war wohl für die Rolle nicht zu kriegen?«
»Und dann kommt Mrs. Steptoe und heiratet mich vom Fleck weg. Würde Sie das etwa nicht aus der Bahn werfen? Gerade als ich richtig einsteigen wollte.«
»Viele Leute sagen, ein Künstler sollte nicht heiraten.«
»Das hat mir die Karriere vermasselt. Im Film sind Burschen mit Visagen, wie ich sie habe, immer gefragter. Gucken Sie sich Wallace Beery an. Gucken Sie sich Edward G. Robinson an. Und wie steht's mit Maxie Rosenbloom? Da haben Sie's doch. Hat wie ich als Boxer angefangen, und gucken Sie sich ihn heute an.«
»Maxie war aber Champion.«
»Na, zum Champion hätt' ich's doch auch noch gebracht, wären an höchster Stelle nicht bestimmte Leute eifersüchtig geworden. Ich sag's, wie's ist, man hat mich gerade zum Star aufbauen wollen, da taucht Mrs. Steptoe auf und reißt mich aus allem raus. Und das einzige, was mich von der Rückkehr abhält, ist das fehlende Kleingeld für die Reise.«
»Ein bißchen Unterricht bei mir, und die Sache ist schon bald behoben. Sie ziehen diese Herzoge und Grafen bei der Gartenparty bis aufs Hemd aus.«
»Klare Sache. Passen Se auf«, sagte Mr. Steptoe und betrach-

tete Joss mit tiefempfundenem Respekt. »Sie sind eine gute Haut!«
»Einen netteren Kerl als mich haben Sie kaum je kennengelernt. Und zum Beweis gebe ich Ihnen die da zurück.«
»Au, Backe!«
»Ich brauchte sie bloß zu Beginn unserer Bekanntschaft, damit ich den ersten Kontakt mit Ihnen auf rein kameradschaftlicher Basis herstellen konnte. Und jetzt«, sagte Joss forsch, »schlüpfen Sie in dieses Hemd, es ist schon spät.«
Das frohe Leuchten schwand aus den Augen des anderen.
»Muß ich?«
»Leider ja. Man erwartet Gäste zum Essen.«
»Diese steifen Stöcke!«
»Je steifer die Stöcke, desto steifer das Hemd. Auf diesem ehernen Gesetz fußt die ganze Gesellschaft. Also hopp hopp, Steptoe, bringen Sie's hinter sich.«
»Na schön, wenn Sie meinen.«
»Tapferes Kerlchen. Und jetzt«, sagte Joss, der einen Blick aus dem Fenster geworfen hatte, »muß ich Sie verlassen. Da unten steht jemand im Garten, mit dem ich mich gern unterhalten möchte.«

9. *Kapitel*

Sally hatte sich schon früh für das Abendessen umgezogen, da sie vor dem Eintreffen der Gäste noch ein bißchen durch den Garten flanieren wollte. Claines Hall gehörte zu Englands Wasserschlössern, und ein Spaziergang an jenen stillen Gewässern erquickte sie nach jedem ihrer Londoner Ausflüge.
Als sie sich über das niedrige Mäuerchen beugte und auf die Fische hinunterblickte, die durch die Algen flitzten, wandten sich ihre Gedanken Joss zu. Als seine gesellschaftliche Förderin fühlte sie sich für sein Wohl und Wehe verantwortlich und

fragte sich, wie er wohl mit dem Gesinde zurechtkomme, wobei sie hoffte, daß ihn sein Überschwang nicht zu einem jener Fauxpas verleitet hatte, die man an solchen Orten berechtigterweise übelnimmt.

Jedenfalls war es erfreulich, feststellen zu dürfen, daß er bei Mrs. Steptoe überaus positive Aufnahme gefunden hatte. Die begeisterte Antwort jener Autokratin auf Sallys eher zögerliche Frage hatte sie überrascht. Mrs. Steptoe hatte Joss augenblicklich mit dem Stempel »1a Ware« versehen. In den höchsten Tönen hatte sie von der ruhigen Durchsetzungskraft seiner Persönlichkeit gesprochen und ihre Meinung kundgetan, daß dem Hausherrn diesmal ein sehr ernsthafter Widersacher erwachsen sei. Falls sich dieser neue Bursche als so gut erweise, wie es scheine, sagte Mrs. Steptoe ganz unverblümt, liege es durchaus im Bereich des Möglichen, daß sich Howard auf der Gartenparty in halbwegs menschlichem Aufzug zeige.

Ein beschwingtes »He!« durchbrach die Stille, und als Sally sich umwandte, sah sie genau jene Person vor sich, der ihre Gedanken gegolten hatten. Normalerweise bummelten Kammerdiener nicht in der friedlichen Abenddämmerung durch die Gartenanlagen von Claines Hall, doch auf diesen Umstand hatte Joss Weatherby niemand hingewiesen.

»Da sind Sie ja!« rief er. »In diesem Schummerlicht habe ich Sie doch glatt mit einer Waldnymphe verwechselt.«

»Brüllen Sie Waldnymphen immer mit ›He!‹ an?«

»Fast immer.«

»Aber wissen Sie denn nicht, daß Kammerdiener andere Menschen nicht mit ›He!‹ anbrüllen sollten?«

»Irgendwie muß man doch das Eis brechen.«

»Aber wenn Sie zum Beispiel Mrs. Steptoe auf sich aufmerksam machen wollten, wäre ein ›He, Madam‹ wohl schicklicher.«

»Oder ein ›He, gnädige Frau!‹«

»Ja, das wäre höflicher.«

»Vielen Dank. Ich werd's mir merken.« Er trat zu ihr ans Mäuerchen und betrachtete eine Weile stumm die Fische. Der Abend war ausgesprochen friedlich. In der Ferne bimmelten Schafglöckchen, und aus einem der Fenster des Hauses schmetterte eine rauhe Stimme ein Tanzlied. Joss hatte Mr. Steptoe trotz des Hemdes in munterer, ja aufgekratzter Laune zurückgelassen. »Das ist ein traumhaftes Plätzchen«, sagte er.

»Freut mich, daß es Ihnen gefällt.«

»Ein wahres Paradies auf Erden. Obwohl mich«, sagte Joss, der gern zügig zur Sache kam, »auch ein Gaswerk in Jersey City nicht weiter stören würde, solange Sie dort wären. ›Ein Buch der Dichter hier in schattger Ruh‹ …«

Sally kannte die Gedichtstelle und hielt es für ratsam, das Thema zu wechseln.

»Wie kommen Sie voran?«

»Gut. Könnte gar nicht besser gehen. Ich habe gehofft, Sie irgendwo anzutreffen, und da sind Sie auch schon. Und wie gesagt, ›ein Brot dabei, ein Krug voll Wein, und du mit deinem Lied, das durch die Wildnis hallt …‹«

»Ich habe nicht von der Wildnis gesprochen, sondern vom Gesinde.«

»Ach, vom Gesinde? Die haben mich bereits alle ins Herz geschlossen.«

»Chibnall ist natürlich der Mann, an den Sie sich halten müssen. Sein Wort ist Gesetz.«

»Chibnall habe ich in der Tasche.«

»Tatsächlich?«

»Wir sind wie Cohen und Corcoran. Eine dieser wunderbaren Freundschaften. Er kannte mich noch keine halbe Stunde, da schüttete er mir schon sein Herz aus. Wußten Sie, daß er mit dem Schankmädchen aus der Dorfkneipe verlobt ist?«

»Nein.«

»Vielleicht wurde es noch gar nicht verkündet. Er war jedenfalls ziemlich aufgebracht, weil er sie heute morgen ertappte, als sie einem Handelsreisenden den Schlips zurechtrückte. Oh! Fluch des Ehestands, sagte er sich, daß unser diese zarten Wesen sind, doch nicht ihr Lüsten! Am liebsten hätte er ihr einen Schandbrief geschrieben.«

»Und haben Sie ihm dazu geraten?«

»Nein, ich war dagegen. Ich machte ihm klar, daß es zu den hehrsten Pflichten eines Schankmädchens gehöre, allen gleichermaßen zu Gefallen zu sein, und daß es sich wohl um eine rein berufliche Geste gehandelt habe, die lediglich den Verkauf habe ankurbeln sollen. Ich kenne die menschliche Natur gut genug, um zu wissen, daß ein Handelsreisender, dem der Schlips von einem hübschen Mädchen mit kupferrotem Haar zurechtgerückt wird, weit eher bereit ist, ein zweites Bier zu bestellen, als einer, den ein solches Mädchen wie Luft behandelt.«

»Das stimmt. Ihr Zuspruch muß für ihn sehr beruhigend gewesen sein.«

»O ja. Er wird mich morgen mit ihr bekannt machen.«

»Und Mr. Steptoe haben Sie anscheinend ebenfalls beruhigt. Es hört sich an, als ob er singe.«

»Ja. Ich traf ihn ziemlich bedrückt an, ließ jedoch ein paar freundliche Worte fallen, die ihn aufmöbelten wie ein Gläschen von J.B. Duffs Sherry. Aber das wollte ich Sie ohnehin schon lange fragen. Haben Sie und er die Flasche nach meinem Weggang noch ausgetrunken?«

»Nicht ganz.«

»Verlief das Gespräch zufriedenstellend?«

»Durchaus, danke der Nachfrage.«

»Ich hab's schon wieder vergessen, weswegen suchten Sie ihn auf?«

»Sie sollten mal Gedächtnisübungen machen. Wie kommen Sie mit den anderen zurecht?«

»Die fressen mir aus der Hand.«

»Hat Mrs. Barlow Ihnen ein hübsches Zimmer gegeben?«

»Phantastisch!«

»Dann glauben Sie also, Sie werden sich hier wohl fühlen?«

»Pudelwohl!«

»Wie wollen Sie's denn mit Mr. Steptoe halten? Sind Sie mit den Aufgaben eines Kammerdieners vertraut?«

»Sie sprechen da meine heimliche Sorge an. Nein, das bin ich nicht. Aber es ist schon alles arrangiert. Gleich bei meiner Ankunft trommelte ich sämtliche Angestellten zusammen und richtete das Wort an sie. Ich sagte, falls sie bereit seien, mich von meinen Aufgaben zu entbinden, sei ich umgekehrt bereit, ihre guten Dienste großzügig zu honorieren. Von Anfang an hing das Publikum an meinen Lippen, und die Einzelheiten waren im Nu geregelt. Charles, der Lakai, wird in allen praktischen Belangen als Mr. Steptoes Kammerdiener fungieren. Um meine morgendliche Tasse Tee kümmert sich das tüchtige Küchenmädchen. Die Köchin hat mir zugesichert, daß vor dem Schlafengehen stets ein paar Sandwiches neben mein Bett gestellt würden, falls ich in den frühen Morgenstunden Appetit verspüren sollte. Der dazugehörige Whisky mit Soda fällt natürlich in Chibnalls Ressort.«

Sally starrte ihn an. Einen treulosen Augenblick bedauerte sie, daß Lord Holbeton nicht etwas mehr von diesem Unternehmungsgeist besaß. Vielleicht war es ja bloß Einbildung gewesen, doch als sie in dessen Gegenwart den Diebstahl von Mrs. Chavenders Porträt erwähnt hatte, glaubte sie in seiner Haltung eine gewisse Lustlosigkeit und mangelnden Enthusiasmus wahrzunehmen.

»Sie sind ja ein richtiges Organisationstalent!«

»Ich habe es gern, wenn alles wie am Schnürchen läuft.«

»Was waren Sie denn früher? Industriekapitän? Ach nein, stimmt ja, Mr. Duff sagte mir, Sie seien Künstler.«

»Genau.«

»Und was hatten Sie dann in seinem Büro zu suchen? Als ich

hereinkam, war ich überzeugt, Sie seien eine Art Geschäftspartner.«

»Diese Sinnestäuschung erlebte schon mancher, der sich von meinem stillen, würdevollen Auftreten in die Irre führen ließ. Ich war so etwas wie ein gezähmter Künstler und illustrierte für die Firma Reklamen und ähnliches. Unter anderem gestaltete ich die Plakate für den Premium-Schinken.«

»O nein!«

»Schon gut, ich mag sie selber nicht.«

»Aber Mr. Duff sagte mir, Sie hätten das Porträt von Mrs. Chavender gemalt, das im Frühstückszimmer hängt.«

»So ist es.«

»Aber warum haben Sie dann ...?«

»Unglücklicherweise«, erwiderte Joss, »wurde die existentielle Verpflegungsfrage im Rahmen meiner Haushaltführung immer dringlicher. Als ich jenes Porträt malte, war ich noch bei Kasse. Ich verfügte über ein Privateinkommen – das ist der beste Freund des jungen Künstlers. Dieses wurde später vom Advokaten, der es verwaltete, zur Deckung eigener Bedürfnisse umfunktioniert, da er eines Tages glaubte, seine Not sei größer als meine. Wer sich bereits im Armenhaus sieht, muß nehmen, was er kriegt.«

»Ja«, sagte Sally, die dieselbe Erfahrung gemacht hatte. »Aber was für eine Schande! Es tut mir ja so leid für Sie.«

»Danke«, sagte Joss. »Danke, daß es Ihnen leid tut. Nun, ich schlug mich eine Zeitlang durch, wurde immer schmächtiger und tat schließlich, was ich vernünftigerweise von Anfang an hätte tun sollen. Ich bewahrte J.B. Duff vor einem nassen Grab. Wir waren damals in Easthampton, er auf seiner Jacht, ich als Fachkraft in einer Erfrischungshalle. Wir machten auf hoher See miteinander Bekanntschaft. Ich brachte ihn ans Ufer, und in einem natürlichen Anflug von Dankbarkeit bot er mir einen Posten in London an. Er war nämlich gerade auf dem Sprung dorthin, um die Geschäftsleitung zu übernehmen.

Ich glaube fast, daß er diesen Schritt inzwischen bedauert. Im Rückblick wünscht er sich wohl zuweilen, er wäre auch noch das dritte Mal untergegangen.«

»Ich kann mir schon vorstellen, daß Sie nicht jedermanns Traummitarbeiter sind.«

»Sie finden mich zu umgänglich?«

»Vielleicht ein bißchen. Na ja, eine Schande ist es jedenfalls.«

»Tja, nicht weiter tragisch. Eines Tages kann ich hoffentlich wieder als Porträtmaler arbeiten. Das Problem besteht natürlich darin, daß man für das Malen von Porträts Leute braucht, die Modell sitzen, und diese bekommt man erst, wenn man sich einen Namen gemacht hat, doch einen Namen kann man sich erst machen, wenn man schon Porträts gemalt hat. Das nennt man gemeinhin einen Teufelskreis.«

»Wirklich teuflisch.«

»Schon fast halsbrecherisch. Aber wir wollen unsere Zeit nicht verplempern, indem wir über mich sprechen. Wenden wir uns lieber dem Kleid zu, das Sie da tragen. Es ist hinreißend.«

»Vielen Dank.«

»Man könnte glauben, es sei aus Nebel und Mondschein gewoben. Nebel und Mondschein – und Sie darin. Auf eine solche Kombination muß man erst einmal kommen. Wirklich einmalig. Sie scheinen von einem Erfolg zum anderen zu eilen. Als Sie heute vormittag in jenem blauen Rock in das Büro traten, dachte ich, dies sei der letzte Schrei auf dem Gebiet der Damenmode. Und nun versetzen Sie mich mit dieser verblüffenden Kreation in Erstaunen. Aber selbstverständlich liegt das nicht an der Hülle, sondern an Ihnen selbst. Sie würden sich in allem großartig machen. Eines allerdings wollte ich mit Ihnen besprechen, seit wir uns kennen. Glauben Sie an Liebe auf den ersten Blick?«

Schon wieder hatte Sally das Bedürfnis, das Thema zu wechseln.

»Auf dem Inselchen dort drüben nisten Enten«, sagte sie und zeigte auf einen finsteren Felsbrocken, der aus dem umschatteten Wassergraben ragte.

»Sollen sie doch«, antwortete Joss gönnerhaft. »Na, was ist?«

»Was soll denn sein?«

»Glauben Sie an Liebe auf den ersten Blick? Chibnall glaubt daran.«

Ein Wagen bog in die Einfahrt und hielt knirschend vor dem Hauptportal.

»Ich muß gehen.«

»O nein, bitte nicht.«

»Die Gäste treffen ein.«

»Diese steifen Stöcke! Das habe ich direkt aus Mr. Steptoes Mund. Schenken Sie ihnen keine Beachtung.«

»Gute Nacht.«

»Sie wollen wirklich gehen?«

»Ja.«

»Dann freue ich mich jetzt schon darauf, daß wir morgen dort anknüpfen können, wo wir heute abbrechen. Da gab's doch mal einen berühmten Burschen, der sich auf den ersten Blick verliebte. Nicht Chibnall, nein, sonst jemand. Wo pflegen Sie am Morgen zu spazieren?«

»Ich spaziere nicht. Ich arbeite.«

»Sie arbeiten?«

»Ja. Ich bespreche mich mit der Köchin ...«

»Lassen Sie sich mit ihr nicht auf Würfelspiele ein.«

»Und außerdem kümmere ich mich um die Blumen und striegle den Hund.«

»Ich helfe Ihnen beim Striegeln.«

»Nein, das lassen Sie lieber bleiben.«

»Warum denn?«

»Die Leute würden reden.«

»Über mich, den treuen Kammerdiener?«

»Über Sie, den treuen Kammerdiener.«

»Was für ein Fluch doch diese Klassengegensätze sind. Man sollte sie abschaffen. Ich weiß noch, wie ich das einst zu Karl Marx sagte und er meinte, aus der Idee lasse sich vielleicht mal ein Buch machen. Romeo! Das ist der Name, über den ich nachgegrübelt habe.«
»Was ist mit ihm?«
»Er hat sich auf den ersten Blick verliebt, wie Chibnall und …«
»Gute Nacht«, sagte Sally.

10. Kapitel

Noch am Dienstag hatte Mr. Duff mit Sally in seinem Büro verhandelt, doch schon am Mittwochmorgen saß er in der Schankstube des Rose & Crown und trank einen kleinen Gin mit Ginger Ale.
J.B. Duff war kein Mann, der lange fackelte. Wo sein Fuß hintrat, wuchs kein Gras mehr. Am Vortag war Sally um halb fünf mit dem Auftrag nach Claines Hall zurückgekehrt, die Verhandlungen mit Lord Holbeton über die Entfernung von Mrs. Chavenders Porträt aufzunehmen. Um sieben fuhr Mr. Duff im Bahnhof von Loose Chippings ein, auf daß er zur Stelle wäre, falls sich etwas täte. Doch ein einziger Blick aus dem Fenster seines Taxis auf die Hauptstraße hinaus machte ihm klar, daß dies nicht der Ort seiner Träume war. Als er nun an seinem Gin nippte, befiel ihn Heimweh.
Städtchen wie Loose Chippings (4916 Einw.) sind ja ganz nett, wenn einem Städtchen mit 4916 Einw. gefallen, doch Mr. Duff war von jeher ein eher urban gesinnter Mensch. Und nun, kaum hatte seine Ankunft die Zahl auf 4917 Einw. hochschnellen lassen, glaubte er, schon von Kindesbeinen an hier gelebt zu haben und sich von Minute zu Minute mehr zu lang-

weilen. Wie irgendein Schlagersänger sehnte auch er sich an jenen Ort zurück, zurück, zurück, dorthin, wo er das Licht der Welt erblickt, in seinem Fall also nach Greater New York – oder widrigenfalls nach seiner Wahlheimat London.

Um elf Uhr morgens ist in der Schankstube eines Landgasthofs nie viel los. Erst im Laufe des Tages wird sie zum Mittelpunkt des örtlichen gesellschaftlichen Treibens und lockt im Umkreis von Meilen die Fröhlichsten und Geistreichsten herbei. Außer ihm hielt sich im Moment einzig das Mädchen mit dem kupferroten Haar im Raum auf, das hinter der Theke in einem Kriminalroman las: Vera Pym, Schankmädchen und Verlobte von Chibnall, dem Butler.

Als erstes wäre einem eintretenden Stammgast aufgefallen, daß Miss Pym ungewöhnlich schweigsam war. Normalerweise betrachtete sie es als ihre Pflicht, die Dame des Hauses zu mimen, wenn sie mit einem Gast allein war, und wortreich und angeregt zu plaudern, sei es über Politik, das Wetter, die Dartsmeisterschaften oder die neuesten Filme. Doch nun schwieg sie schon seit fast zehn Minuten. Sie saß vor ihrem Buch und warf Mr. Duff von Zeit zu Zeit einen bestürzten Seitenblick zu. Nervosität lag in diesen Blicken, aber auch so etwas wie panische Angst.

Dies also hätte den Stammgast befremdet. Doch ihre Schweigsamkeit läßt sich leicht erklären, war sie doch darauf zurückzuführen, daß an Mr. Duffs Oberlippe ein mächtiger Schnurrbart, ein sogenanntes »Suppensieb«, prangte. Dies verlieh seinem Äußeren eine seltsame und recht gruselige Bedrohlichkeit. Wer weiß, so fragte sich der Betrachter, welch unheimliche Dinge in diesem Gesträuch lauern und nur darauf warten, hervorzuspringen und zuzuschlagen?

Und genau das fragte sich auch Miss Pym, als sie ihre bestürzten Seitenblicke darauf warf. Sie hatte einen Schnurrbartkomplex. Schon so mancher üble Schurke in den von ihr verschlungenen Kriminalromanen hatte eine Vorliebe dafür gehabt. Der mysteriöse Aussätzige etwa, aber auch der Mann mit der fehlenden Zehe fielen ihr ein. In beiden Fällen hatte sich das Dickicht als so falsch erwiesen wie die Seele seines Trägers, und je schärfer sie Mr. Duff ins Auge faßte, desto klarer wurde ihr, daß diese Verunstaltung keine naturhafte, sondern eine angeleimte war.

Mr. Duff entzog seine Gesichtszüge dem Auge der Öffentlichkeit nicht aus einem launischen Einfall heraus. Kluge Voraussicht stand vielmehr hinter seiner Maßnahme. Als er nach Loose Chippings gekommen war, das nur einen Steinwurf von Mrs. Chavenders Aufenthaltsort entfernt lag, hatte er fest im Auge behalten, daß er sich in eine Gefahrenzone begab. Jeden Augenblick konnte ihm sein alter Schwarm begegnen, und nur schon der Gedanke an ein solches Zusammentreffen ließ dem großen alten Junggesellen das Blut in den Adern gefrieren. Falsche Schnurrbärte gehen ins Geld, doch hier schien ihm das gut angelegt zu sein.

Er trank seinen Gin aus und erhob sich.

»Sagen Sie mal«, ließ er sich vernehmen, und Miss Pym sprang in die Höhe wie eine Forelle. Ein entsetzlicher Sonderling, der mit seinem Maschinengewehr Leute ummähte, hatte in der Geschichte, die sie gerade las, kurz zuvor die Worte »sagen Sie mal« geäußert.

»Sir?« stammelte sie.

»Wie gelangt man nach Claines Hall?«

»Wenn Sie den Gasthof verlassen, wenden Sie sich nach links und dann geradeaus«, antwortete Miss Pym schwach.

»Danke«, sagte Mr. Duff und prallte auf dem Weg zur Tür mit Chibnall zusammen, der gerade in Begleitung von Joss eintrat.

»Verzeihung«, sagte Chibnall.

»Grr«, entgegnete Mr. Duff.

Joss blickte ihm verstört nach. Mr. Duff erinnerte ihn auf merkwürdige Weise an einen Menschen, dem er schon irgendwo begegnet war, womöglich in einem Albtraum. Er brachte ihn jedoch nirgendwo unter und wurde in die Gegenwart zurückgeholt, als ihn Chibnall seiner Anverlobten vorstellte.

»Mr. Weatherby ist Mr. Steptoes neuer persönlicher Bediensteter.«

»Sehr angenehm, Mr. Weatherby!«

»Ganz meinerseits«, erwiderte Joss. Er unterzog Miss Pym einer kurzen Prüfung und konnte Chibnall nun mit einem raschen Hochziehen der rechten Augenbraue versichern, daß dieser seines Erachtens eine gute Wahl getroffen hatte. Ein Mädchen, das sich als Braut des Butlers prächtig machen würde, so lautete Joss' Verdikt.

Aus Freude darüber redete Chibnall nun flott und gewandt, und einige Minuten lang schien sich vollkommene Harmonie auszubreiten. Dann aber schlug er offenbar einen Mißton an.

»Was war denn das für ein Walroß?« wollte er wissen, denn neue Gesichter in der Schankstube interessierten ihn ganz grundsätzlich.

Nachdenklich trocknete Miss Pym ein Glas ab. Ihre Haltung, gerade noch beschwingt, war sehr ernsthaft geworden.

»Ich habe ihn noch nie gesehen.«

»Ich wahrscheinlich schon«, meinte Joss. »Sein Gesicht kam mir irgendwie bekannt vor.«

»Er logiert hier im Gasthof«, sagte Miss Pym. »Weißt du, was ich glaube, Sidney ...«

Chibnall lachte erheitert auf, als höre er diese Worte nicht zum erstenmal und wisse genau, was nun gleich komme. Joss, der ein feines Ohr hatte, glaubte herauszuhören, daß in diesem Lachen allzu deutlich ein »dummes Frauchen« mitschwang, und es war unverkennbar, daß Miss Pym ähnlich empfand, denn sie warf sich nun mächtig in die Brust.

»Schon gut. Lach nur, wenn's dir Spaß macht, aber falls es dich interessiert, ich halte ihn für einen Gauner.«

Chibnall lachte erneut, und zwar wiederum mit impertinenter männlicher Überheblichkeit.

»Du und deine Gauner. Was hat dich denn auf die Idee gebracht?«

»Mir kommt es verdächtig vor, daß er hier im Gasthof wohnt. Er ist kein Künstler, er ist kein Handelsreisender, und zum Angeln ist er auch nicht hergekommen, denn er hat weder Ruten noch sonst etwas dabei.«

»Vielleicht ist er ja Schriftsteller und will hier in aller Ruhe arbeiten.«

»Und warum trägt er dann einen falschen Schnurrbart?«

»Woher willst du denn wissen, daß er falsch ist?«

»Ich hab' so ein Gefühl.«

»Pffh!«

»Selber pffh!« gab Miss Pym scharf zurück.

Joss hatte das Gefühl, in einen Streit zwischen Liebenden verstrickt zu werden. Dies sowie der Umstand, daß er um zwölf Uhr mit Mr. Steptoe hinter dem Stall verabredet war, um diesen im Knobeln zu unterweisen, veranlaßte ihn nun, sein Glas Bier auszutrinken und aufzubrechen. Er empfahl sich und trat ins Freie, während Chibnall sich eine Zigarette anzündete und die Diskussion wieder aufnahm, wo sie unterbrochen worden war.

»Willst du wissen, was mit dir nicht stimmt, meine Liebe? Du liest zu viele billige Kriminalromane.«

»Immer noch besser als einfältige Groschenhefte.«

»Darf ich fragen, warum du Groschenhefte einfältig nennst?«

»Weil sie es sind.«

»Bloße Verunglimpfung ist keine Kritik.«

»Es kommen darin andauernd Sachen vor, die es sonst nirgends gibt.«

»Zum Beispiel?«

»Na das, worüber wir uns neulich unterhalten haben. Wer hat schon je von einem jungen Burschen gehört, der von seinem Vater aus dem Haus gejagt wird, weil er die Frau nicht heiraten will, die der Vater für ihn ausersehen hat?«

Chibnall stieß hochmütig einen Rauchring aus. Mit raffiniertem Geschick hatte er das Gespräch auf diesen Punkt hingelenkt. Seine Liebe, so innig sie war, hatte ihn nie aus den Augen verlieren lassen, daß die moderne junge Frau zwecks Läuterung ihrer Seele von Zeit zu Zeit dumm hingestellt und gehörig zurechtgewiesen werden mußte.

»Es wird dich gewiß überraschen, zu hören«, sagte er mit stiller Genugtuung, »daß ich genau von einem solchen Fall persönlich Kenntnis erhalten habe. Ich spreche von Mr. Weatherby, der uns soeben verlassen hat.«

»Er ist wohl der Sohn eines Herzogs, der ihn aus dem Haus geworfen hat, weil er das für ihn bestimmte Mädchen nicht heiraten wollte?«

»Er sprach nicht ausdrücklich von einem Herzog – es war lediglich von einem blaublütigen Vater die Rede –, doch im Prinzip war das genau seine Geschichte.«

»Er hat dich auf den Arm genommen.«

»Aber woher denn. Mir fiel gleich auf, daß er kein gewöhnlicher Kammerdiener ist. Du hättest sehen sollen, wie er über sein Zimmer die Nase rümpfte und eines verlangte, das seinen Ansprüchen eher entsprach.«

»So eine Unverschämtheit! Hast du ihn denn nicht runtergeputzt?«

»Selbstverständlich nicht. Das hätte ich mich niemals getraut.«

Miss Pym polierte ein Glas, und Geringschätzung lag in jedem Herumwirbeln ihres Tuches.

»Und dann hat er dich selbstverständlich anzupumpen versucht?«

»Ganz im Gegenteil, er hat mir zehn Pfund Trinkgeld gegeben. Wenn das noch eine Weile so weitergeht, habe ich bald genug beisammen für die Kneipe, auf die ich ein Auge geworfen habe, und wir können das Aufgebot bestellen.«

Miss Pym hatte das Glas sinken lassen. In ihren Augen lag nacktes Entsetzen.

»Zehn Pfund?«

»Zehn Pfund.«

»Zehn *Pfund*?«

»Ich wußte doch, daß du staunen würdest.«

»Staunen? Ich komme fast um vor Angst. Du weißt doch wohl, was das für ein Bursche ist?«

»Ist er etwa auch ein Gauner?«

»Aber natürlich. Es kann gar nicht anders sein. Gehst du denn nie ins Kino? Er ist einer dieser Gangster, die gerade ein großes Ding gedreht haben und nun in einem Herrenhaus auf Tauchstation gehen. Woher sollte er denn, nachdem ihn sein Vater an die frische Luft gesetzt hat, zehn Pfund für Trinkgelder hernehmen?«

Chibnall runzelte die Stirn. Ihm behagte die fieberhafte Phantasie dieses Mädchens nicht. Sie erschien ihm ungesund. »Pffh!« sagte er.

»Selber pffh!« erwiderte Miss Pym. »Na schön, es ist wohl hoffnungslos, dir die Augen vor der Realität öffnen zu wollen, aber außer dir weiß jeder, daß solche Dinge ständig passieren. Du hast doch den *Weltspiegel* gelesen, oder? Du hast doch von der Mayfair-Bande gehört, oder? Aber es gibt eben Leute, bei denen redet man sich den Mund fransig.«

»Gib bloß acht, daß dein Mund nicht tatsächlich ausfranst. Es würde dir nicht stehen. Nun denn«, fuhr Chibnall mit einem Blick auf die Uhr fort, »die Arbeit ruft. Kommst du morgen zum Tee?« Die Frage war bloß förmlich gemeint. Am nächsten Tag hatte Miss Pym ihren freien Nachmittag, und bei dieser Gelegenheit pflegte sie Chibnall stets in seinem Kabinett aufzusuchen, um dort in aller Gemütlichkeit eine Tasse Tee zu trinken. Zu seiner Verblüffung wich sie der Frage aus.

»Ich rufe dich an.«

»Wie darf ich das verstehen?«

»Es könnte sein«, antwortete Miss Pym, die ob der Skepsis ihres Geliebten zutiefst pikiert war, »daß ich etwas anderes vorhabe.«

Der Butler erstarrte.
»Oh, also schön«, meinte er kühl. »Falls ich nicht im Haus sein sollte, kannst du mir ja eine Nachricht hinterlassen.«
Er stolzierte hinaus, verletzt und gekränkt. Als er die Straße hinunterschritt, meldeten sich jene alten Zweifel zurück, die Joss' beschwichtigende Erklärung zerstreut hatte, und nagten an seiner Seele. Das Bild des Handelsreisenden stieg in ihm auf. Wenn wir von diesem Butler Kunde geben, müssen wir melden von einem, der nicht klug, doch zu sehr liebte; nicht leicht argwöhnte, doch, einmal erregt, unendlich raste. Düsterer Argwohn legte sich über den spazierenden Sidney Chibnall, und er krümmte sich vor Pein.

Mr. Duff näherte sich inzwischen Claines Hall.
Bedenkt man, was über seine Angst, Mrs. Chavender zufällig zu begegnen, gesagt worden ist, dürfte man annehmen, Geistesverwirrung habe diesen Schinkenhändler seiner üblichen gleichmütigen Urteilskraft beraubt. Doch er war durchaus Herr der Lage und gedachte keineswegs, bis zum Hauptportal des Hauses vorzudringen – *so* tollkühn war er auch wieder nicht. Nein, er hatte lediglich die Absicht, in der Gegend herumzustreichen und so vielleicht mit Lord Holbeton ein paar Worte wechseln zu können.
Er brannte geradezu darauf, mit jenem jungen Mann möglichst bald Kontakt aufzunehmen und von ihm zu erfahren, wie die Chancen für eine frühzeitige Aushändigung des Porträts stünden. Je eher er Abschied vom Rose & Crown nehmen konnte, dessen ausgefallene Küche ihm schon jetzt das Gefühl gab, in seinem Leib spiele sich Unheimliches ab, desto glücklicher wäre er.
Zwischen der Tür des Gasthofes und dem Hauptportal von Claines Hall lag eine knappe Meile, und er hatte das größte Stück bereits hinter sich, als er erkannte, daß ihm an diesem Vormittag das Glück hold war. Unmittelbar vor ihm schlen-

derte eben jener Mann durch das Tor, nach dem er Ausschau hielt. Obwohl er gymnastischer Betätigung eigentlich abhold war, galoppierte er schwerfällig los und brüllte zugleich sein Lieblingswort – »Heda!«

Überlegungen die eigene Zukunft betreffend hatten Lord Holbeton zu seinem einsamen Spaziergang veranlaßt. Diese Zukunft gab ihm reichlich Stoff zum Nachdenken.
Als Sally ihn mit der Aufgabe betraut hatte, Porträts aus Rahmen zu schneiden, und dies wohlgemerkt in einem Haus, in dem er als achtbarer Gast weilte, hatte sie es offenbar als reine Selbstverständlichkeit empfunden, daß er sich ohne Zögern darauf stürzen würde. Er jedoch fühlte sich außerstande, ihre sorglose Begeisterung zu teilen.
Schnulzensänger sind samt und sonders nervöse Gesellen – die Tonverrenkungen scheinen ihr moralisches Stehvermögen zu beeinträchtigen –, und Lord Holbeton bildete keine Ausnahme. Einzig der Gedanke daran, wie dringend er das Geld benötigte, hatte ihn ein solches Wagnis auch nur als Möglichkeit ins Auge fassen lassen, doch je stärker er es ins Auge faßte, desto geringer erschien ihm die Möglichkeit. Als er die Einfahrt hinaufspazierte, hatte er gerade mit der Idee zu spielen begonnen, was wohl geschehen würde, wenn Mrs. Steptoe ihn auf frischer Tat ertappte.
Deshalb war er nicht gerade in blendender Verfassung, als der Schrei erklang und sich ihm von hinten Schritte näherten. Er drehte sich um und bemerkte einen Fremden mit kolossalem Schnauzer, der auf ihn zugaloppierte und »Heda!« brüllte.
Die Reaktion gegenüber Fremden mit kolossalen Schnauzern, die auf einen zugaloppieren und »Heda!« brüllen, variiert von Person zu Person. Joss Weatherby wäre unter solchen Umständen nicht von der Stelle gewichen und hätte das Phänomen genauer untersucht. Ähnlich verhält es sich wohl mit Napoleon, Joe Louis und Attila dem Hunnen. Lord Holbeton

dagegen war von neurotischerem Geblüt. Das Schauspiel schlug ihm auf die ohnehin geschwächte Moral und zermürbte ihn endgültig. Er warf dem Mann einen kurzen entsetzten Blick zu und flitzte so flink die Einfahrt hoch, daß er wohl augenblicklich alles abgehängt hätte, was nicht gerade ein Wiesel war. Und selbst ein Wiesel hätte sich mächtig ins Zeug legen müssen.

J.B. Duff gab die Verfolgung auf und blieb japsend stehen. Er wischte sich den Schweiß von der Stirn, und über die bebenden Lippen kamen abgehackte Worte, die eines namhaften Lebensmittelhändlers unwürdig waren.

Er fühlte sich vollkommen entmutigt. Noch nie war ihm Lord Holbeton als ein Mann der Tat erschienen, und dessen ausgefallene Reaktion überzeugte ihn davon, daß der Bursche einem schwankenden Rohr im Winde glich. Wie so viele Männer mit gewaltigem Schnurrbart war sich auch Mr. Duff des ungeheuren Schreckens nicht bewußt – vergleichbar jenem, den Macbeth erlebte, als Birnams Waldung feindlich vor ihm emporstieg –, den das Buschwerk bei nervenschwachen Personen auslöste, wenn sie dieses plötzlich auf sich zukommen sahen. Er fühlte einzig, daß seine Hoffnung, ein Blindgänger wie der soeben davongeflitzte Sprinter könnte Manns genug sein, das Chavendersche Porträt tatsächlich zu entwenden, ein Wunschdenken der ungutesten Art gewesen war.

Doch wer konnte ihm nach diesem Fiasko weiterhelfen?

Wann genau ihm eine Stimme jenen schlichten Rat ins Ohr flüsterte: »Wenn du willst, daß etwas wirklich hinhaut, dann nimm es selbst an die Hand«, hätte er nicht zu sagen vermocht. Zuerst war die Idee nicht da, dann jedoch plötzlich schon, und bei genauerer Prüfung entdeckte er, daß er einen echten Fund gemacht hatte.

Es ist allerdings auch denkbar, daß er den nötigen Mut nicht aufgebracht hätte, zur Tat zu schreiten, wenn in diesem Augenblick nicht vom Haus her ein Zweisitzer auf ihn zugefah-

ren wäre, worin neben dem außerordentlich hübschen Mädchen am Steuer, das er als seine Besucherin vom Vortag erkannte, noch zwei weitere Passagiere saßen, einer in Menschen- und der andere in Hundegestalt. Mrs. Chavenders Pekinesenweibchen Patricia war an diesem Morgen beim Aufwachen nicht ganz auf dem Damm gewesen, und Sally chauffierte nun Frauchen und Hundchen nach Lewes zum Tierarzt.
Mrs. Chavender warf Mr. Duff beim Vorbeifahren einen ausdruckslosen Blick zu und nahm ihn offenbar als weiteren Vertreter jener exotischen Fauna wahr, die sich stets entlang der Einfahrt von Landhäusern tummelt. Er seinerseits schnappte nach Luft und schwankte leicht, als wäre er ein Forscher in Afrika, der ein Nashorn an sich vorbeipreschen sieht, ohne daß es ihm Beachtung schenkt. Das Glück der Duffs, so spürte er, war im Aufstieg begriffen. Die Luft war nun rein, und er konnte unbekümmert seines Weges gehen.
Zehn Minuten später, nach einem oder zwei Fehlstarts, hatte er das Frühstückszimmer aufgespürt und spähte durch die offene Verandatür zum Kamin und dem, was darüber hing.
Selbst jetzt, und obwohl vierundzwanzig Stunden seit ihrer kleinen Mißhelligkeit verstrichen waren, hegte Mr. Duff gegenüber Joss Wea-therby keine freundschaftlichen Gefühle. Der Wunsch, ihm die Haut über die Ohren zu ziehen, schwelte weiter. Allerdings konnte er dem Burschen nicht absprechen, daß er mit dem Porträt vorzügliche Arbeit geleistet hatte. Darin steckte alles, was jener behauptet hatte, ja noch mehr, und Mr. Duff wurde davon angezogen wie von einem Magnet. Er war nun im Zimmer und schlich wie ein Leopard durch den Raum, als seine Konzentration von einer schweren Hand gestört wurde, die auf seine Schulter fiel. Er starrte in die Augen eines gewaltigen Mannes mit breitgeschlagener Nase und zwei Ohren, die anscheinend im rechten Winkel an seinem umwerfend unansehnlichen Gesicht festsaßen.

»Was soll das werden?« erkundigte sich der Unbekannte.
Mr. Duffs Herz, das ihm jäh in die Hose gerutscht war, kehrte zaghaft an seinen angestammten Platz zurück. Er schluckte ein- oder zweimal, und sein Schnurrbart erzitterte schwach wie ein Narzissenfeld, über das der Märzenwind streift.
»Es ist schon in Ordnung«, sagte er in einschmeichelndem Ton.
Er hatte sich bemüht, in seine Worte den ganzen ihm zu Gebote stehenden Charme zu legen, und entsprechend schmerzhaft berührte es ihn, daß dies verlorene Liebesmüh' gewesen war.
»Gleich dresch' ich Sie in die Seile«, versetzte sein Gegenüber. »Gar nix ist in Ordnung. Was haben Sie in meinem Haus zu suchen?«
»Sind Sie Mr. Steptoe?«
»Allerdings.«
Die Lage war zweifellos schwierig, doch Mr. Duff wankte nicht.
»Freut mich«, sagte er.
»Nicht mehr lange«, prophezeite der andere.
»Bestimmt finden Sie es komisch, mich hier anzutreffen.«
»Zum Schreien. Ich lach' mich gleich tot.«
»Ich kann alles erklären.«
»Ich bin ganz Ohr.«
»Ich will Ihnen 'ne kleine Geschichte erzählen.«
»Hoffentlich ist sie gut.«
»Mein Name ist Duff.«
Mr. Steptoe fuhr zusammen. Ganz offensichtlich hatte der Name etwas in ihm wachgerufen.
»Duff? Der Kerl, der gestern am Telefon ein Angebot für dieses Porträt gemacht hat?«
»Genau der.«
Die kleine Geschichte erübrigte sich. Mr. Steptoes Intelligenz war nicht überragend, doch soviel vermochte selbst er sich an seinen Fingern abzuzählen.

»Jetzt hab' ich's kapiert. Als Mrs. Steptoe Sie abfertigte, dachten Sie, Sie würden sich hier einschleichen und das Ding mopsen?«

»Nein, nein. Ich – äh – wollte es mir nur mal ansehen.«

»Soso!«

»Ich will's Ihnen doch erklären.«

»Nicht nötig. Passen Se auf. Wie dringend brauchen Sie das Porträt?«

»Ich muß es einfach haben. Können Sie denn überhaupt nicht verstehen«, sagte Mr. Duff mit bewegter Stimme, »daß ein Mann, der sich nach einer Frau verzehrt, die er einst liebte und verlor, ihr Porträt haben möchte, um sich davorzusetzen und es zu betrachten und zu träumen von all dem, was hätte sein können?«

»Klar«, antwortete Mr. Steptoe gutmütig. »Das habe ich schon mal in einem Film gesehen. Ich glaube fast, Lionel Barrymore hat die Rolle gespielt. Entweder er oder Adolphe Menjou. Hab' mir schon gedacht, es ist irgend so was, als Mrs. Steptoe von Ihrem Anruf erzählte. Passen Se auf. Stimmt es, was sie erzählt hat? Sie sollen bereit sein, fürstlich dafür zu bezahlen?«

»Geld spielt keine Rolle!« antwortete Mr. Duff.

»Ist das Ihr Ernst?«

»Im Rahmen meiner Möglichkeiten, versteht sich«, sagte Mr. Duff, dessen angeborene Vorsicht ihm einen Stups gab.

»Also an die Arbeit!« sagte Mr. Steptoe. »Sie brauchen das olle Porträt. Ich brauche das olle Geld. Ham Se ein Messer?«

»Nein.«

»Ich auch nicht. Ich hol' eins«, sagte Mr. Steptoe und konnte, als er auf die Tür zustürmte, gerade noch rechtzeitig abbremsen und einen Zusammenstoß mit der Dame des Hauses verhindern. Er gewann das Gleichgewicht wieder, das er verloren hatte, als er über seine großen Füße gestolpert war – eine Unsitte aus seiner Zeit als Faustkämpfer, die maßgeblich dazu beigetragen hatte, daß ihm in seinem Fach keine große Karriere beschieden war. »Oh, grüß dich, Schatz«, sagte er und kicherte mädchenhaft. »Das ist übrigens Mr. Duff.«

Mr. Duff gewann den Eindruck – und so hätte wohl jeder empfindsame Mensch gefühlt –, daß mit dem Eintreten jener Frau eine gewisse Frostigkeit in die Hitze des Sommertages kroch. Nervös befingerte er seinen Schnurrbart.

Mrs. Steptoes Augen musterten ihn von Kopf bis Fuß, was seine Gelassenheit merklich durcheinanderbrachte. Ihr Blick war eiskalt und stechend. Wie ihr Gatte vermochte auch sie sich manches an den Fingern abzuzählen, und es bereitete ihr keine großen Schwierigkeiten, sich Mr. Duffs Anwesenheit zu erklären. Er war gekommen, so ihr Schluß, um höchstpersönlich jene Gunst zu erbetteln, die man ihm telefonisch verwehrt hatte. Ihr Mund war ganz verkniffen, denn sie mißbilligte solche Nachfaßaktionen. Wenn sie eine Entscheidung fällte, wünschte sie ernst genommen zu werden.

»Duff?«

»Ich unterhielt mich mit Ihnen gestern am Telefon, Mrs. Steptoe …«

»Ja. Und ich habe meinen damaligen Bemerkungen nichts beizufügen. Das Porträt steht nicht zum Verkauf. Howard, begleite Mr. Duff bitte hinaus.«

»Jawohl, Schatz.«

In die Haltung der beiden Männer, die nun durch die Verandatür schlurften, hatte sich ein gramgebeugter Defätismus geschlichen, der einen zufällig anwesenden Napoleon gewiß an seine Tage in Moskau erinnert hätte. Keiner sprach ein Wort, bis sie vom Zimmer her, das sie eben verlassen hatten, nicht mehr beobachtet oder belauscht werden konnten. Dann zog Mr. Steptoe ein Taschentuch hervor, fuhr sich über die Stirn und sagte »Au, Backe!« und gleich anschließend »Alles im Eimer!«

»Bruder«, fuhr er fort und machte nun unmißverständlich klar, was er meinte: »Die Sache ist gelaufen!«

»Was!?«
»Abgeblasen.«
»Sie meinen, Sie schaffen mir das Porträt nicht her?«
»Ich trau' mich nicht.«
»Denken Sie doch an das Geld«, flehte ihn Mr. Duff an.
Mr. Steptoe dachte an das Geld und glaubte, wilde Katzen wühlten ihre Krallen in sein Gedärm. Seine Miene war von Gram zerfurcht.
Dann hellte sie sich jäh auf, und Mr. Duff, den der plötzlich so lebhafte Gesichtsausdruck verblüffte, fragte sich nach dem Grund des Wandels. Die Annahme, der andere könnte eine Idee gehabt haben, schien absurd, und doch herrschte hinter dessen Betonstirn fraglos Aufruhr.
»Ha!« brüllte Mr. Steptoe.
»Ja?« sagte Mr. Duff. »Ja?«
»Passen Se auf. Wie heißt schon wieder dieses Ding, das man haben sollte? Sie wissen schon, wenn man vor einer heiklen Aufgabe steht und kalte Füße bekommt.«
»Mumm?«
»Etwas, das einem Mumm gibt. Moralische Unterstützung! Genau! Wenn ich dieses Ding drehen soll, brauche ich moralische Unterstützung. Und ich weiß auch, wo ich sie herkriege. Von meinem neuen Kammerdiener. Wir weihen ihn ein.«
»Ihren Kammerdiener?«
»Warten Sie, bis Sie ihn sehen. Er ist ein wahres Wunder. Kommen Sie mit mir hinter den Stall, dann fragen wir ihn. Er erwartet mich dort zu einer Knobellektion.«
Joss wartete nicht nur, nein, er wurde des Wartens langsam überdrüssig. Tatsächlich wollte er seinen Schüler bereits aufgeben und grollend davonlaufen, als er bemerkte, wie dieser auf ihn zuschritt. Und neben ihm erblickte er zu seiner Überraschung den Schnurrbartträger aus dem Gasthof, der ihn an etwas erinnert hatte, das ihm in einem bösen Traum begegnet war.

Und nun, da jener so nahe stand, daß man ihn eingehender betrachten konnte, erkannte er ihn endlich.
»J.B.!«
»Weatherby!«
»Donnerlüttchen!« staunte Mr. Steptoe. »Kennt ihr Burschen euch?«
»Ob wir uns kennen?« antwortete Joss. »Menschenskind, J.B. Duff ist für mich so etwas wie ein Großvater. ›Wer kam gerannt und fing mich auf, wer bremste meiner Tränen Lauf mit Küssen, bis ich war wohlauf?‹ J.B. Duff.«
»Mensch, prima!« sagte Mr. Steptoe. »Wenn es so steht zwischen euch beiden, brauche ich hier ja nicht Wurzeln zu schlagen und alles zu erklären. Ich hole mir was zu trinken. Das brauch' ich jetzt.«
Sein Weggang wurde kaum wahrgenommen. Joss starrte Mr. Duff an. Mr. Duff starrte Joss an.
»Weatherby!« stöhnte Mr. Duff schließlich. »Was zum Teufel treiben Sie hier?«
Ein strenger Ausdruck lag in Joss' Miene.
»Lenken Sie jetzt bloß nicht ab, J.B.«, entgegnete er. »Ich verlange eine Erklärung. Über dieses Gewächs auf Ihrer Oberlippe«, fügte er hinzu. »Es ist grauenerregend. Fürchterlich.«
»Lassen wir doch mal ...«
»In diesen Dingen sind bestimmte Grundsätze einzuhalten. Entweder man ist ein Seehund oder man ist es nicht. Wenn man's nicht ist, hat man kein Recht, einen solchen Schnurrbart zu tragen.«
»Lassen wir doch mal meinen Schnurrbart aus dem Spiel. Ich habe Sie gefragt, was Sie hier treiben.«
Joss zog die Augenbrauen hoch.
»Mein lieber J.B., als Sie die Torheit begingen, auf meine guten Dienste zu verzichten, glaubten Sie doch wohl nicht, daß ein Mann mit meinem Talent lange erwerbslos bleibe? Man schnappte mich sogleich weg. Ich bin hier gewissermaßen mit

der Gesamtleitung betraut. Man könnte mich als den Caudillo von Claines Hall bezeichnen.«

»Steptoe sagte mir, Sie seien sein Kammerdiener.«

»Ja, so kann man es auch nennen.«

»Da steckt doch etwas dahinter.«

»Ich sehe schon, es ist hoffnungslos, einem Menschen mit Ihrem Durchblick etwas vorzumachen. Wenn Sie es unbedingt wissen wollen, J.B., ich habe die Stelle angenommen, um in Miss Fairmiles Nähe zu sein. Vielleicht erinnern Sie sich noch, daß ich bei unserer letzten Unterredung nicht ohne Inbrunst von ihr sprach. Seither haben sich meine Gefühle, falls das überhaupt möglich ist, eher noch intensiviert. Mit einem Wort, J.B., ich bin verliebt.«

»Oh!«

»Ein reichlich unterkühlter Kommentar für eine große Liebesgeschichte, aber sei's drum. Und jetzt zum Schnurrbart. Seien Sie so gut und erklären Sie sich.«

Mr. Duff dämmerte langsam, daß sich alles zum Besten rundete.

»Passen Se auf«, sagte er. »Wollen Sie Ihren Posten zurück?«

»Ich höre mir gerne an, was Sie dazu zu sagen haben.«

»Na, dann passen Se auf«, meinte Mr. Duff.

Mr. Steptoe tauchte sichtlich gestärkt wieder auf.

»Haben Sie's ihm erklärt?« fragte er.

»Ich war gerade dabei«, sagte Mr. Duff. »Passen Se auf.«

»Passen Se auf«, sagte auch Mr. Steptoe.

»Ich habe es begriffen«, sagte Joss. »Sie wollen, daß ich aufpasse. Warum sagen Sie das nicht gleich?«

Er stand nachdenklich da, während ihm Mr. Duff den Sachverhalt erklärte.

»Na?« fragte Mr. Steptoe schließlich.

»Wie bitte? Haben Sie etwas gesagt?«

»Machen Sie's?«

»Was denn? Ach so, das Porträt klauen? Gewiß, gewiß. Tut mir leid, daß ich etwas zerstreut war. Ich habe mich bloß gefragt, wie J.B. das Essen an diesem Bannwald vorbeikriegt. Vermutlich hängt das Ding an einer Art Scharnier. Aber selbstverständlich, mit dem allergrößten Vergnügen.«

»Wann? Heute nacht?«

»Heute nacht wird's vollbracht!« antwortete Joss. »Und nun Schluß mit den Banalitäten. Nehmen Sie diese Würfel, Steptoe, ich zeige Ihnen jetzt, wie man sie richtig wirft.«

11. Kapitel

Die Nacht war über Claines Hall hereingebrochen und ließ einen Tag ausklingen, der für manche der dort Versammelten von beträchtlichem Interesse gewesen war. Allerdings hatte er nur einer kleinen Zahl von ihnen den Schlaf der Gerechten beschert. Lord Holbeton lag wach. Chibnall lag wach. Mr. Steptoe lag wach. Joss lag wach. Und auch Mrs. Chavender war es unmöglich, zu ihren acht Stunden Schlaf zu kommen.

In aller Regel hatte diese gebieterische Frau mit Napoleon gemein, daß sie beim ersten Kontakt von Kopf und Kissen einschlief. Andere mochten Schafe zählen, doch sie war auf solche an den Haaren herbeigezogene Methoden nicht angewiesen. Sie cremte sich einfach das Gesicht ein, legte den Pekinesen ins Körbchen, stieg ins Bett, löschte das Licht, und damit war die Sache geritzt.

In dieser Nacht fand sie jedoch keinen Schlaf.

Seit ihrer Rückkehr aus Brighton ließ sich in Mrs. Chavenders Haltung eine merkwürdige Gereiztheit nicht übersehen. In Claines Hall war von ausgelassenem Treiben ohnehin wenig zu spüren, doch selbst von diesem wenigen hielt sie sich fern. Und hätte ein Beobachter sie nun sehen können, wie sie dalag und in die Finsternis starrte, wäre ihm aufgefallen, daß die Gereiztheit fortdauerte.

Gerade als sie einen matten Seufzer ausstieß und sich zu überlegen begann, ob sie aufstehen und aus der Bibliothek jenes Buch holen sollte, in dem sie nach dem Abendessen gelesen hatte, oder ob sie besser blieb, wo sie war, um dem Sandmann noch einmal eine Chance zu geben, bedeutete ihr ein leises Kläffen von der Tür her und das Kratzen zierlicher Pfoten an der Täfelung, daß Patricia, ihr Pekinese, auf den Beinen war und das Zimmer zu verlassen wünschte.

»Na schön«, sagte Mrs. Chavender und war nicht unglücklich, daß ihr jemand das Problem abgenommen hatte. »Moment noch. Hiergeblieben!«

Sie drehte das Licht an, stand auf und schlüpfte in ihren Morgenrock.

»Gras?« fragte sie.

Der Pekinese deutete ein Nicken an.

»Das hab' ich mir schon gedacht«, meinte Mrs. Chavender. Eine leichte Störung im Verdauungstrakt, verschuldet durch unmäßigen Käsegenuß, hatte jenen Tierarztbesuch erforderlich gemacht, und bei solcher Gelegenheit zog es das törichte Tierchen dann stets in Richtung Rasen, an dem es knabbern wollte.

Die Verandatür des Frühstückszimmers bot sich als der schnellste Weg in die freie Natur an. Mrs. Chavender begab sich dorthin und warf die schweren Vorhänge zurück. Der kühle Geruch der hereinströmenden Nachtluft schien sie vorübergehend der Sorgen zu entheben, die auf ihr lasteten.

»Bitte schön«, sagte sie. »Renn schon los und laß es dir schmecken. Du findest mich in der Bibliothek.«

Patricia zottelte hinaus und streifte ein paar Minuten durch den taufeuchten Rasen, schnupperte gelegentlich an einem Grashalm wie eine Brandykennerin, die die verschiedensten Jahrgänge durchprobiert. Schon bald stieß sie auf eine auserlesene Sorte, die sie völlig faszinierte. Es verging wohl eine Viertelstunde, bis sie wieder Augen für anderes hatte. Der

Anblick, der sich ihr nun jedoch bot, ließ sie jäh auffahren. Sie sah ein zweites Mal hin und vergewisserte sich, ob sie auch richtig gesehen hatte. Doch ihre Augen hatten sie nicht getäuscht. Im Frühstückszimmer brannte Licht, und ein Mann stand in der Verandatür. Er verharrte einen Augenblick und zog dann die Vorhänge zu.

Patricia starrte unverwandt. Sie wußte nicht so recht, was sie davon halten sollte. Vielleicht war ja alles in bester Ordnung, vielleicht aber auch nicht. Die Zukunft allein würde es zeigen. Auf Anhieb wirkte die Sache jedoch nicht ganz koscher.

Lord Holbeton klaubte, nachdem er die Vorhänge zugezogen hatte, ein Messer aus der Tasche seines Morgenrockes und ging hinüber zum Kamin. Er blieb eine Weile davor stehen und wechselte Blicke mit dem darüberhängenden Porträt.

Lord Holbeton hatte sich nicht gerade mit Abenteuerlust auf diesen mitternächtlichen Raubzug begeben. Sein Auftrag machte ihm nicht die geringste Freude. Wohl hatte ihn Sally mit mädchenhaftem Eifer dazu genötigt, doch wäre es allein darum gegangen, Sally zu willfahren, hätte er weiter im Bett gelegen. Befeuert wurde sein Tun einzig von der Gier nach Gold.

Als er nämlich über jene verwirrende Begegnung in der Einfahrt nachgegrübelt hatte, war ihm plötzlich aufgegangen, daß es sich beim schnauzbärtigen Fremden um Mr. Duff gehandelt haben mußte, der bekanntlich im Gasthof des Dorfes logierte, und nun konnte er auch verstehen, warum Mr. Duff »Heda!« gebrüllt hatte und im Laufschritt auf ihn zugestürzt war. Offenbar war diesem sehr an einer Besprechung gelegen gewesen. Und der Gedanke an die Art und Weise, wie er selber der Besprechung ausgewichen war, sowie eine präzise Einschätzung darüber, welche Folgen dieses Ausweichen auf seinen ohnehin leicht reizbaren Treuhänder haben könnte, hatten Lord Holbeton zum Handeln getrieben. Nur durch Beschlagnahmung des Porträts und seine frühestmögliche Aushändigung konnte

er den schlechten Eindruck, den er zweifellos hinterlassen hatte, womöglich noch wettmachen und den anderen in einen Gemütszustand versetzen, in dem er nach seinem Füllfederhalter griff und einen Scheck nach dem anderen ausstellte.
Und genau aus diesem Grund war er zu nachtschlafender Zeit ins Frühstückszimmer geschlichen. Doch Freude machte es ihm deswegen noch lange nicht.
Merkwürdigerweise hatte die offene Verandatür seine Besorgnis nicht noch weiter verstärkt. Er schloß daraus keineswegs, daß sich neben ihm noch andere in der Finsternis herumtrieben, sondern lediglich, daß der fürs Abschließen Zuständige seine Pflicht versäumt hatte. Eigentlich hatte er sie selber öffnen wollen, da Sally, die in kriminellen Dingen beschlagener war, als es einem netten Mädchen seiner Meinung nach anstand, ihm eingeschärft hatte, daß die Sache so aussehen müsse, als wären Profis von außen eingestiegen.
Er riß sich vom Blick des Porträts los, das ihn immer stärker hypnotisierte, und klappte das Messer auf. Wär's abgetan, so wie's getan ist, dann wär' es gut, man tät' es eilig, dachte er sich.
In diesem Moment flog die Tür auf, und ein Herr mit Streitaxt stürmte im Eilschritt herein. Er preschte auf Lord Holbeton zu wie ein dänischer Krieger alter Schule, der von seiner Galeere an Land kommt, worauf jener sein Messer fallen ließ und sich alle Mühe gab, mit dem Rücken durch die Wand zu entkommen. Nicht einmal damals, als er Mr. Duff um tausend Pfund angegangen hatte, um nach Italien zu reisen und seine Stimme schulen zu lassen, war sein Wunsch so brennend gewesen, an einem anderen Ort zu sein.
Seine Konfusion hielt jedoch nur kurz an. Ein zweiter Blick zeigte ihm, daß es sich bei der martialischen Figur bloß um Chibnall handelte.
Chibnall hatte, genau wie Mrs. Chavender, nach dem Rückzug ins Schlafgemach einfach nicht zu seinem erquickenden

Schlummer finden können. So hochmütig, ja hämisch er anfänglich darauf reagiert hatte, so sehr hallten Miss Pyms schwarzseherische Theorien über Joss Weatherby im Lauf des Tages immer stärker in ihm nach, und zur Schlafenszeit fühlte er sich so restlos zu ihnen bekehrt, daß an Einschlafen nicht mehr zu denken war.

Miss Pyms unerbittliche Beweisführung hatte ihre Wirkung nicht verfehlt. Seltsam, so dachte er, daß ihm jener krasse Schönheitsfehler in der Geschichte des neuen Kammerdieners nicht selber aufgefallen war, auf den sie ihn mit der Nase gestoßen hatte. Wenn ein junger Bursche von seinem Vater an die frische Luft gesetzt wird, dann geschieht das mit Pauken und Trompeten. Der Vater pflegt, bevor er zum Tritt in den Hintern ausholt, nicht noch schnell zu sagen: »Ach, übrigens, du brauchst doch bestimmt etwas Bargeld für deine allgemeinen Auslagen. Hier hast du ein paar hundert.« Aber woher hatte dann, so lautete Miss Pyms Frage, Joss das Geld, in dem er schwamm.

Und dann die Sache mit der Mayfair-Bande. Das gab einem schon zu denken. Weltmännische, stattliche Burschen waren das, so hatte er schon oft gehört – genau wie dieser Weatherby.

Und genau als Lord Holbeton ins Frühstückszimmer trat, sprang Chibnall, den es vor lauter Unruhe nicht mehr unter der Bettdecke hielt, von seinem Lager auf und trat ans Fenster. Und da Claines Hall die Form eines L hatte und sein Zimmer im kleineren Teil dieses L lag, stand er optimal, um das aufstrahlende Licht zu sehen. Seine schlimmsten Ängste fanden Bestätigung. Zwei Minuten später war er am Tatort, ausgerüstet mit dem Kampfgerät, das er sich zuvor im Korridor geschnappt hatte.

Seine Enttäuschung, als er Lord Holbeton vor sich sah, war grenzenlos.

»Ach, Sie sind es, Mylord?« sagte er niedergeschmettert.

Lord Holbeton mochte ein Schnulzensänger sein, doch er entbehrte nicht eines gewissen Scharfblicks. Seine Anwesenheit rief ganz offensichtlich nach einer Erklärung, und eine solche hatte er sich zurechtgelegt.

»Hören Sie, Chibnall, ich sah hier drin Licht brennen.«

»Ich auch, Mylord.«

»Es war immer noch an, als ich hereinkam.«

»Tatsächlich, Mylord?«

»Und die Tür stand ebenfalls offen. Haben Sie sie heute nacht auch abgeschlossen? Ja? Jedenfalls stand sie offen, als ich eintrat. Seltsam.«

»Äußerst seltsam, Mylord.«

»Eigentlich regelrecht befremdlich.«

»Jawohl, Mylord.«

In diesem Moment, als ihr Gespräch gerade in fruchtbarere Bahnen einzumünden versprach, hatten beide Männer plötzlich das Gefühl, die Welt gehe unter. Eigentlich war es ja bloß Patricia, die bellte, doch bei den Männern hinterließ dies den besagten Eindruck.

Wenn jenes Pekinesenweibchen auf etwas stolz sein konnte, dann auf seine Stimme. Patricia mochte nicht sehr groß sein und auch aussehen wie ein Stück Kaminvorleger, doch bellen konnte sie. Sie war ein Koloratursopran und fand nichts dabei, auf dem zweigestrichenen A einzusetzen und von dort aus die Tonleiter hochzuklettern, und selbst die stärksten Männer neigten dazu, aus der Haut zu fahren und an die Decke zu gehen, wenn sie unverhofft wie eine Bombe unter ihnen detonierte.

Bis dahin hatte sie Ruhe bewahrt, befand sich doch der Mann, den sie gesehen hatte, im Haus, um hinauszublicken, und nicht etwa vor dem Haus, um hineinzublicken. Aus diesem Grund hatte sie sich ein abschließendes Urteil versagt, um zuerst weitere Ermittlungen anzustellen. Doch als sie auf das Frühstückszimmer zuging, wurde ihr Argwohn immer stärker, und den endgültigen Ausschlag gab dann der Anblick von Lord Holbetons Morgenrock. Dieser war in so schreienden Farben gehalten, daß die Annahme grotesk schien, er könnte einen ehrlichen Mann bekleiden. Patricia warf den Kopf zurück, ließ die Augen aus den Höhlen treten und verfiel in einen Trillerton, der von gelegentlichen Verzierungen geschmückt wurde. Und davon aufgeschreckt, eilten nun Mrs. Chavender aus der Bibliothek und Mrs. Steptoe aus ihrem Schlafzimmer herbei.

Mrs. Chavender war dank größerer Nähe als erste zur Stelle und konnte gerade noch sehen, wie Patricia – ein Hündchen nicht nur des Wortes, sondern auch der Tat – Lord Holbeton hinterlistig in den Knöchel biß.

Dieser Anblick mobilisierte ihren ganzen Mutterinstinkt.

»Was fällt Ihnen ein«, fragte sie barsch und nahm den Pekinesen schnell an ihren Busen, »dieses arme kleine Geschöpf so zu hänseln, wo Sie doch genau wissen, daß es ihm nicht gut geht?«

Gerade als Lord Holbeton unter den sechs Repliken, die sich ihm aufdrängten, die galligste vorbringen wollte, trat Mrs. Steptoe ein.

»Was soll das Theater?« fragte sie.

»Ach, grüß dich, Mabel«, erwiderte Mrs. Chavender. »Du bist auch da? Schläft denn in diesem Haus überhaupt jemand?«

»Das würde mich wundern«, versetzte Mrs. Steptoe schroff. »Dazu müßte man ja taub sein.«

»Unser gutes altes Claines Hall neigt heute nacht etwas zur Lärmigkeit«, räumte Mrs. Chavender ein. »Ganz schön Betrieb hier.«

»Ich dachte schon, jemand sei ermordet worden.«

»Ich glaube nicht, daß tatsächlich Blut geflossen ist, es sei denn, Lord Holbeton hat ein oder zwei Tröpfchen vergossen. Aus Gründen, die Patricia mir noch nicht verraten hat, deren Redlichkeit ich aber überhaupt nicht in Zweifel ziehe, hat sie ein bißchen an seinem Bein geknabbert.«

»Bis auf den Knochen gebissen hat sie mich, verdammt noch mal!« sagte Lord Holbeton mißmutig. »Es würde mich nicht wundern, wenn ich die Tollwut bekäme.«

Mrs. Steptoe wandte sich dem Butler zu, den sie wohl trotz seiner

Streitaxt noch für den Zurechnungsfähigsten unter den Anwesenden hielt.

»Was soll denn das alles, Chibnall?«

»In der Verandatür war Licht, Madam. Ich sah es von meinem Zimmer aus und betrachtete es als meine Pflicht, der Sache nachzugehen. Als ich hereinkam, traf ich seine Lordschaft an. Auch diesem war das Licht aufgefallen. Und von ihm weiß ich auch, daß bei seinem Eintreten die Verandatür offenstand.«

»Die habe *ich* geöffnet«, sagte Mrs. Chavender, »um Patricia hinauszulassen.«

»Tatsächlich, Madam? Das habe ich nicht gewußt.«

»Sie wollte Gras fressen gehen.«

»Das verstehe ich durchaus, Madam.«

»Ihr armer kleiner Magen war ganz verstimmt.«

»Ganz recht, Madam. Gras ist in solchen Situationen ein probates Mittel.«

Ob sich Mrs. Steptoe über diese flaue Aufklärung des Vorfalls freute oder ärgerte, ließ sich nur schwer beurteilen. Ihr Tonfall war brüsk, doch andererseits neigte er immer ein bißchen in diese Richtung.

»Schön, wenn dein Hund also das Gefühl hat, genug Gras gefressen zu haben, Beatrice«, sagte sie, »können wir wohl alle wieder zu Bett gehen und vielleicht noch ein, zwei Stündchen schlafen.«

Mrs. Chavender gab zu verstehen, daß sie damit hundertprozentig einverstanden sei, und Lord Holbeton meinte, dies entspreche auch seiner Meinung, wobei er leicht frostig hinzufügte, dadurch habe er auch Gelegenheit, seinen Knöchel in kaltem Wasser zu baden und sich auf die Suche nach einem Jodfläschchen zu machen und so möglicherweise ein Menschenleben zu retten.

»Schließen Sie diese Tür, Chibnall.«

»Sehr wohl, Madam.«

»Also, gute Nacht allerseits«, sagte Mrs. Chavender. »Nein, Patricia, du hast genug gehabt.«

Sie entschwand aus dem Zimmer, gefolgt vom vorwurfsvoll humpelnden Lord Holbeton. Patricia gab einen letzten schrillen Kommentar über dessen Morgenrock ab, bevor auch sie davonzottelte.

Mrs. Steptoe schnalzte ungeduldig mit der Zunge. Chibnall stand bei der Verandatür und spähte, anscheinend verzückt über die Schönheit der Nacht, zu ihrem Mißfallen hinaus. Wenn sie einen Butler anwies, die Tür zu schließen, wollte sie ihn wie einen Kugelblitz davonschießen sehen.

»Chibnall!«

»Madam?«

»Ein bißchen dalli!«

»Verzeihung, Madam.«

»Ja, was ist denn?«

Der Butler hatte die Verandatür geschlossen und war ins Zimmer zurückgetreten. Irgend etwas schien ihn umzutreiben.

»Ich hatte das Gefühl, düstere Gestalten über den Rasen schleichen zu sehen, Madam.«

»Wie bitte?«

»Jawohl, Madam. Zwei düstere Gestalten. Offenbar kommen sie in diese Richtung.«

»Was haben denn«, wollte Mrs. Steptoe aus durchaus einsichtigen Gründen wissen, »düstere Gestalten um diese Zeit noch auf dem Rasen verloren?«

»Zweifellos Einbrecher, Madam. Wenn ich vielleicht ...«

Er begab sich zum Lichtschalter, und schon im nächsten Augenblick war der Raum in Dunkelheit getaucht, was bei Mrs. Steptoe offensichtlich keinen guten Eindruck hinterließ.

»Sie Mostschädel!« rief sie und zollte dem Butler in ihrer Erregung nicht den schuldigen Respekt. »Was tun Sie denn da?«

»Mir erschien es ratsam, das Licht zu löschen, Madam, damit wir diese Personen nicht beunruhigen.«

Ein Gefühlsmensch hätte dies als reizenden, ja bezaubernden Gedanken empfunden, doch der laute Protest aus dem Dunkel deutete an, daß Mrs. Steptoe solche Rücksichtnahme auf das Nervensystem krimineller Elemente allzu zimperlich erschien.

»Madam, ich möchte diese Missetäter wenn immer möglich auf frischer Tat ertappen. Ich habe die Verandatür geschlossen. Sollten sie die Scheibe einschlagen, stellt das nur ihre unlauteren Absichten unter Beweis. Sobald sie ins Zimmer treten, schalte ich das Licht an und stelle mich ihnen in den Weg.«

»Ach so, ich verstehe. Aber legen Sie die Streitaxt bloß nicht aus der Hand.«

»Ich halte sie bereit, Madam. Erlauben Sie mir die Bemerkung, daß es das beste wäre, wenn wir jetzt keinen Ton mehr von uns gäben.«

Und so geschah es. Eine Zeitlang warteten sie gespannt. Dann klirrte es in der Finsternis. Scherben waren zu Boden gefallen. Die Lampe schien auf. Sie beleuchtete den blinzelnden Mr. Steptoe sowie Joss, der hinter ihm ein höflich interessiertes Gesicht machte.

Wäre Joss bewußt gewesen, daß unabhängig von ihm auch Sally auf die Idee gekommen war, diese Nacht-und-Nebel-Aktion wie einen Einbruch durch Profis aussehen zu lassen, hätte er dies als zusätzlichen Beweis aufgefaßt (falls es eines solchen noch bedurfte), daß er und sie Geistesverwandte seien, denn er persönlich hatte diesen Plan ausgeheckt. Mr. Steptoe dagegen, ein beschränkter und unkomplizierter Mensch, hatte nicht einsehen wollen, weshalb man das Haus verlassen sollte, nur um wieder hineinzugelangen, doch Joss

hatte das letzte Wort behalten. Solche Dinge, hatte er erklärt, solle man entweder richtig machen oder gleich bleibenlassen.
»Sieh an!« sagte Mrs. Steptoe.
»Ach, Sie sind auch hier?« entgegnete Joss liebenswürdig.
»Weatherby!«
»Madam? Ach, guten Abend, Chibnall«, sagte Joss, der diesen keinesfalls aus der Unterhaltung ausschließen wollte.
»Was zum Henker tun Sie hier? Und du, Howard«, sagte Mrs. Steptoe streng und wandte sich ihrem Gemahl zu, »was tust *du* hier?«
Diese Frage, soviel begriff Mr. Steptoe, entsprang dem ehrlichen Wunsch nach Aufklärung, und er war durchaus in der Lage, sie zu beantworten. Allerdings schreckte er davor zurück. Er schien etwas hinunterzuschlucken, das zu breit war, um in seinem Brustkorb bequem Aufnahme zu finden, und warf Joss den Blick eines Ertrinkenden zu, der verzweifelt nach einer Rettungsleine verlangt.
Joss ließ ihn nicht im Stich.
»Es tut mir leid, Madam«, sagte er sanft, »aber ich allein trage die Verantwortung dafür, daß wir hier so hereinplatzen. Als ich eben vorhin wach im Bett lag, hörte ich die Nachtigall, und da ich fand, Mr. Steptoe dürfe sich diesen Genuß auf keinen Fall entgehen lassen, weckte ich ihn auf und schlug ihm vor, mich in den Garten zu begleiten.«
»Ach?«
»Jawohl, Madam. Die Blumen uns zu Füßen sah'n wir nicht, und welcher Weihrauch hing sich ins Gereut, doch einen kurzen Blick auf den Vogel konnten wir trotzdem erhaschen, nicht wahr, Sir?«
»Klar«, sagte Mr. Steptoe. »Das war ein Mordsding.«
»Ziemlich üppig entwickelt«, pflichtete ihm Joss bei. »Und stimmlich in Hochform. Wir lauschten verzaubert. ›Unsterbliche! Du Vogel Ewigkeit!‹, sagte Mr. Steptoe, und ich ging mit ihm einig. Ich sage immer wieder, daß keine Melodie dem

Gesang der Nachtigall gleichkommt. Mr. Steptoe geht es genauso.«

»Klar«, sagte Mr. Steptoe.

»Er stellte die recht faszinierende Theorie auf, dies sei womöglich das alte Lied, das Ruth ins Herze drang, als sie ohn' Heimat war und Tränen ausgoß über fremdem Korn. Ich dachte, da sei wohl was dran.«

»Weatherby«, sagte Mrs. Steptoe, »haben Sie getrunken?«

»Nur aus der piërischen Quelle, Madam.«

Mrs. Steptoe fühlte sich den intellektuellen Anforderungen des Gesprächs nicht länger gewachsen.

»Das erklärt trotzdem nicht«, sagte sie, »weshalb Sie die Tür eingeschlagen haben.«

»Da Mr. Steptoe so überstürzt in den Garten gelangen wollte, Madam, vergaß er leider seinen Hausschlüssel einzustecken, weshalb wir uns dann plötzlich vor verschlossenen Türen fanden. Weil ich die Hausbewohner nicht stören wollte, schlug ich vor, daß wir uns ganz unaufdringlich Zutritt durch eine Fenstertür verschaffen sollten.«

»Ach?« sagte Mrs. Steptoe. Sie blieb eine Zeitlang nachdenklich stehen und wies dann mit herrischer Hand in Richtung Tür. »Howard, marsch ins Bett!«

»Jawohl, Schatz«, antwortete Mr. Steptoe artig und trottete von dannen. Sein Verstand war zwar aufgepeitscht, doch aus den Wogen stieg ein einzelner zusammenhängender Gedanke. Wie den Dichter Keats bei ähnlicher Gelegenheit verlangte es auch ihn nach einem Durstlöscher. Oh, sagte er sich, als er die Treppe hochstieg, einen Becher, drin der Süden schwankt, drin Hippokrene aufwallt, rot entbrannt – und dank einer einmaligen Fügung des Schicksals befand sich auf seinem Nachttisch alles Nötige in einem Flachmann. Seine recht sorgenschwere Haltung wurde gelöster, und in schönster Vorfreude leckte er sich die Lippen.

»Schließen Sie die Verandatür«, sagte Mrs. Steptoe.

»Sehr wohl, Madam«, antwortete Joss.
»Obwohl sich das kaum noch lohnt, nachdem Sie sie durchlöchert haben«, bemerkte Mrs. Steptoe und stakste steif aus dem Zimmer.
Als sie zum Fuß der Treppe kam, stellte sie erstaunt fest, daß der Butler ihr gefolgt war, so daß sie nun stehenblieb, um den Grund seiner Anhänglichkeit in Erfahrung zu bringen.
»Ja, Chibnall?«
»Ob ich wohl kurz mit Ihnen sprechen dürfte, Madam?«
»Für einen kleinen Schwatz haben Sie sich wirklich einen großartigen Moment ausgesucht. Ich brauche meinen Schönheitsschlaf. Na schön, aber bitte etwas flott!«
»Die Sache betrifft den jungen Weatherby, Madam.«
»Was ist mit ihm?«
»Ich bin nicht vollkommen von seiner Ehrbarkeit überzeugt, Madam. Sein Benehmen kommt mir dubios vor. Wußten Sie, daß er mit dem eigenen Wagen nach Claines Hall gekommen ist?«
»Tatsächlich?«
»Jawohl, Madam. Deshalb führte ich ihn auch in den Salon. Ich nahm selbstverständlich an, er weile als Gast hier.«
Mrs. Steptoe spitzte den Mund. Zu Hause in Kalifornien wäre dem Zwischenfall natürlich keinerlei Bedeutung zugekommen. Im »Golden State« erscheint nur ein sehr abgewirtschafteter Kammerdiener nicht im Privatwagen vor dem Hauptportal. Allerdings wußte sie, daß in England nach wie vor andere Sitten herrschten.
»Seltsam«, sagte sie.
»Jawohl, Madam. Für einen jungen Burschen in seiner Position ist es auch ungewöhnlich, dem Butler des Hauses, in dem er seinen Dienst antritt, ein Geldgeschenk von zehn Pfund zu machen.«
»Hat er das getan?«
»Jawohl, Madam.«

»Hm.«

»Eine Bekannte von mir, der ich den Fall anvertraute, äußerte den Verdacht, daß er zur Mayfair-Bande gehöre und kürzlich ein großes Ding gedreht habe und nun in Claines Hall auf Tauchstation gehe, wie man so schön sagt.«

»Mumpitz!«

»Wie Sie meinen, Madam. Aber ich finde ihn einen sehr merkwürdigen Kammerdiener. Mir erschiene es wirklich vernünftig, die Polizei einzuschalten, damit man dort einmal einen Blick in sein Sündenregister wirft.«

»Nein, ganz ausgeschlossen«, sagte Mrs. Steptoe bestimmt. Chibnall hatte sie erregt, doch selbst in ihrer Erregung verlor sie nicht aus den Augen, daß Joss zwar ein merkwürdiger und vielleicht sogar ein krimineller, gleichzeitig aber auch ein ausgesprochen tüchtiger Kammerdiener war. Mit Hilfe welcher Magie ihm das Kunststück gelungen war, hätte sie nicht sagen können, doch hatte er den Tolpatsch Howard am Vorabend nicht nur in achtbarem, sondern in geradezu aufsehenerregendem Aufzug an die Tafel geschickt. Sein Hemd hatte gestrahlt wie ein Leuchtturm, so daß die Baronets mit offenem Mund darauf gestarrt hatten. Für seine Schuhe galt dasselbe. Und was Kragen und Krawatte betraf, hätte man sie als Schaustücke in einem Vortrag verwenden können, der die Frage behandelte, wie sich der Herr von Welt zu kleiden hat. Es wäre vollkommen hirnverbrannt gewesen, diesem Wundertäter die Polizei auf den Hals zu hetzen.

Andererseits hatte sie keine Lust, eines Morgens feststellen zu müssen, daß das ganze Haus ausgeplündert worden war.

»Ich möchte nicht, daß überall Polizisten herumlungern. Am besten behalten Sie ihn im Auge.«

»Sehr wohl, Madam. Ich wollte das eben selbst vorschlagen, und wenn Sie einverstanden sind, verbringe ich den Rest der Nacht im Frühstückszimmer. So könnte ich die Gobelins bewachen.«

»Auf die hat er es bestimmt nicht abgesehen.«

»Sie sind außerordentlich wertvoll.«

»Schon, aber falls er die klauen wollte, hätte er dann wohl Mr. Steptoe mitgenommen?«

»Da haben Sie natürlich auch wieder recht, Madam.«

»Trotzdem, ich bin sehr dafür, daß Sie die Nacht im Frühstückszimmer verbringen. Ich lasse diese eingeschlagene Fenstertür nur ungern so zurück. Na dann los!«

»Sehr wohl, Madam.«

Im Frühstückszimmer hatte Joss inzwischen die Verandatür geschlossen und hing einem Gedanken nach. Auslöser dieses Gedankens war der Anblick jenes Messers gewesen, das Lord Holbeton fallen gelassen hatte. Zwar konnte sich Joss nicht erklären, weshalb es auf dem Boden lag, doch es schien ihm wie Manna vom Himmel zu kommen. Zweierlei ist unabdingbar, will man in einem Landhaus ein Porträt entwenden – erstens eine passende Gelegenheit und zweitens ein Instrument, mit dem es sich aus dem Rahmen schneiden läßt. Nun verfügte er über beides.

Er hob das Messer auf und schritt wie zuvor Lord Holbeton zum Kamin. Dort blieb er, ebenfalls wie Lord Holbeton, stehen und betrachtete das Porträt, wobei er sich dachte – was Lord Holbeton allerdings unterlassen hatte –, welche Glanzleistung es doch war. Nun rückte er einen Stuhl heran, stieg darauf und wollte gerade zu schneiden beginnen, als ihn eine Stimme in seinem Rücken wie mit einem Lasso zu Boden riß.

»Aha!« sprach die Stimme.

In der Tür stand Mrs. Chavender.

12. Kapitel

Mrs. Chavenders Äußeres sorgte stets für Erstaunen. Das galt nun um so mehr, als sie, genau wie er, bis zu den Zähnen bewaffnet war. In der Hand hielt sie ein großes Messer, und dies ließ sie wie Lady Macbeth aussehen.

Zu wohlerzogen, um diesen Umstand anzusprechen, eröffnete Joss die Konversation mit einem höflichen »guten Abend«.

»Schon wieder kreuzen sich unsere Wege, Mrs. Chavender.«

»In der Tat, mein lieber Weatherby.«

»Zweifellos überrascht es Sie …«

»Aber durchaus nicht. Sally Fairmile hat mir erzählt, daß Sie hier sind. Und ich weiß … pst!«, zischte Mrs. Chavender und brach ihre Ausführungen ab. »Da kommt jemand.«

»So läuft es in diesem Haus ständig. Das ist der Fluch von Claines Hall.«

»Folgen Sie mir in die Bibliothek.«

»Und wo ist die?«

»Auf der anderen Seite des Korridors. Ich möchte mich mit Ihnen unterhalten, junger Mann. Ja, Chibnall?«

Der Butler trat ein, gekrümmt unter der Last von Decken und Kissen. So groß sein Eifer war, die Nachtwache anzutreten, hatte er sich doch in aller Ruhe das erforderliche Material aus der Kammer geholt, um sich ein möglichst bequemes Lager aufzubauen.

»Mrs. Steptoe ersuchte mich, den Rest der Nacht hier zu verbringen.«

»Aber warum denn?«

»Eine der Fenstertüren ist zu Bruch gegangen, Madam, und Mrs. Steptoe möchte sie nur ungern so zurücklassen. Es ist denkbar«, sagte Chibnall finster, »daß sich halbseidene Gestalten in der Gegend herumtreiben.«

»Ach? Na, besser Sie als ich. Gute Nacht.«
»Gute Nacht, Madam.«
Mrs. Chavender rauschte aus dem Zimmer, und Chibnall betrachtete Joss abschätzig.
»Immer noch da?«
»Ich breche gerade auf. Sagen Sie mal, mein guter Chibnall, würden Sie dies als eine ganz normale Nacht in Claines Hall bezeichnen? Ich wüßte einfach gern, was mich hier erwartet.«
»Das ging aber lange, bis Sie diese Fenstertür zu hatten!«
»Nein, nein. Das war im Nu erledigt. Aber dann verwickelte mich die Dame, die uns gerade verlassen hat, in ein Gespräch. Schlafen Sie tatsächlich hier?«
»Ja.«
»Wetten, daß Sie das nicht tun! Sie werden kein Auge zumachen. Ich habe auch schon versucht, in Sesseln zu dösen. Nein, nein, guter Freund«, sagte Joss schmeichlerisch, »Sie sollten wirklich in Ihr Bettchen zurückwatscheln und die kleinen süßen Zehen unter die warme Decke stecken. Kein Mensch wird das merken.«
»Vielen Dank. Ich komme lieber meiner Pflicht nach.«
»Oh? Tja, dann also gute Nacht.«
»Gute Nacht.«
Auf dem Weg zur Bibliothek erschien Joss die Atmosphäre schon beinahe unangenehm mysteriös. Chibnall hatte sich seltsam benommen. Desgleichen Mrs. Chavender. Für deren seltsame Art würde sich in Kürze eine Erklärung finden, doch es gab kaum Hoffnung, hinter die Undurchschaubarkeit des Butlers zu kommen. Am Morgen im Rose & Crown und während des ganzen Tages war Chibnall die Freundlichkeit und Hilfsbereitschaft in Person gewesen, doch nun wirkte er wie verwandelt, mundfaul und dazu neigend, Joss schneidende Seitenblicke zuzuwerfen. Das verwirrte ihn sehr.
Chibnalls unergründliches Verhalten konnte allerdings warten. Auf der Tagesordnung stand zunächst das unergründliche

Verhalten von Mrs. Chavender. Mit dem brennenden Bedürfnis, darüber Aufschluß zu erhalten, trat Joss in die Bibliothek.
»Da sind Sie ja«, sagte Mrs. Chavender. »Schließen Sie die Tür.«
Joss schloß die Tür.
»Nehmen Sie Platz.«
Joss nahm Platz.
»Also, wo sind wir stehengeblieben?« fragte Mrs. Chavender.
Joss vermochte ihr auf die Sprünge zu helfen.
»Vorhin sagten Sie, es überrasche Sie nicht, mich im Haus anzutreffen, weil Miss Fairmile Ihnen von meiner Anwesenheit erzählt habe. Heißt sie tatsächlich Sally? Prächtig, prächtig. Ein entzückender Name. Einer meiner liebsten. Es ist schlechterdings unheimlich«, sagte Joss, der langsam in Fahrt kam, »wie glatt alles läuft, als folge es geradezu meinen Anweisungen. Sie ist schön. Sie hat eine bezaubernde Stimme. Und sie heißt Sally. Ich kann weit und breit keinen Makel entdecken.«
Mrs. Chavender schien verdattert.
»Würden Sie mir bitte erklären, wovon Sie reden, falls Sie denn von etwas reden?«
»Ich hätte wohl erwähnen sollen«, antwortete Joss, »daß ich die kleine Fairmile liebe. Gleich als ich sie sah, traf es mich wie der Tritt eines Maulesels. Romeo machte dieselbe Erfahrung. Und Chibnall ebenfalls.«
»Ach! Darüber können wir uns später noch unterhalten.«
»Wann immer Sie wollen«, sagte Joss höflich. »Nun, nachdem Sie sagten, es überrasche Sie nicht, mich hier anzutreffen, fügten Sie hinzu: ›Und ich weiß ...‹ An dieser Stelle hörten Sie Chibnall kommen und brachen ab. Sie kamen nicht mehr dazu, mir zu erzählen, was Sie genau wissen.«
»Ich will es Ihnen nun erzählen. Ich weiß, warum Sie hier sind. Jimmy Duff schickte Sie her, um dieses Porträt mitgehen zu lassen.«

»Was für eine absonderliche Idee!«

»Ach ja? Ich kann Ihnen verraten, daß ich das Ganze aus erster Quelle habe. Mrs. Steptoe erzählte mir, daß Jimmy ein Kaufangebot für das Bild gemacht und daß sie es ausgeschlagen habe. Und als nächstes schleichen Sie sich hier ein.«

»Von Schleichen kann keine Rede sein. Ich fuhr im Wagen vor das Hauptportal.«

»Sie sind doch Jimmys – als was bezeichneten Sie sich schon wieder?«

»Als seinen besten Freund und schärfsten Kritiker?«

»Genau. Das Ganze liegt doch auf der Hand, oder? Nicht zu fassen!« sagte Mrs. Chavender nun mit sanfterer Stimme. »Nach fünfzehn Jahren hegt Jimmy für mich immer noch diese Gefühle. Donnerwetter, ich hätte nie geglaubt, daß in ihm solche Empfindungen schlummern. Es macht ganz den Anschein, als hätte ich ihm all die Jahre hindurch unrecht getan. Als Sie mir erzählten, daß er immer noch Junggeselle sei, nahm ich an, er sei dies aus freien Stücken geblieben. Und dabei war er die ganze Zeit einfach verrückt nach mir und hatte keine Augen mehr für andere Frauen. Und nun stellt er sich also vor, daß er mich zwar verloren hat, sich aber dank des Porträts weiterhin an mich erinnern könnte. Wenn das nicht lieb und hinreißend und rührend und wunderschön ist, dann müssen Sie mir das schon erklären.«

Es war nicht an Joss, diesen hauchdünnen Schleier der Liebe im Säurebad der Wahrheit zu zersetzen. Er nickte verständnisvoll.

»Ja, er hat ein Herz aus Gold. Ich muß bei ihm immer ein bißchen an Sir Galahad denken. Aber hierhergeschickt hat er mich nicht. Als ich in Claines Hall anheuerte, ging zwischen J.B. und mir ein ziemlich rauher Wind. Er hatte mich gefeuert.«

»Was haben Sie ihm denn angetan?«

»Überhaupt nichts, ich warf ihn bloß aus seinem Büro.«

»Das verstehe ich nicht. Sie wollen mir doch nicht weismachen, daß Sie vorhin, als ich in jenen Raum kam, nicht gerade das Porträt aus dem Rahmen schneiden wollten?«

»Doch, doch, das wollte ich schon.«

»Na also.«

»Aber J.B. setzte sich erst nach meiner Ankunft mit mir in Verbindung. Dieser Fall ist weitaus komplizierter, als man glauben könnte. Unter der glatten Oberfläche des Lebens in Claines Hall brodeln mannigfaltige dunkle Kräfte. Darf ich ganz offen sein?«

»Schießen Sie los.«

»Das bleibt doch unter uns?«

»Von mir erfährt keiner etwas.«

»Also gut, ich bin nicht nur im Auftrag von J.B. tätig, sondern auch in dem von Mr. Steptoe.«

»Howard Steptoe?«

»Ja. Er hat J.B. und mich zusammengebracht. Er braucht den Zaster und wollte ursprünglich das Geschäft in eigener Regie über die Bühne bringen. Als er jedoch merkte, daß er auf moralische Unterstützung angewiesen war, zog er mich hinzu.«

»Passen Sie auf«, sagte Mrs. Chavender energisch. »Ich bin mit von der Partie. Meinetwegen soll Howard Steptoe seinen Anteil kriegen, aber wenn Jimmy den Geldbeutel zückt, müssen auch für mich fünfhundert Pfund rausspringen. Sie behaupten, Howard Steptoe brauche den Zaster. Dann werfen Sie den Blick auf jemanden, dem es genauso geht.«

Joss war sprachlos.

»Ihnen?«

»Mir.«

»Aber ich habe Sie für eine Millionärin gehalten.«

»Das war ich auch bis vor einem guten Jahr. Erinnern Sie sich noch an die Battersby-Pleite?«

»Steckten Sie da mit drin?«

»Bis über den Hals. Ich verlor das letzte Hemd. Als die Rechnungsprüfer aufhörten, in der Asche herumzustochern, blieb mir gerade noch genug Geld für Patricias Hundemarke und einen bescheidenen jährlichen Kleidereinkauf.«

»Oje!« sagte Joss. »Ojemine!«

Es wurde still. Mrs. Chavender kämpfte sichtlich mit ihren Gefühlen.

»Hätten Sie eine Zigarette für mich?« fragte sie.

»Leider nicht.«

»Dann nehme ich eben eine von meinen, so ekelhaft ich sie finde. Ich habe gehofft, Sie hätten etwas Besseres anzubieten.«

Joss rang angesichts der sensationellen Enthüllung nach Fassung.

»Sie haben ganz schön hinter dem Berg gehalten. In der Gesindestube ist man völlig ahnungslos. Mrs. Barlow hat Sie mir gegenüber gerade heute abend als weibliches Antiseptikum bezeichnet.«

Schweigend paffte Mrs. Chavender ihre Zigarette. Doch dann bewies sie, daß sie wieder die alte war, indem sie stillvergnügt in sich hineinlachte.

»Aber selbstverständlich habe ich hinter dem Berg gehalten. Und ich kann Ihnen auch sagen, warum. Kennen Sie Mabel?«

»Sie meinen Sally?«

»Ich meine nicht Sally. Ich meine Mabel. Mabel Steptoe.«

»Ach, Mrs. Steptoe? Ja, natürlich. Eine reizende Frau. Sie hat mich mit ihren Ansichten über Corot ganz in den Bann geschlagen.«

»Hat sie auch ihre Ansichten über arme Verwandte zum besten gegeben?«

»Nein, dazu sind wir nicht mehr gekommen.«

»Na, achten Sie mal ein bißchen auf Sally Fairmile, dann lernen Sie diese Ansichten bald kennen. Sie glaubt felsenfest, man müsse bei solchen Leuten Strenge walten lassen. Ein glänzendes Beispiel für eine unterdrückte Minderheit.«

Die Bibliothek verschwamm vor Joss' Augen.
»Wollen Sie damit sagen, sie drangsaliert dieses bezaubernde Mädchen?«
»Na ja, sie schlägt sie nicht gerade und läßt sie auch nicht hungern, aber das ist schon alles, was man sagen kann. Nein, das ist ungerecht. Im Grunde behandelt sie sie wohl ganz anständig. Ich will es mal so ausdrücken: Die Position der kleinen Sally in diesem Haus ist in etwa die einer unbezahlten Zofe.«
»Skandalös!«
»Und ich weiß nicht, welches die meine wäre, falls ans Licht käme, daß ich blank bin. Wohl etwa die eines weiblichen Butlers ohne Portefeuille. Mabel hat auch ihr Gutes – ich mag sie sehr –, doch sie gehört zu jenen Frauen, die immer auf den Schwächeren herumreiten müssen. Auf gar keinen Fall darf man zulassen, daß sie über einem steht. Man muß sie unter der Knute halten. Genau das habe ich getan, seit ich vor einem Jahr hier einzog. Gott sei Dank habe ich gekräuselte Lippen und einen gebieterischen Blick. Obschon mir auch das nicht viel nützen würde, wenn Mabel nicht glaubte, ich hätte ein schwaches Herz und Geld in Hülle und Fülle und könnte schon im nächsten Moment den Löffel abgeben und ihr meine Millionen hinterlassen.«
»Diese Frau ist ja eine wahre Schauergestalt.«
»Nein, nein. Sie ist ganz in Ordnung, sofern man in der Lage ist, auf ihr herumzutrampeln. Und bis jetzt war das bei mir der Fall. Gnade mir Gott, wenn ich die fünfhundert Pfund nicht auftreiben kann!«
Daß exakt diese Summe bereits zum zweitenmal erwähnt wurde, weckte Joss' Interesse.
»Weshalb wollen Sie denn genau diesen Betrag?«
»Es handelt sich um eine Schuld, die ich zu begleichen habe. Eine sogenannte Ehrenschuld. Und wenn ich das Geld nicht auf andere Art beschaffen kann, werde ich mich an Mabel

wenden müssen, und das brächte die ungeschminkte Wahrheit über meine finanzielle Lage ans Licht und würde mich zum reinen Vasallenstaat degradieren. Sagen Sie, haben Sie schon einmal in einem Mädcheninternat die Preise überreicht?«

Joss entgegnete, eine solche Erfahrung sei ihm bisher nicht vergönnt gewesen.

»Lassen Sie's bleiben!« sagte Mrs. Chavender und verfiel in schwermütiges Schweigen. Sie schien eine Szene noch einmal zu durchleben, welche, schenkte man den Falten auf ihrer noblen Stirn Glauben, recht unerfreulich gewesen sein mußte. Ihr Blick war getrübt, als sie an ihrer Zigarette zog.

»Lassen Sie die Finger davon!« meinte sie schließlich. »Irgendwie greift einen diese Atmosphäre an. Da sind sie alle versammelt, diese leuchtenden jungen Gesichter, die erwartungsvoll zu einem hochblicken, und man fühlt sich in jene Tage zurückversetzt, als man genauso jung war wie sie und das Leben noch vor sich hatte, und man wähnt sich auf einer Zechtour und glaubt, man sei bis oben hin mit edelstem Champagner abgefüllt. Ich habe gestern in einem Mädcheninternat die Preise überreicht.«

»Ja, ich erinnere mich noch, wie Sie mir erzählten, daß Sie das tun müßten. Sie wollten wissen, was man den Schülerinnen denn sage, und ich schlug ›servus, Mädchen‹ vor, was Ihnen unpassend erschien. Fiel Ihnen auf der Fahrt etwas Besseres ein?«

»Und ob! Ich hielt die Rede meines Lebens. Ich trieb die Kleinen so weit, daß sie aus den Stühlen Kleinholz machten und sich vor Lachen kugelten.«

»Gut«, meinte Joss.

»So gut nun auch wieder nicht«, erwiderte Mrs. Chavender. »Ich hatte nämlich nicht die Umsicht, an dieser Stelle aufzuhören, mich zu verbeugen und von der Bühne abzutreten. Ich mußte den Bogen einfach überspannen. Soll ich Ihnen sagen, was vorfiel?«

»Ich kann's kaum erwarten.«

»Ich sollte wohl vorausschicken, daß die Direktorin dieses am Meer gelegenen Straflagers in ihrer kurzen Begrüßung von einer neuen Turnhalle oder einem ähnlich fluchwürdigen Bauprojekt sprach und ihrer Hoffnung Ausdruck verlieh, sämtliche Eltern möchten dieses überaus löbliche Vorhaben großzügig mit Spenden bedenken, da sonst der Schule ein mutmaßliches Loch von mindestens zweitausend Pfund ins werte Portemonnaie gerissen würde. Dann sagte sie, jetzt werde Mrs. Chavender über hehre Ideale und die Zukunft sprechen, und ich spuckte meine Hustenpastille aus und trat ins Scheinwerferlicht. Wie gesagt, ich feierte einen Bombenerfolg. Und als der Applaus abebbte und ich mich wieder reden hören konnte, hörte ich mich fürwahr reden. Und wollen Sie wissen, was ich sagte? Ich sagte, ich sei bereit, fünfhundert Pfund zu der vermaledeiten Turnhalle beizusteuern, falls es mir drei weitere Personen gleichtäten.«

»Ach!« sagte Joss.

»Sagen Sie ruhig ›Ach!‹. Wohlverstanden, auch wenn ich mich in einen Zustand hineingefaselt hatte, in dem man mich in jeder Trinkerheilanstalt aufs herzlichste willkommen geheißen hätte, veranschlagte ich das eingegangene Risiko als gering. Ich konnte mich noch gut an das eisige Schweigen erinnern, mit dem jenes Späßchen über die großzügigen Spenden quittiert worden war, und während im Saal nun der Beifallsturm brandete und sechshundert trampelnde Mädchenfüße Staub aufwirbelten, sagte ich mir immer wieder: ›Vielleicht nimmt ja alles ein gutes Ende, altes Haus. Vermutlich schon. Hoffentlich schon.‹ Doch ob Sie's glauben oder nicht, ein paar Minuten später sprangen zwei Hohlköpfe mit Verbrechervisagen und feuchten Augen auf und brüllten, sie seien dabei. Und kurz darauf tat es ihnen auch noch ein dritter nachweislicher Idiot gleich. Ich war geliefert. Das Beste, was ich noch hervorbringen konnte – und viel war das nicht –, war die Schutzbehauptung, ich hätte mein Scheckbuch zu Hause vergessen, würde aber bald wieder von mir hören lassen. Mein guter Weatherby, nun wissen Sie also, weshalb ich fünfhundert Pfund brauche.«

Ihre vorbildlich klare Darstellung des Sachverhalts hatte bei Joss keine Fragen offengelassen.

»Sie müssen das Geld unbedingt bekommen«, sagte er. »Ich schlage vor, wir bilden eine Interessengemeinschaft. Wie hoch würde J.B. Ihres Erachtens wohl gehen?«

»Offensichtlich hat ihn Mabel gar nicht erst über Zahlen reden lassen. Aber ich glaube, eintausend Pfund wären angesichts der Umstände billig, was meinen Sie?«

»Spottbillig. Ein absolut echter Weatherby – seine Palm-Beach-Periode – müßte soviel abwerfen, wenn nicht mehr.«

»Würden denn fünfhundert für Sie und Howard reichen?«

»Machen Sie sich wegen mir keine Gedanken. Mit dem Pekuniären habe ich nichts zu schaffen. Ich will bloß meine Stelle wiederhaben, vielleicht poche ich auch darauf, zum Leiter der Graphikabteilung ernannt zu werden. Das muß ich mir noch überlegen.«

»Ich würde darauf pochen.«

»Ja, vielleicht tue ich das. Und dabei denke ich gar nicht an mich. Es wäre für die Firma einfach ein Glücksfall, als Leiter der Graphikabteilung jemanden wie mich zu gewinnen.«

»Und was machen wir nun? Soll ich nach London zu Jimmy eilen?«

»Er ist im Gasthof von Loose Chippings untergebracht.«

»Das trifft sich gut. Dann gehe ich dort vorbei.«

»Und nun zu unserem Schlachtplan. Wie gehen wir am besten vor? Die Sache wird nicht einfach werden. Ist Ihnen vorhin an Chibnall etwas aufgefallen?«

»Sein Schlafanzug?«

»Nein, obwohl ich vollkommen mit Ihnen einverstanden bin, daß der bemerkenswert war. Irgendwie stellt man sich Butler doch immer im Nachthemd vor. Aber eigentlich meinte ich seine Haltung. Sie hat mir nicht behagt. Er nennt mich nicht mehr ›Sir‹. Und auch sein Blick war kalt.«

»Glauben Sie, er schöpft Verdacht?«

»Davon bin ich überzeugt.«

»Sie können ihn überlisten. Wählen Sie einfach einen Moment, in dem er nicht herumschleicht. Und ich kann Ihnen sagen, wann das sein wird. Während der Gartenparty.«

»Natürlich. Ein Butler muß während einer Gartenparty dienern und buckeln, daß es eine Art hat.«

»Er wird keinen freien Moment haben. Und da ist noch etwas. Der ganze hohe und niedere Adel im Umkreis von Meilen ist bei der Gartenparty zugegen. Das Haus wird sich in ein wahres Mekka für Diebe verwandeln. Das lenkt den Verdacht ab.«

»Sie denken aber auch an alles.«

Irgendwo in der Ferne ertönte ein schrilles, ungehaltenes Gebell. Mrs. Chavender erhob sich flink.

»Ich muß gehen. Patricia schlägt Radau. Sie hat es nicht gern, wenn man sie allein läßt.«

»Ihr Bluthund?«

»Meine Pekinesin. Gott segne sie.«

»Ist das der Hund, den Miss Fairmile striegelt?«

»Es ist einer von denen, die sie striegelt. Sie ist eine vortreffliche Hundestrieglerin. Voller Takt und Sanftmut. Na schön, mein süßer Engel, Frauchen kommt ja. Übrigens«, sagte Mrs. Chavender und blieb bei der Tür stehen, »habe ich Sie da richtig verstanden, Sie lieben Sally?«

»Goldrichtig.«

»Ich weiß ja nicht, was das für einen Einfluß auf Ihre Pläne hat, aber sie erzählte mir heute morgen, als wir nach Lewes fuhren, daß sie mit diesem Lord Holbeton verlobt sei, den Sie wohl auch schon durch die Gegend strolchen sahen. Ist ja gut, ist ja gut«, sagte Mrs. Chavender, da erneut gebieterische

Rufe von oben ertönten, »ich komm' ja schon, ich hab's doch gesagt! Diese verflixten Pekinesen halten einen so auf Trab, als erwarteten sie, man renne tagaus, tagein in Sprintermontur herum.«

13. Kapitel

Erst am späten Vormittag des folgenden Tages erfuhr Sally durch Lord Holbeton von den aufrüttelnden Ereignissen, die die stillen Stunden der vergangenen Nacht mit Leben erfüllt hatten. Sie war zeitig zum Frühstück erschienen, er dagegen erst spät, denn die Anstrengung war nicht spurlos an seinem geschundenen Körper vorübergegangen. Schließlich traf er sie hinter dem Stall an, wo sie sich gerade anschickte, im Zweisitzer nach London zu fahren, derweil er sich seine Geschichte von der Seele redete und dabei kein auch noch so kleines Detail aussparte. Insbesondere betonte er jenes Element vielleicht doch allzu stark, welches man als das Pekinesenmotiv bezeichnen könnte. Frauen lieben Männer der Gefahren wegen, in denen sie sich bewährt haben, doch Sally konnte sich des Eindrucks nicht erwehren, daß er ihr die wunde Stelle an seinem Bein nicht gleich dreimal hätte zeigen müssen.
Weil ihr nicht entgangen war, daß sich Mrs. Chavenders Porträt noch immer im Rahmen befand, hatte sie sich selbstverständlich bereits auf den Mißerfolg eingestellt, und sie vermochte nun, da ihr die Umstände dargelegt wurden, auch mühelos anzuerkennen, daß es sich bei dem Mißerfolg um einen unverschuldeten handelte. Mag man sich bei einem Unterfangen, wie es ihr Verlobter angepackt hatte, auch noch so anstrengen, es steht und fällt alles mit einer gewissen Intimität. Ihr war durchaus bewußt, daß man von ihm eine erfolgreiche Durchführung nicht verlangen konnte, solange ständig Butler hereinplatzten.

Trotzdem mußte sie sich, wie sehr sie auch dagegen ankämpfte, eine leise Enttäuschung eingestehen. Vielleicht war sie in ihrem Urteil auch leicht befangen, weil er ihr am Vortag davon berichtet hatte, wie er in der Einfahrt um sein Leben gerannt sei. Jedenfalls blieb bei ihr der Eindruck haften – der sich zum erstenmal einstellte und ihr einen bösen Schrecken einjagte, als falle ihr etwas wie Schuppen von den Augen –, daß Lord Holbeton zwar grazil und gertenschlank sein mochte und auch fraglos das Lied *Trees* gekonnt vortrug, jedoch nicht ganz der Mann war, den Sally in ihm gesehen hatte. »Hasenfuß« war der häßliche Ausdruck, der sich ihr aufdrängte.

Nachdem sie ihm ihr Mitgefühl wegen des wunden Beines ausgesprochen, sein höfliches Angebot jedoch zurückgewiesen hatte, dieses auch noch ein viertes Mal zu begutachten, wandte sie sich der Frage zu, was als nächstes zu tun sei. In einem ersten Impuls wollte sie Mr. Duff aufspüren und ihm Bescheid sagen. Nach jenem unglücklichen Zwischenfall in der Einfahrt mußte man ihn gewiß mit der Zusicherung beruhigen, daß seine Interessen wahrgenommen würden. Doch sie konnte nicht frei über ihre Zeit verfügen. Da Mrs. Steptoe jählings beschlossen hatte, daß es höchst unverantwortlich wäre, bei der Gartenparty auf die Talente des näheren Umkreises zurückzugreifen, wurde Sally nach London geschickt, um Kellner aus der Großstadt zu engagieren, abgebrühte und erfahrene Veteranen, auf die Verlaß war.

Die Jagd nach ihnen beanspruchte den gesamten frühen Nachmittag, und die Kirchenuhr zeigte bereits halb fünf, als sie auf der Rückfahrt durch Loose Chippings kam. Und als sie gerade darüber spekulierte, ob Mr. Duff um diese Stunde im Rose & Crown anzutreffen sei, erblickte sie ihn auf der Hauptstraße. Er stand in einer Art Trance da und starrte die Statue des verstorbenen Anthony Briggs an.

Für all jene, die sich mutterseelenallein in Loose Chippings wiederfinden, gehört es zu den raren geistigen Anregungen, die Statue betrachten zu dürfen, welche ein paar Freunde und Bewunderer im Gedenken an den verstorbenen Friedensrichter Anthony Briggs aufstellten, welcher jahrelang für den Landkreis im Parlament gesessen hatte. Man kann die Hauptstraße hochgehen und die Statue von vorn betrachten, oder man kann die Hauptstraße hinuntergehen und sie von hinten betrachten. (Indem man mitten auf die Hauptstraße steht, kann man sie auch von der Seite betrachten, doch diese Eventualität soll uns hier nicht weiter beschäftigen.)

Mr. Duff betrachtete sie im Moment von vorn, allerdings ohne erhebendes Gefühl. Selbst wo Interesse an Statuen von Parlamentsabgeordneten vorausgesetzt werden kann, büßen diese etwas von ihrem Zauber ein, wenn man sie vierzig- oder fünfzigmal gesehen hat. Auf Mr. Duff übte der verstorbene Anthony Briggs nicht mehr den geringsten Reiz aus. Zudem hatte er das Gefühl, von Loose Chippings gesehen zu haben, was er sehen wollte.

Und er dachte gerade darüber nach, was für ein Spaß es doch wäre, unter dem verstorbenen Anthony Briggs eine Stange Dynamit zu zünden, und daß er auch – im größeren Maßstab – gar nichts dagegen einzuwenden hätte, wenn Loose Chippings zur Gänze unter Lavaströmen begraben würde wie einst die Städte der Ebene, als er eine Frauenstimme seinen Namen rufen hörte. Die abscheuliche Idee, daß die Stimme Mrs. Chavender gehören könnte, riß ihn, am ganzen Leibe zitternd, aus seinen Betrachtungen.

»Ach, Sie sind's!« sagte er erleichtert.

»Hätten Sie kurz Zeit, Mr. Duff?« fragte Sally.

»Klar«, antwortete Mr. Duff. Zwar unterhielt er sich nur ungern mit jungen Frauen, doch war das wenigstens eine Zerstreuung.

»Laden Sie mich zum Tee ein?«

»Wenn Sie wollen.«

»Gleich hier vorne ist ein Lokal. Die Gardenie.«

Mr. Duff kannte diese Gaststätte oder zumindest ihre Fassade. Das Teestübchen Gardenie lag dem Rose & Crown fast direkt gegenüber, und schon häufig hatte er sich aufgebäumt wie ein scheuender Gaul, wenn er das widerwärtige und gallenfarbige Gebäck erblickt hatte, das dort im Fenster aufgereiht lag. Wäre es nach ihm gegangen, hätte er sich von einer Gaststätte ferngehalten, bei deren bloßem Anblick er das Aufwallen neuer Magenkrämpfe spürte, doch er hatte den Eindruck, daß er seiner Begleiterin, die es dorthin zog, zu Gefallen sein müsse. Er stieg in den Wagen, und sie fuhren davon.

Wie alle Teestübchen in englischen Kleinstädten war auch die Gardenie hermetisch verschlossen. Kein Spalt in den Wänden erlaubte es der frischen Luft, einzudringen und die wunderliche Atmosphäre zu zerstören. Ein warmer, widerlicher Duft nach Brötchen und Kuchen, frisch gebackenem Brot und heißer Schokolade umfing Mr. Duff beim Eintreten, und mit einem leichten Schaudern schloß er die Augen. Nachdem er aus seinem vorübergehenden Dämmerzustand ins Diesseits zurückgekehrt war, stellte er fest, daß ihnen die damenhafte Kellnerin bereits ihr Mahl gebracht hatte.

»Ich habe Brötchen bestellt«, sagte Sally, die mit dem herzhaften Appetit der Jugend gesegnet war. »Mögen Sie Brötchen?«

»Ich mag Brötchen nicht«, erwiderte Mr. Duff.

»Das tut mir leid. Bringen Sie doch etwas vom feinen Backwerk.«

»Feines Backwerk, bitte schön«, sagte die damenhafte Kellnerin.

»Rühr' ich nicht an«, stöhnte Mr. Duff.

»Oh, Sie müssen aber«, drängte ihn Sally, »wo es schon mal hier steht. Ich kann doch nicht alles alleine essen. Ein Stückchen nur.«

»Also gut, eines«, sagte Mr. Duff kraftlos. »Wollen Sie hören, was ich mir davon hole? Den Tod hole ich mir, schlicht und ergreifend.«

Er knabberte schwach an dem schauerlichen Klumpen aus Sahne und Blätterteig, der ihm serviert worden war, um sich dann, als er den Blick der Kellnerin bemerkte, entschlossener darauf zu stürzen. Sie war eine hochgewachsene, strenge junge Frau mit Kneifer, und irgend etwas an ihr erinnerte ihn an ein resolutes Kindermädchen aus einer frühen Lebensphase, das ihn stets genötigt hatte, auch das Fett aufzuessen.

Sie saßen eine Weile stumm da. Zwar platzte Sally fast vor Neugier wegen des Schnurrbarts, doch sie versagte sich jeden Kommentar. Überzeugt davon, daß es sich um eine dieser peinlichen Abnormitäten handle, die nicht angesprochen werden durften, trank sie ihren Tee aus und kam zur Sache.

»Also«, sagte sie heiter, denn sie hatte beschlossen, heiter zu erscheinen. »Sie fragen sich bestimmt, was eigentlich los ist?«

Bevor er etwas entgegnete, schickte Mr. Duff seine forschende Zunge auf die Suche nach einem Krümel des feinen Backwerks, der sich in der Peripherie seines Gestrüpps verfangen hatte. Er brachte ihn zwar schließlich in Gewahrsam, doch der harte Kampf hatte seine Verdrießlichkeit noch gesteigert.

»Ich weiß, was los ist«, sagte er schnaubend. »Dieser Nichtsnutz, den Sie angeblich heiraten wollen, wetzt jedesmal wie ein Wiesel davon, wenn ich in seine Nähe komme.«

»Ja, er hat mir davon erzählt. Aber wissen Sie ...«

»Ich habe es schon früher gesagt, und ich sage es noch einmal. Wenn George Holbeton zwei Unzen Hirn mehr hätte, bloß zwei Unzen, dann wäre er kein Volldepp mehr, sondern nur noch ein halber. Der mickrige Waschlappen!«

Nicht zum erstenmal nahm Sally am Umgangston dieses Herrn Anstoß.

»Nennen Sie ihn nicht einen mickrigen Waschlappen!«

»Wenn Sie wüßten, wie ich ihn sonst noch gern nennen würde.«

»Selbstverständlich wetzte er davon. Wer würde das nicht

tun, wenn aus allen Himmelsrichtungen Gestalten mit falschen Schnurrbärten auf einen zustürzen? Er hielt Sie für einen gemeingefährlichen Irren. George ist sehr zappelig.«

»Ich würde ihn zu gern zappeln sehen – an einem Strick!«

Sally verstummte. Die Vernunft flüsterte ihr ein, daß sie sich besser verkniff, was sie hatte sagen wollen. Trotz aller Charakterfehler war J.B. Duff der Mann, der die Schecks ausstellte und um jeden Preis versöhnlich gestimmt werden mußte. Sie rang mit ihrem besseren Ich und schaffte es schließlich, dieses am Genick an die Oberfläche zu zerren.

»Wie auch immer«, sagte sie mit dem gekünstelten Charme eines schneidigen Mädchens, welches eben diesen Schneid so angestrengt niederzwingen muß, daß es ihre geringen Kräfte fast übersteigt. »Er hat nicht einfach bloß dagesessen und Däumchen gedreht. Er ist voller Tatendrang. Letzte Nacht hat er versucht, das Porträt zu stehlen.«

»Todsicher erfolglos.«

»Dafür konnte er nichts. Der Butler stürmte mit einer Streitaxt herein. Er wird es noch einmal versuchen.«

»Das ist nicht nötig. Sie können ihm ausrichten, daß die Sache abgeblasen ist. Ich habe umdisponiert.«

»Wie meinen Sie das?«

»Wie ich es sage. Ich habe die Angelegenheit in andere Hände gelegt.«

»In welche?«

»Das braucht Sie nicht zu kümmern.«

Sally zuckte leicht zusammen.

»Doch nicht etwa in die von Mr. Weatherby?«

»Doch. Er nimmt sich jetzt der Sache an.«

Sally saß da und biß sich auf die Unterlippe. Sie machte eine finstere Miene. Die Lage war ernst, daran gab es nichts zu rütteln. So kurz ihre Bekanntschaft mit Joss erst war, hatte sie ihn doch oft genug gesehen, um zu wissen, daß er als Gegner nicht unterschätzt werden durfte.

»Das ist noch ein Kerl!« fuhr Mr. Duff fort. »Ich will gar nicht behaupten, er sei nicht frech wie Oskar. Das ist er. Ich will auch nicht behaupten, ich hätte ihm nicht schon oft mit einem Ziegelstein eins überziehen wollen. Das habe ich. Allerdings möchte ich behaupten, daß er Saft in den Knochen hat. Unternehmungslust. Improvisationstalent. Denken Sie doch nur daran«, schwärmte Mr. Duff schon beinahe entrückt, »wie er mich damals aus dem Büro warf, nur weil er nicht wollte, daß ich ihm vor Ihnen die Hölle heiß machte. Wie ein geölter Blitz. Ich möchte bloß wissen, warum Sie nicht ihn heiraten, anstatt sich mit dieser Bohnenstange Holbeton herumzuschlagen.«

Sally setzte ein frostiges Lächeln auf.

»Er hat mich nicht darum gebeten.«

»Das kommt noch.«

»Und falls er es tut, müßte ich ihn daran erinnern, daß wir uns kaum kennen.«

»Er sagt, er sei verrückt nach Ihnen.«

»Und wenn auch das nichts nützt, müßte ich hinzufügen, daß ich George liebe.«

»Aber warum denn?« fragte Mr. Duff verwirrt. »Mir ist schleierhaft, wie Sie auf diese Idee kommen. Ich frage mich, ob in ganz England ein größerer Schafskopf als George Holbeton herumläuft. Vielleicht schon – irgendwo. Aber man müßte lange nach ihm suchen.«

Es kommt nicht oft vor, daß sich einem Mädchen die Gelegenheit bietet, mit den Zähnen zu knirschen, doch Sally tat nun genau dies. Mit übermenschlicher Anstrengung zwang sie sich noch einmal zur Artigkeit. Ihr besseres Ich hatte schon die Flucht ergreifen wollen, doch sie packte es gerade noch rechtzeitig und zerrte es, während es wild um sich schlug, zurück.

»Aber Mr. Duff, seien Sie nicht ungerecht. Falls George das Porträt herausholt …«

»Das schafft er nie.«

»Einmal angenommen, *ich* schaffe es?«

»Sie?«

»Ja. Wenn ich es schaffe, halten Sie dann Ihr Versprechen und zahlen George aus?«

Ihre Worte eröffneten für Mr. Duff eine neue Perspektive. Gegen ein wenig Konkurrenz hatte er nichts einzuwenden. Eine Schar von Helfern ist besser als einer allein. Durchaus möglich, so fuhr ihm durch den Kopf, daß bei diesem Unterfangen die weibliche Note vonnöten wäre.

»Klar«, sagte er. »Angebot ist Angebot.«

»Dann können Sie morgen damit rechnen.«

»So schnell schon?«

»Morgen abend etwa um diese Zeit.«

»Sie scheinen sich Ihrer Sache ja ziemlich sicher zu sein.«

»So ist es.«

»Vergessen Sie nicht, daß Sie gegen den jungen Weatherby antreten.«

»Mir ist es egal, gegen wen ich antrete. Und jetzt muß ich los. Mrs. Steptoe gibt morgen eine große Gartenparty und braucht mich jetzt sicher.«

Mr. Duff war etwas optimistischer gestimmt, als er aus dem Teestübchen Gardenie trat und über die Straße zum Rose & Crown ging. In der Halle traf er Joss, der ihn bereits erwartete. Diesem war wie Sally eingefallen, daß sein Mandant möglichst bald über die Ereignisse der vergangenen Nacht unterrichtet werden müsse. Mr. Duff war, so erschien es jedenfalls Joss, schon fast in der Position eines Bosses der Unterwelt, der eine Bande pockennarbiger Mexikaner kommandiert, und solche Personen werden sehr gern auf dem laufenden gehalten.

»Ach, Sie sind es?« sagte Mr. Duff und betrachtete seinen jungen Freund ohne rechte Begeisterung. Das feine Backwerk entfaltete allmählich seine teuflische Wirkung, und jenes

kurze Aufflackern von Glück war bereits wieder erloschen und hatte nichts als bleiernen Trübsinn zurückgelassen.
Dieser Trübsinn wurde auch dadurch nicht kleiner, daß sein Gefährte wie gewohnt vor widerwärtiger Gesundheit und Fröhlichkeit strotzte. Trotz der schlechten Nachricht, die er am Vorabend vernommen hatte, machte Joss keineswegs den Eindruck eines untröstlichen Liebhabers. Er war, wie bereits erwähnt, ein unverwüstlicher junger Mann, und obwohl Mrs. Chavenders sensationelle Enthüllung ihn zunächst höchst unangenehm berührt hatte, erholte er sich schon bald von diesem Tiefschlag. Seit seiner Ankunft in Claines Hall hatte er Lord Holbeton sporadisch gesehen, und es wollte ihm einfach nicht in den Kopf, daß ein Mädchen wie Sally einen solchen Mann lieben konnte. Ein groteskes Mißverständnis, so kam es ihm vor, über das sie später einmal herzhaft lachen würden.
»Ich bin gekommen, um Ihnen die letzten Neuigkeiten zu überbringen, J.B.«, sagte er. »Ich habe gedacht, das interessiere Sie bestimmt. Gehen wir doch in die Schankstube, dort ist es ruhiger, und Sie sehen ganz danach aus, als könnten Sie einen Schluck vertragen.«
Da Miss Pym ihren freien Nachmittag hatte, verrichtete im Schankraum der Bierjunge Dienst. Und obwohl dies den gesellschaftlichen Glanz des Lokals empfindlich schmälerte, bedauerte Joss die Abwesenheit der angehenden Mrs. Chibnall nicht. Es gibt Momente, da sitzt man gern herum und tauscht mit reizenden Damen luftige Nichtigkeiten, während in anderen das Geschäftliche eindeutig Vorrang hat. Er bestellte für sich ein kleines Ale vom Faß und für seinen Begleiter, der ganz offensichtlich stärkeren Tobaks bedurfte, einen doppelten Brandy mit Soda. Nachdem dies erledigt war, lieferte er seinen Bericht ab.
»Kurz und gut«, kam er zum Schluß, »Fortuna lächelte uns nicht. Aber gewiß hören Sie mit Freude, daß ich morgen ei-

nen zweiten Versuch wagen will. Vielleicht haben Sie gehört, daß am Nachmittag in Claines Hall eine Gartenparty steigt. Das wird meine Stunde, J.B. Kein Mensch weit und breit. Alle draußen auf dem Rasen, wo sie Tee in sich schütten und Erdbeeren verdrücken. Ich werde hineinschlendern und in aller Ruhe zugreifen können.«

Mr. Duff schien die Vorstellung zuzusagen. Nun ging ihm auch auf, daß Sally, die so selbstbewußt von der Aushändigung des Porträts am folgenden Tag gesprochen hatte, ebenfalls an die strategischen Möglichkeiten der Gartenparty gedacht haben mußte.

»Genau das hat wohl auch dieses Mädchen vor«, sagte er. »Sie war ziemlich überzeugt, ganze Arbeit leisten zu können.«

»Welches Mädchen denn?«

»Na die, in die Sie verknallt sind. Ich habe ihren Namen vergessen. So 'ne kleine Kröte mit blauen Augen.«

Joss zog die Augenbrauen hoch.

»Sie spielen doch nicht etwa auf Miss Fairmile an?«

»Genau. Fairmile. So heißt sie.«

»Damit Sie Bescheid wissen, sie ist keine kleine Kröte.«

»Und ob sie das ist.«

»Ist sie nicht. Ich habe Kröten gesehen, und ich habe Miss Fairmile gesehen, und es besteht nicht die geringste Ähnlichkeit zwischen ihnen. Falls Sie in Ihrer ungehobelten Art ausdrücken wollen, daß sie so winzig und anmutig wie eine Tanagrafigur ist, dann gehe ich mit Ihnen d'accord. Doch mit diesen losen Redensarten über Kröten muß ein für allemal Schluß sein. Und wie darf ich das verstehen, daß sie gesagt haben soll, sie werde ganze Arbeit leisten?«

»Ich habe sie gerade vorhin getroffen. Sie hat mir aus ihrem Wagen ›huhu‹ zugerufen, und wir haben ein bißchen geplaudert. Sie ist mit einem Mann verlobt, dessen Treuhänder ich bin. Ein Bürschchen namens Holbeton.«

»Das ist mir bekannt. Eine furchtbar dämliche Idee, nicht

wahr? Selbstverständlich muß sie das Verlöbnis lösen. So was können wir einfach nicht brauchen.«

»Und sie sagte, falls ich ihn auszahle, damit die beiden heiraten könnten, würde sie dieses Porträt für mich klauen.«

»Worauf Sie völlig korrekt antworteten, Ihr Handlungsbevollmächtigter kümmere sich bereits darum?«

»Nein. Ich sagte ihr, sie solle es ruhig versuchen.«

Joss war schockiert.

»Sie bestärkten sie also in ihrem wahnsinnigen Vorhaben? Der Gedanke empörte Sie nicht, daß dieses reizende Mädchen einen Knilch heiraten könnte, der aussieht, als versuche er einen Tennisball hinunterzuschlucken?«

»Eigentlich sagte ich ihr, sie sei nicht ganz bei Trost, wenn sie sich mit ihm einlasse. Ich riet ihr, Sie zu heiraten.«

»Tatsächlich? Dann tut es mir leid, daß ich Sie als Rabenaas bezeichnet habe.«

»Haben Sie gar nicht.«

»Aber ich wollte es gerade tun. Sie haben ihr also nahegelegt, mich zu heiraten?« sagte Joss und legte seinem Gefährten zärtlich die Hand aufs Knie. »Sie haben ihr nahegelegt, mich zu heiraten, nicht wahr, alter Kumpel?«

»Immer noch besser als ihn«, sagte Mr. Duff und zog sein Knie von Joss weg. »Ich würde mich allerdings als Mädchen lieber einsargen lassen, als einen von euch zu heiraten.«

»Noch einen doppelten Brandy für den Herrn«, rief Joss zum Bierjungen hinüber. »Und schütten Sie ganz unauffällig ein namenloses asiatisches Gift hinein. J.B., Sie sind ein harter Brocken. Ganz bestimmt schlägt unter Ihrer harten Schale ein Herz aus purem Gold, obwohl ich mich da nicht auf Ihre mündliche Zusicherung verlassen würde.«

Mr. Duff betrachtete argwöhnisch sein Glas.

»Ich weiß nicht, ob ich noch einen nehmen soll. Wenn bei mir nicht der nächste gewaltige Magenkrampf ins Haus steht, dann täuschen mich sämtliche Signale. Es liegt an der Küche hier. Schlicht unglaublich! Man sollte meinen, langsam habe sich herumgesprochen, wie man ein Spiegelei macht. Na schön, wo er schon mal hier steht.«

Er blieb sitzen und nippte am Glas, nachdem Joss ihn allein gelassen hatte, und sein Argwohn wuchs immer mehr. Zu spät dachte er daran, daß sein Medikus ihm von geistigen Getränken abgeraten hatte. Als Joss sich bereits Claines Hall näherte (in brütender Haltung, denn die Worte des anderen hatten ihm reichlich Stoff zum Nachdenken gegeben), kam Mr. Duff zum unumstößlichen Schluß, daß er wohl besser auf sein Zimmer gehe, um sich ein bißchen hinzulegen.

Und er war gerade mit diesem Ziel vor Augen durch den Haupteingang des Rose & Crown getreten, als aus dem Inneren eine Frauenstimme an sein Ohr drang. Seit fünfzehn Jahren hatte er sie nicht mehr vernommen, und trotzdem waren ihm jene vollen Alttöne immer noch vertraut.

»Schön«, sprach sie, »richten Sie ihm doch bei seiner Rückkehr aus, Mrs. Chavender sei hier gewesen und wünsche ihn sofort zu sprechen.«

Einen endlosen Moment lang stand Mr. Duff wie versteinert da. Dann kam wieder Leben in seine steifen Glieder, und er flitzte zurück auf die Hauptstraße, wobei er sich aufgescheucht nach einem Versteck umsah.

Es war nur zu offensichtlich, daß sein alter Schwarm alsbald herauskommen würde und er sich umgehend für ein etwaiges Refugium entscheiden müßte. Sein Blick schoß wild hierhin und dorthin und fixierte schließlich das Fenster des Teestübchens Gardenie auf der anderen Straßenseite. Und so schrecklich dünkte ihn die Gefahr, daß dieses Lokal nun einen ausgesprochen freundlichen und einladenden Eindruck auf ihn machte.

Dies immerhin läßt sich für Teestübchen ins Feld führen: Mag ihr Angebot einem von Magenkrämpfen gepeinigten Menschen auch noch so abscheulich vorkommen, wird einem dort wenigstens Gastfreundschaft ohne ständigen Blick auf die Uhr gewährt. Bei einem Maßschneider – um ein willkürliches Beispiel zu wählen – ist Tempo das A und O. Man saust hinein, läßt den Schneider Maß nehmen und saust wieder hinaus. Dem Schneider kann es gar nicht flott genug gehen. Nimmt man aber Platz und gibt zu verstehen, daß man hier einen gemütlichen Abend zu verbringen gedenkt, verfinstert sich dessen Blick. In einem Teestübchen dagegen kann man verweilen. Und Mr. Duff hatte nichts nötiger als einen Ort, an dem er verweilen konnte, bis Entwarnung gegeben wurde. Er war über die Straße durch die Tür gehetzt und saß schon keuchend in einem Korbstuhl, bevor er recht wußte, daß er überhaupt losgerannt war.

Die damenhafte Kellnerin begrüßte ihn überrascht.

»Guten Tag! Was vergessen?«

»Bringen Sie mir einen Tee.«

»Tee?«

»Und Brötchen.«

»Jawohl, Sir«, sagte die Kellnerin, und in ihrer Stimme schwang Wohlwollen und neugewonnener Respekt mit. Vor Zeiten hatte sie Mr. Duff ein wenig scheel angeguckt, da ihr seine wegwerfende Art jenem feinen Backwerk gegenüber nicht in den Kram gepaßt hatte, doch nun war alles vergeben. Ganz offenbar ein Mann von echtem Schrot und Korn. Sie konnte sich nicht erinnern, daß ein Gast je so begeistert auf sein Mahl angesprochen hatte und sogleich für einen Nachschlag zurückgekehrt war. Ein denkwürdiges Kompliment an die Gastronomie der Gardenie.

Sie entfernte sich, um die Bestellung in leicht bebender Erregung weiterzugeben, und Mr. Duff lehnte sich mit einem erleichterten Seufzer zurück.

Doch selbst jetzt sollte seine arme Seele keine Ruhe finden. Hinter ihm ertönte eine Frauenstimme, und er fuhr mit zugekniffenen Augen herum. An diesem Nachmittag, so wenigstens sein Eindruck, jagte eine verfluchte Frauenstimme die andere.

»Ach, guten Tag«, sagte die Stimme, und er bemerkte am Nachbartisch Vera Pym, das tüchtige Schankmädchen aus dem Rose & Crown.

Vera Pym war ins Teestübchen eingekehrt, um ernsthaft nachzudenken. Natürlich war ihr Verdruß über Chibnalls unschönes Verhalten zum Teil dafür verantwortlich, daß sie ihm an diesem Morgen in bedauerndem Tonfall telefonisch mitgeteilt hatte, einer früher getätigten Verabredung wegen sei es ihr leider nicht möglich, mit ihm in seinem Kabinett Tee zu trinken. Doch auch sonst wäre sie lieber allein gewesen. Sie wollte sich intensiv mit dem Problem von Mr. Duffs Schnurrbart auseinandersetzen. Sie glaubte, daß sie, wenn sie nur lange genug darüber nachsinne, bestimmt herausfinden würde, wie man sich endgültigen Aufschluß über seine Echtheit oder Falschheit verschaffen konnte.

Sein jähes Eintreten hatte sie in Schrecken versetzt. Doch dann bezwang sie ihre vorübergehende Panik mit der fabelhaften Entschlossenheit eines Schankmädchens. Großbritanniens Schankmädchen sind aus hartem Holz geschnitzt, und das Vaterland ist zu Recht stolz auf sie. Genau diese Situation, so wußte sie, wäre der Herzenswunsch jedes gewissenhaften Ermittlers gewesen. Es ist das Ziel aller Detektive, die sich mit Leib und Seele ihrer Arbeit verschrieben haben, möglichst ausgiebig mit den Verdächtigen zu fraternisieren, die sich dadurch in falscher Sicherheit wiegen und ihre Geheimnisse ausplaudern.

Und so sagte sie: »Ach, guten Tag«, und unterdrückte ein Schaudern. Der Schnurrbart wirkte aus der Nähe noch schurkischer als sonst. Und außerdem herrschte in den Gesichtszügen des Mannes großer Aufruhr, als ob ihn eine beinahe unbezwingbare Wut durchschüttele. Wie stets, wenn er sich in Gesellschaft des zarten Geschlechtes befand, hatte Mr. Duff begonnen, Fratzen zu schneiden.

»Na, Sie kommen gerade zur rechten Zeit, um mich zum Tee einzuladen«, sagte sie mit jener Unbekümmertheit, die sie dank ihrer reichen Berufserfahrung jederzeit wie ein Kleid überstreifen konnte. »Ich komme an Ihren Tisch, einverstanden?«

Unter normalen Umständen hätte Mr. Duff diese Frage umgehend verneint. Doch nun stand er da wie der Ochs am Berg. Wollte er nicht aufstehen und das Teestübchen verlassen, war er den Annäherungsversuchen dieser Frau schutzlos ausgeliefert. Und ein flüchtiger Blick aus dem Fenster zeigte ihm, wie illusorisch jeder Gedanke an Aufbruch war. Mrs. Chavender war soeben aus dem Rose & Crown getreten und stand nun auf dem Gehsteig, wo sie wartete, bis sich ihr Pekinese an einer Bananenschale satt geschnuppert hatte.

»Ich bekomme Tee und Brötchen«, sagte Miss Pym.

»*Ich* bekomme Tee und Brötchen«, sagte Mr. Duff.

»Das ist doch prima, oder?« sagte Miss Pym.

»Großartig«, sagte Mr. Duff und lehnte sich zurück, wobei er sich wie jener Mann in einem Lieblingsroman seiner Begleiterin fühlte, der von einäugigen Chinesen in einer verfallenen Mühle gefangengehalten wird.

Die Konversation flaute etwas ab. Es ist gar nicht so einfach, mit Vertretern der Unterwelt ein geeignetes Gesprächsthema zu finden, und Miss Pym hatte nichts Unverfängliches mehr auf Lager. Doch schon bald wurde sie durch die Rückkehr der Kellnerin, welche den abstoßenden Geruch heißer Brötchen vor sich her trug, zum Weiterreden ermuntert. Sie schenkte sich und ihrem Gastgeber Tee ein und schob ihre Tasse möglichst weit von diesem weg. Sie wußte von zu vielen Männern, die geheimnisvolle weiße Kügelchen in Teetassen warfen, und wollte kein Risiko eingehen.

»Hübscher Tag«, sagte sie.

»Hm«, erwiderte Mr. Duff.

»Sie waren doch bestimmt überrascht, als Sie mich hier antrafen, nicht wahr?«

»Hm«, erwiderte Mr. Duff.

»Heute ist mein freier Nachmittag«, erklärte Miss Pym.

»Hm«, erwiderte Mr. Duff.

»Es tut ja so gut, hin und wieder aus der guten alten Schenke hinauszukommen«, fuhr Miss Pym fort und faßte langsam Tritt. »Neben der ganzen Knochenarbeit sind da ja auch noch die Gäste, Krethi und Plethi, besonders am Abend, wenn die werktätige Bevölkerung zum Dartspiel kommt. Ich habe mir schon oft gedacht, daß ich lieber in einem Lokal wie dem hier arbeiten würde. Das hat mehr Stil, und der Tee ist auch gut. Lecker, diese Brötchen, oder?«

»Na klar«, sagte Mr. Duff, der gedankenverloren eines verdrückt hatte und nun zu spüren bekam, wie es sich mit dem feinen Backwerk und den doppelten Brandys einen Kampf lieferte, um sich später in seinem Körper in Blei zu verwandeln. Der Akzent des andern lieferte Miss Pym ein Stichwort. Gute Detektive sind stets auf dem Quivive, um solche Gelegenheiten beim Schopf zu packen und die Konversation in Gang zu halten.

»Der Herr ist Amerikaner, nicht wahr?«

»Jawohl.«

»Dacht' ich mir's doch. Das hört man gleich. Ich kann immer sagen, wer Amerikaner ist. Zu sagen habe ich ihnen dann«, meinte Miss Pym, die eine äußerst routinierte Komödiantin war, »freilich nicht viel. Haha.«

»Haha«, gab Mr. Duff mutlos zurück. Abermals blickte er aus dem Fenster. Mrs. Chavender stand noch immer dort. Nun beschnupperte der Pekinese einen Papierfetzen.

»Mr. Chibnall sagt manchmal, er wolle nach Amerika auswandern. Er behauptet, das Gehalt eines Butlers sei dort schlechterdings phantastisch.«

»Mr. Chibnall?«

»Mein Verlobter.«

Mr. Duff merkte schlagartig auf. In einem weiteren selbstvergessenen Augenblick hatte er sich, ohne es recht zu merken, ein zweites Brötchen einverleibt, welches sich mit seinem Vorgänger verbündet hatte und nun eine regelrechte *Entente* bildete. Doch die Erleichterung angesichts der Feststellung, daß diese junge Frau nicht, wie von ihm vermutet, eine ungebundene und zu allem bereite Sirene war, verdrängte sein körperliches Unbehagen.

»Sie heiraten also, wie?«

»Sobald wir genug Geld auf der Seite haben, um eine Kneipe kaufen zu können.«

»Die sind wohl ziemlich teuer?«

»Es läppert sich. Aber Sidney ist ein fleißiger Sparer, und ein bißchen habe auch ich auf der hohen Kante. Die Handelsreisenden, die hier in die Schenke kommen, geben mir manchmal einen guten Tip für das Pferderennen. Beim Gold Cup in Ascot habe ich auf Westinghouse gesetzt. Hundert zu acht. Das waren auf einen Schlag zehn Pfund.«

»Sieh mal einer an. Ehe Sie sich's versehen, sind Sie eine Hetty Green.«

Wie so mancher schüchterne Mann begann Mr. Duff, kaum war das Eis gebrochen, dieses kleine Abenteuer richtig zu genießen. Mrs. Chavender und der Pekinese waren von der Bildfläche verschwunden, doch ihn drängte es überhaupt nicht mehr zum Aufbruch. Er schnappte sich sogar mit Schwung ein weiteres Brötchen, als sei nun alles egal.

»Wer soll denn das sein?«

»Das war eine der reichsten Frauen Amerikas.«

»Bestimmt verdienen dort drüben alle Geld wie Heu.«

»Jawohl, und wenn sie's verdient haben, was passiert dann? Läßt es ihnen Onkel Sam etwa? Pustekuchen! Passen Se auf«, meinte der sich aufplusternde Mr. Duff, »ich sag' Ihnen eins …«

Er stockte. Gerade hatte er offen und lautstark seine Meinung über einige Mängel der amtierenden Regierung in seiner Heimat kundtun wollen, da spürte er, daß ein Tête-à-tête mit einer reizenden Frau dafür nicht die passende Gelegenheit war. Er sparte sich das besser auf, bis er zu Hause wieder mit seinen Kumpeln im Union League Club zusammensaß.

»Viel zuviel Steuern heutzutage in Amerika«, sagte er, dabei die Kernaussage auf einen einzigen Satz straffend. Nun stellte er fest, daß seine Kostgängerin ihn genau musterte. »Wasnlos?« fragte er verwirrt.

»Wie bitte?«

»Ich hatte den Eindruck, Sie starren mich an.«

Miss Pym lächelte geziert.

»Sie finden mich jetzt bestimmt schrecklich, aber ich habe Ihren Schnurrbart bewundert.«

»Ach?«

»Man bekommt nicht sehr häufig amerikanische Gentlemen zu Gesicht, die einen Schnurrbart tragen. Schon gar nicht so einen stattlichen. Das hat bestimmt seine Zeit gedauert, bis der gewachsen ist, wenn ich das mal so sagen darf.«

»Oh, na ja« sagte Mr. Duff und setzte die Miene eines bescheidenen Helden auf, der zu bedenken gibt, daß jeder hätte tun können, was er getan hat.

»Stört es Sie, wenn ich ihn mir mal ansehe?«

»Tun Sie sich keinen Zwang an«, sagte Mr. Duff, der nun weniger der bescheidene Held als vielmehr jenes hohe Tier war, das einem Ehrengast die Stadttore öffnet.

Miss Pym beugte sich vor. Ihr Herz pochte wild, und sie ließ ihre wohlgestaltete Hand über das Gestrüpp gleiten. Chibnall, der soeben vor dem Fenster aufgetaucht war, blieb wie angewurzelt stehen und machte Stielaugen, wobei sich langsam eine dunkle Röte über sein Gesicht breitete.

Jener Anruf mit seinen vagen Andeutungen über früher getätigte Verabredungen hatte Chibnall in rasendem Zweifel und Argwohn zurückgelassen. Ein zufällig Anwesender, der sein lässiges »Ach? Schön, schön. Also dann, bis auf ein weiteres!«

gehört hätte, wäre niemals auf eine solche Idee gekommen, doch seine Seele brauste auf wie eine Zisterne, in die der Blitz eingeschlagen hat. Er spürte, daß etwas nicht stimmte. Und da er unbedingt herausfinden wollte, worin dieses Etwas bestand, war er nach Loose Chippings geeilt.

In der törichten Hoffnung, die Frau, die er liebte, sitze bloß mit der Wirtsgattin des Rose & Crown beim Tee, wie sie es gelegentlich tat, war er zuerst an jenen Ort geeilt. Dort beschied man ihm jedoch, man habe Miss Pym über die Straße in die Gardenie gehen sehen. Und hier in der Gardenie saß sie tatsächlich und zechte mit dem schnauzbärtigen Gast aus dem Rose & Crown, den zu verdächtigen und zu verabscheuen sie Chibnall so gerissen vorgegaukelt hatte – und sie zechte nicht nur, nein, sie tätschelte auch sein Gesicht.

Kurzum, dies war eine Neuauflage des verdammenswerten Umgangs mit Handelsreisenden, nur schlimmer, viel, viel schlimmer. Hier ging es ganz gewiß nicht bloß um professionelle Gesten, die darauf abzielten, den Verkauf anzukurbeln. Und zudem lagen Welten zwischen dem Zurechtrücken eines Schlipses und dem Tätscheln eines Gesichts. Dies kam für Chibnall einer Orgie gleich, und ihm wurde auch klar, daß er gar nichts anderes erwartet hatte.

Sidney Chibnall ballte die Fäuste, bis die Knöchel weiß herausstanden, und zog sich in den Eingang eines Fleischerladens zurück, um die Angelegenheit zu überdenken.

Im Teestübchen hatte Miss Pym ihre Ermittlungen nun abgeschlossen. Es verhielt sich genau so, wie sie vermutet hatte. Ihre rasch den Dschungel durchstreifenden Finger waren auf eine harte Substanz gestoßen, bei der es sich um Leim oder Mastixgummi handeln mußte, oder was in der Unterwelt eben sonst benutzt wird, wenn eine Oberlippe zu Tarnzwekken behaart werden soll.

Sie erhob sich. Nun mußte sie dringend Chibnall anrufen. Was eine Frau tun konnte, hatte sie getan. Das starke Geschlecht war jetzt gefordert.

»Ja, er ist wunderschön«, sagte sie und schnaufte schwer wie ein Mädchen, das auf dem Dachboden eine zerstückelte Leiche gefunden hat. »Herrlich. Ach, ich sollte los. Tausend Dank für den Tee.«

Sie eilte hinaus, für Mr. Duffs Geschmack eine Spur zu hastig, und nachdem er gezahlt hatte, ging er ebenfalls. Doch kaum hatte er den Fuß auf den Bürgersteig gesetzt, wurde ihm genau dasselbe Erlebnis wie am Morgen des Vortages zuteil. Unvermittelt fiel eine schwere Hand auf seine Schulter.

Nur eine Kleinigkeit unterschied die beiden Episoden voneinander, denn dieser zweite Schwerhänder sah um einiges attraktiver aus als sein Vorgänger. Gestern hatte Mr. Duff eine breitgeschlagene Nase und Segelohren angestarrt. Heute dagegen wurde seine Aufmerksamkeit von ansprechenden, klaren Gesichtszügen gefesselt. Dies war allerdings gar keine so große Verbesserung, wie man hätte annehmen können, zeichnete sich doch in diesen Zügen leidenschaftliche Erregung ab, und nur dem begriffsstutzigsten Beobachter konnte entgehen, daß in den funkelnden Augen nackte Mordlust lag.

Es hätte Mrs. Steptoe ungemein entsetzt, wäre ihr klar gewesen, daß ihr Butler eines solchen Gesichtsausdrucks fähig war. Genauso mißbilligt hätte sie den Ton, den er anschlug.

»Ha!« sagte er.

»Autsch!« sagte Mr. Duff.

»Momentchen mal«, sagte Chibnall.

»Was zum Teufel tun Sie da?« fragte Mr. Duff.

»Ich will Ihnen sagen, was ich gleich tue«, erwiderte Chibnall äußerst schlagfertig. »Ich reiße Ihre häßliche fette Rübe runter und tanze darauf herum.«

»Warum?« wollte Mr. Duff aus naheliegenden Gründen erfahren.

»Sie wissen es nicht, wie?« sagte Chibnall und schlug die Zähne entsetzlich laut zusammen. »Ha! Er weiß es nicht!«

Es hatte einmal eine Zeit gegeben – damals, in seinen Jugendtagen als Hammerwerfer –, da hätte J.B. Duff unter ähnlichen Umständen nicht viel Federlesens gemacht. Doch mit den Jahren hatte er nicht nur überschüssige Pfunde um die Taille, sondern auch Kleinmut und einen gut funktionierenden Selbsterhaltungstrieb entwickelt. Er verspürte wenig Lust auf eine vulgäre Keilerei. Dieser augenscheinliche Irre wirkte stählern und athletisch, während er selbst nicht nur seine Muskeln hatte erschlaffen lassen, sondern im Moment auch bis oben voll mit Tee und Brötchen war.

Die damenhafte Kellnerin hatte sich bereits an Mr. Duff gewöhnt und schien nicht besonders überrascht, als er nun abermals ins Teestübchen trat, wobei er sich für sein Alter ausgesprochen leichtfüßig bewegte. Er war ein Stammgast geworden, eine Art Gründungsmitglied, und entsprechend strahlte sie ihn auch an.

»Noch einen Tee?« fragte sie beschwingt.

Mr. Duff ließ sich mit einem bestätigenden Nicken auf einen Stuhl sinken.

»Und Brötchen?«

»Mhm.«

Die Kellnerin wirkte wie ein Prediger an einer Erweckungsversammlung, der verfolgt, wie sich die Sünderbank allmählich füllt. Gäbe es mehr Männer vom Schlage dieses Mr. Duff, schien ihr Blick auszudrücken, stünde es um die Welt weniger schlecht.

»Sehr wohl, Sir. Gehört dieser Herr zu Ihnen?« fragte sie und sah an ihm vorbei. »Aber das ist ja Mr. Chibnall! Guten Abend, Mr. Chibnall.«

»Guten Abend.«

»Schönes Wetter.«

»Prächtig«, sagte der Butler abwesend. Er war vor Mr. Duffs Tisch stehengeblieben und schüchterte diesen mit finsteren und feindseligen Blicken ein. Es erfüllte Mr. Duff mit beträchtlicher Erleichterung, als er feststellte, daß der andere sich vorderhand auf finstere Blicke zu beschränken schien. Er begrüßte diese Rücksicht auf die Inneneinrichtung, die sein Gegenüber davon abhielt, das geschmackvolle Mobiliar durch eine veritable Wirtshausschlägerei in Mitleidenschaft zu ziehen.

Die Kellnerin plauderte weiter.

»Ihre junge Dame ist gerade hinausgegangen, Mr. Chibnall.«

»Ich habe sie gesehen.«

»Sie hat mit diesem Herrn Tee getrunken.«

»Ich habe sie gesehen.«

Seine Einsilbigkeit blieb nicht unbemerkt.

»Na, dann hole ich Ihnen jetzt den Tee und die Brötchen«, sagte die Kellnerin und machte sich davon.

Chibnall stützte sich am Tisch auf. In seiner Miene spiegelte sich nun neben der Mordlust auch unterdrückte Wut. Er machte sich Vorwürfe, weil er Mr. Duffs Schulter losgelassen und es diesem so ermöglicht hatte, zu entschlüpfen und hier Zuflucht zu suchen. Hereingekommen war er nun, um dem anderen zu vermitteln, daß die Zufluchtsstätte nicht als langfristige Lösung betrachtet werden dürfe.

»Ich warte draußen auf Sie«, veranschaulichte er nun diesen Sachverhalt.

Mr. Duff schwieg. Sein scharfer Verstand hatte inzwischen, befördert durch die vorangegangenen Äußerungen der Kellnerin, den Beweggrund für das zunächst unerklärliche Verhalten dieses Mannes durchschaut, und ihm wurde ganz bang ums Herz, als er sah, wie unmöglich er sich würde erklären können. Er hatte die Verlobte des anderen zum Tee eingeladen, da biß die Maus keinen Faden ab, und in dieser Welt wird man an seinen Taten gemessen und nicht an der Reinheit seines Herzens.

»Kapiert?«

»Bitte sehr«, sagte die Kellnerin in mütterlichem Ton, als sie mit einem beladenen Tablett zurückkehrte. »Da, bitte schön.«

»Sie werden mich nicht sehen«, sagte Chibnall, »aber ich bin da.«

Er stolzierte aus dem Lokal. Der verzückte Blick der Kellnerin folgte ihm.

»Das war Mr. Chibnall«, sagte sie. »Der Butler aus Claines Hall.«

»Oh?« sagte Mr. Duff.

»Ein strammer Kerl, nicht wahr? Komisch, früher habe ich mir Butler immer als dicke alte Männer vorgestellt, die unentwegt Portwein trinken. Dabei ist Mr. Chibnall ein wahrer Muskelprotz.«

»Ach?« sagte Mr. Duff.

»Und angeblich der beste Boxer in der ganzen Umgebung. Im Männersportverein schlägt er alle. Offensichtlich stark wie ein Löwe und mit den Beinen flink wie ein Panther. Sie essen Ihre Brötchen ja gar nicht.«

»Ich weiß nicht, ob ich sie wirklich möchte.«

»Dann bringe ich Ihnen Patisserie und eine Gebäckauswahl«, sagte die Kellnerin nachsichtig wie eine Frau, die einem verhätschelten Kind am Schulfest jeden Wunsch von den Lippen abliest. »Die mit Sahne und rosa Zuckerguß schmecken Ihnen doch besonders, nicht wahr?«

Vera Pym kam gerade aus der Telefonzelle – nachdem sie zu ihrer Empörung erfahren hatte, daß der Mann, den sie suchte, in Claines Hall unauffindbar war –, als Chibnall ins Rose & Crown trat. Sie erblickte ihn und eilte ihm entgegen, wobei ihr kupferrotes Haar aufgeregt herumtanzte.

»Da bist du ja! Ich habe gerade versucht, dich telefonisch zu erreichen.« Sie blickte sich um und sah, daß sie allein waren. »Sidney, es stimmt, ganz ehrlich!«

»*Ehrlich?* Und das sagst ausgerechnet du?« gab Chibnall mürrisch zurück.

»Wie meinst du das?«

»Ich habe dich gesehen.«

»Wann?«

»Gerade eben. Im Teestübchen. Mit diesem Burschen.«

Miss Pyms anmutige Augen weiteten sich.

»Du willst doch nicht sagen, daß du es nicht begriffen hast?«

»Und ob ich es begriffen habe!« erwiderte Chibnall. »Nur zu gut.« Er lachte bitter. »Und du hast mir vorgegaukelt, er sei ein Gauner!«

»Aber das ist er doch auch! Deshalb habe ich ja mit ihm Tee getrunken. Ich wollte mich vergewissern. Ich saß allein dort drin und ließ mir alles noch einmal durch den Kopf gehen, als er sich plötzlich an den Nachbartisch setzte. Tja, ich wußte, daß sich mir eine solche Chance nie wieder bieten würde. Und deshalb setzte ich mich dann zu ihm.«

»Du hast ihm das Gesicht getätschelt.«

»Nie und nimmer! Ich habe seinen Schnurrbart abgetastet.«

»Das ist doch Jacke wie Hose.«

»Aber nein. Sidney, er ist angeleimt!«

»Was!?«

»Ja.«

»Ist das dein Ernst?«

»Ich habe es gefühlt.«

»Du hast also nicht mit ihm geschäkert?«

»So eine Schnapsidee! Ich habe ihn entlarvt.«

Chibnall entspannte sich. Gerade noch hatte er an König Artus erinnert, der Guinevere im Kloster verhört. Nun sah er nur noch wie ein Butler aus, dem ein Stein vom Herzen gefallen ist.

»So war das also!«

»Aber natürlich. Sidney, mir ist gerade etwas eingefallen. Sidney, weißt du was? Gestern vormittag, bevor du in die Schenke kamst, wollte er wissen, wie man nach Claines Hall kommt!«

»Das ist doch wohl nicht dein Ernst?«

»Doch, genau so war's. Und hast du nicht gehört, wie dieser

Weatherby sagte, sein Gesicht komme ihm bekannt vor? Und verließ Weatherby nicht kurz nach ihm das Lokal? Ich sehe alles vor mir. Die beiden kennen sich. Das ist doch klar wie Kloßbrühe. Weatherby schleicht sich in das Haus und läßt dann zu später Stunde diesen Burschen einsteigen, damit er sämtliche Wertgegenstände mitlaufen lassen kann.«

»Glaubst du?«

»Für so was gibt es das Wort ›Insiderjob‹.«

»Wahrscheinlich hast du recht, Vera. Ich habe mir letzte Nacht noch einmal alles durch den Kopf gehen lassen und bin genau wie du zum Schluß gekommen, daß dieser Weatherby alles andere als koscher ist. Mir paßt sein Verhalten ganz und gar nicht. Letzte Nacht ist er herumgeschlichen, *angeblich* auf der Suche nach Nachtigallen. Aber ich bin mir nicht sicher, ob er und dieser Bursche mit dem Schnurrbart tatsächlich befreundet sind. Hätte er ihn nicht erkannt?«

»Nein, falls er sich den Schnurrbart erst anklebte, nachdem sie schon alles ausgeheckt hatten, dann wahrscheinlich nicht. Ich gebe dir einen guten Rat, Sidney, behalte diesen Weatherby scharf im Auge. Du würdest schön dumm aus der Wäsche gucken, wenn du plötzlich feststellen müßtest, daß er dich im Bett abmurkst.«

Chibnall lief rot an. Er fühlte sich in seinem Stolz verletzt.

»Das möchte ich sehen, wie er mich im Bett abmurkst. Fühl doch mal«, sagte er und lenkte ihre Aufmerksamkeit auf einen durch Frühsport und abendliches Boxen im Männersportverein gestählten Bizeps.

»Das würde dir auch nicht viel nützen gegen eine Maschinenpistole.«

»Er hat keine Maschinenpistole.«

»Woher willst du das wissen? Du hast ihn schließlich nicht auspacken sehen. Ich sage bloß, paß auf.«

»Tu' ich ja.«

»Und falls er dir nochmals von seinem schmutzigen Gold anbietet, schlägst du es aus.«

»Würdest du so weit gehen?« fragte Chibnall skeptisch.

Im Teestübchen Gardenie hatte J.B. Duff die letzten drei Knöpfe seiner Weste aufgemacht und lehnte sich röchelnd zurück. Unter dem wachsamen Auge der Kellnerin hatte er die Patisserie längst aufgegessen, und nun schaffte sie ihm noch weiteres feines Backwerk an. In tiefer Sorge blickte er einer düsteren Zukunft entgegen. Er würde dafür einen hohen Preis zahlen müssen – physisch wie finanziell.

Doch man kann nicht in ein Teestübchen gehen und einfach nur herumsitzen. Und genausowenig kann man es verlassen, falls einem draußen ein übergeschnappter Butler abpaßt.

Die Kellnerin kam mit dem feinen Backwerk zurück. Ihre leicht entrückte Haltung ließ erkennen, daß sie sich inzwischen als eine Art Forscherin sah und ihren Gast als Versuchskaninchen.

»Wissen Sie was?« sagte sie, von einem Gedankenblitz erleuchtet. »Wenn Sie die hier aufgegessen haben, frage ich die Köchin, ob sie Ihnen ein paar Pfannkuchen macht. Einverstanden?«

»Also gut«, sagte Mr. Duff leise, aber doch nicht so leise, daß sein Magen die Worte nicht aufgeschnappt hätte. Ängstlich sprang dieser auf, um sich anschließend kläglich zu ducken. Nichts vermochte ihn noch zu überraschen. Schon längst hatte er es aufgegeben, zu ergründen, was sich oben im Chefbüro abspielte.

14. Kapitel

Am Nachmittag der Gartenparty, an jenem Tag also, den sich der hohe und niedere Adel der Grafschaft Sussex im Kalender rot angestrichen hatte, sah sich Sidney Chibnall von inneren Nöten zerrissen.

Im Leben jedes Butlers gibt es Momente, in denen er sich mit

der Frage konfrontiert sieht, ob er stark und beherzt genug ist, den Anforderungen, die man an ihn stellt, gerecht zu werden, oder ob er nicht notgedrungen unter seiner Bürde zusammenbrechen muß, und solch ein Moment kommt, wenn er sein Amt unter einer aufgeregten Gastgeberin versieht, die im Begriff ist, ihre erste wichtige Gartenparty zu geben. Chibnall war ein Mensch, der sich viel darauf einbildete, keine Mühen zu scheuen, doch um die Mittagszeit jenes Tages, an dem Mrs. Steptoes kolossales Gelage stattfinden sollte, zehrte das andauernde Klingeln der Glocke und die von seiner Arbeitgeberin atemlos gestellten Fragen, ob denn auch alles klappe mit der Musikkapelle, dem Büfett, den Aushilfskräften und allen anderen Dingen, immer mehr an seinen Kräften.
Dies waren jedoch die normalen und in einer solchen Situation unumgänglichen Sorgen. Darüber hinaus aber beunruhigte ihn die von jenem Weatherby ausgehende Gefahr. Joss, davon war Chibnall überzeugt, führte etwas im Schild. Und der Gedanke, was für eine einmalige Gelegenheit sich ihm böte, wenn sämtliche Angestellten und Hausbewohner im Freien weilten, stürzte Chibnall in die erwähnten inneren Nöte. Nur jener Butler leert den bitteren Kelch bis zur Neige, der eine große Gartenparty zu dirigieren hat und gleichzeitig weiß, daß während dieser Gartenparty ein Mitglied der Mayfair-Bande im Haus vollkommen freie Bahn hat.
Die relative Entspannung, die das Mittagessen bot, und ein oder zwei Gläschen in seinem Kabinett nach Beendigung der Mahlzeit ermöglichten es seinem regen Intellekt, eine Lösung für die Zwickmühle zu finden. Mit einem pfiffigen und ausgereiften Plan im Kopf trat er auf Mrs. Steptoe zu, die unruhig auf der Terrasse stand und den Himmel betrachtete. Mrs. Steptoe hatte gerade festgestellt, daß ihr dieser Himmel ausgesprochen mißfiel.
»Na, Chibnall?«
»Könnte ich Sie kurz sprechen, Madam?«

»Über den Bäumen dort hinten steht eine Wolke.«

»Jawohl, Madam.«

»Allmächtiger!« schrie Mrs. Steptoe aufgewühlt. »Und in einer Minute gehen bestimmt die Niagarafälle über uns nieder. Den Kerl, der sich dieses englische Klima ausgedacht hat, würde ich mir gern mal vorknöpfen, um ihm tüchtig den Marsch zu blasen. Na, worum geht's denn?«

»Die Sache betrifft den jungen Weatherby, Madam.«

»Was hat er jetzt schon wieder ausgefressen?«

»Ich mache mir eher Sorgen darüber, was er im Laufe des Nachmittags noch ausfressen könnte, Madam. Ich muß gestehen, daß ich ihm äußerst ungern das Haus überlasse, während ich und meine Mitarbeiter abwesend sind.«

Seine ruhige Eindringlichkeit blieb nicht ohne Wirkung. Mrs. Steptoe wandte ihren besorgten Blick von der Wolke, die sich gerade wie ein Tintenklecks über den Himmel breitete.

»Sie halten ihn also tatsächlich für einen Gauner?«

»Davon bin ich überzeugt, Madam.«

»Und was soll nun geschehen?«

»Ich würde Ihnen raten, Madam, daß Sie mir den Auftrag geben, zu ihm zu gehen und ihm mitzuteilen, daß er uns während der Gartenparty beim Servieren zur Hand gehen solle. So wird er unter meinen Augen vollauf beschäftigt sein.«

»Glänzend«, sagte Mrs. Steptoe. »Wirklich glänzend. Was sich«, so fügte sie, von neuerlichem Trübsinn ergriffen, hinzu, »vom Wetter nicht unbedingt behaupten läßt. In einer Minute regnet es. Und was dann?«

»Ich fürchte, Sie werden Ihre Gäste im Salon empfangen müssen, Madam.«

»Ein schöner Reinfall! Aber es kommt wohl sowieso niemand, wenn die Grafschaft erst einmal unter Wasser steht. Sind Sie je in Kalifornien gewesen, Chibnall?«

»Nein, Madam. Ich habe die Vereinigten Staaten noch nie bereist, obwohl ich schon oft den Wunsch dazu verspürt habe.«

»Was für ein Paradies!«

»Das habe ich vernommen, Madam, und zwar aus dem Mund eines kalifornischen Gentlemans, dessen Bekanntschaft ich einst in einer Londoner Milchbar machte. Er sprach in den höchsten Tönen von seinem Heimatstaat.«

»Wissen Sie, wie die Sache in Kalifornien funktioniert? Man sagt sich: ›Ich hätte Lust, eine Party zu geben. Am Dienstag in zwei Wochen soll sie in meinem Garten steigen‹, und daraufhin verschickt man die Einladungen. Man fragt sich nicht: ›Ob es dann wohl schön sein wird?‹ Man weiß einfach, daß es schön sein wird. Man braucht keinen Gedanken daran zu verschwenden. Aber hier … Also gut, sagen Sie Weatherby Bescheid.«

Es kostete den Butler bloß drei Minuten, um Weatherby Bescheid zu sagen. Am Ende dieser Zeitspanne stand er wieder auf der Terrasse.

»Ich habe mit dem jungen Mann gesprochen, Madam.«

»Dann ist also alles in Ordnung?«

»Nein, Madam. Er weigert sich, uns hier draußen beim Servieren zur Hand zu gehen.«

»Was!?«

»Jawohl, Madam. Ich teilte ihm Ihr Anliegen mit, doch seine Antwort bestand lediglich aus einer wegwerfenden Bemerkung über die Vorschriften des Kammerdienerverbandes. Dabei existiert eine solche Organisation gar nicht.«

»Das ist doch wohl die Hö… Also, Sie gehen jetzt sofort zurück und richten ihm aus …«

Mrs. Steptoe verstummte. Gerade hatte sie ihren Butler bitten wollen, Joss auszurichten, daß seine Zeit als Angestellter von Claines Hall abgelaufen sei und er verschwinden und nie wieder auftauchen solle, doch bereits bei ihren ersten Worten kam ihr aus dem Haus eine Erscheinung entgegen. Man hätte glauben können, eine jener ganzseitigen Farbreklamen, in denen vorgeführt wird, was der gutgekleidete Herr trägt,

sei aus einer Monatszeitschrift gelöst worden und auf die Terrasse getreten.
Von den Wildlederschuhen an den gigantischen Plattfüßen bis zum feschen Hut auf dem Kürbiskopf war Howard Steptoe korrekt bis ins letzte Fältchen gekleidet. Vögel bewunderten zwitschernd seinen dezenten grauen Anzug, Bienen holten scharf Luft, als sie des makellosen Hemdes ansichtig wurden, Käfer wiesen einander auf die Gardenie in seinem Knopfloch hin. Und Mrs. Steptoe, die mit einer Art Clown auf dem Hochrad gerechnet hatte, war nun nicht länger der Ansicht, auf Joss' Dienste verzichten zu können. Er mochte ja ein Verbrecher sein, und als Verbrecher rotzfrech wie je einer, der mit der einen Hand seine Possen treibt, während er mit der anderen die Löffel einsteckt, doch einem Mann, der Howard Steptoe in dieser Art auszustaffieren verstand, mußte alles vergeben werden.
»Nein, bemühen Sie sich nicht«, sagte sie.
In diesem Moment begann es zu regnen.

Joss saß in der Gesindestube und vertrieb sich die Zeit mit einem Kreuzworträtsel. Selbst wenn Chibnall mit dem zweiten Gesicht gesegnet gewesen wäre, hätte er die nachmittäglichen Pläne des jungen Mannes nicht präziser vorhersagen können. Dieser wollte tatsächlich abwarten, bis sich das Haus geleert hatte, und dann jene Aufgabe ausführen, mit der Mr. Duff ihn betraut hatte. Nun wurde ihm auch klar, wie sträflich er die Vorteile, die eine Gartenparty einem jungen Porträtdieb bot, mißachtet hatte, als er auf jenen nächtlichen Raubzug gegangen war.
Er überlegte gerade, wann wohl frühestens damit zu rechnen sei, daß die Hausbewohner und Gäste von Claines Hall durch Tee und Gurkenbrötchen in Stumpfsinn versunken wären, als er Chibnall wahrnahm, der wie eine Gewitterwolke über ihm schwebte.

»Ach, Chibnall«, sagte er herzlich.
Der Butler gab sich reserviert.
»Mr. Steptoe verlangt nach Ihnen.«
»Sie meinen Mrs. Steptoe?«
»Ich meine Mr. Steptoe. Er ist in seinem Zimmer.«
»Doch wohl eher auf dem Rasen?«
»In seinem *Zimmer*«, sagte Chibnall nun mit lauterer Stimme. »Wenn Sie sich die Mühe gemacht hätten, aus dem Fenster zu sehen, hätten Sie festgestellt, daß es in Strömen gießt.«
Joss wandte den Blick zum Fenster und fand die Aussage bestätigt.
»Fürwahr, so ist es. Das hat die Gartenparty wohl ziemlich verdorben.«
Chibnall hatte nicht redselig werden wollen, doch der angeschnittene Gegenstand bewegte ihn derart, daß er sich ein paar Worte nicht verkneifen konnte.
»Ruiniert! Die Hälfte der Gäste hat telefonisch abgesagt, und jene, die gekommen sind, stehen einander im Salon auf den Füßen rum. Mrs. Steptoe ist außer Rand und Band!«
»Kann ich mir lebhaft vorstellen«, sagte Joss einfühlsam. »Das dreht sich bestimmt wie ein rostiges Messer in ihrem Gedärm. Mir bricht das Herz. Dann hat sich Papa Steptoe also auf sein Zimmer geschlichen, wie? So geht das natürlich nicht. Sein Platz ist im Zentrum des Getümmels. Ich gehe jetzt zu ihm und scheuche ihn zurück.«
So sehr sich Joss bei der Galagarderobe auf die Urteilskraft von Charles, dem Lakaien, verlassen hatte – sowie darauf, daß Mr. Steptoe die für ihn zurechtgelegten Kleider duldsam anziehen würde –, so sehr traf ihn der Anblick seines Herrn wie ein Schlag.
»Steptoe!« schrie er fassungslos vor Bewunderung. »Mein Gott! Sie würden glatt als einer der ›Großen Liebhaber der Menschheit‹ durchgehen!«
Mr. Steptoe hatte für Komplimente kein Musikgehör, mochten sie auch noch so angemessen sein.

»Passen Se auf«, sagte er.

»Ich habe mich schon gefragt, wann das kommen würde.«

»Passen Se auf«, sagte Mr. Steptoe. »Ich sitze in der Patsche.« Er machte einen höchst aufgebrachten Eindruck und zupfte an seiner Gardenie herum. »Passen Se auf. Wann mopsen Sie denn endlich dieses Porträt?«

»Ich spiele auf Zeit.«

»Lassen Sie das. Tun Sie's jetzt. Ich sitze in der Patsche.«

»Das habe ich bereits mitgekriegt. Was ist denn geschehen?«

Mr. Steptoe legte seine Lippen an Joss' Ohr und zischelte hinein.

»Passen Se auf«, sagte er.

»Ja?« meinte Joss, der sein Ohr zurückzog und trockenrieb.

»Passen Se auf. Ich hab' getan, was Sie sagten. Ich greife mir also ein paar dieser Brüder und führe sie nach hinten zum Knobeln.«

»Fabelhaft.«

»Fabelhaft sagen Sie? Diese Kerle haben mich ausgenommen.«

»Sie haben *Sie* ausgenommen?«

»Allerdings. Da war so eine kleine pickelgesichtige Dumpfbacke – ein Baronet oder so –, der immer nur Siebner und Elfer würfelte. Ich kam überhaupt nicht ins Spiel. Am Schluß quollen ihm meine Schuldscheine aus allen Knopflöchern, und ich versprach ihm, die Moneten morgen zu schicken. Doch wenn ich das nicht schaffe, was dann? Er erzählt die Geschichte in seinen Kreisen herum, und im Handumdrehen erfährt Mrs. Steptoe davon. Au, Backe!« sagte Mr. Steptoe bebend.

»Was würde sie tun?«

»Eine ganze Menge.«

»Dann stimme ich Ihnen zu. Die Sache duldet keinen Aufschub. Ich muß gestehen, daß ich dieses Ding eigentlich erst drehen wollte, nachdem sich niemand mehr im Haus aufgehalten hätte, doch ins Frühstückszimmer wird schon niemand kommen.«

»Sie sind alle beim Tee.«

»Das wird sie eine Weile hinhalten. Dürfte ich mir Ihr Maniküre-Necessaire borgen?«

»Hä?«

»Ich brauche eine Schere.«

»Ich habe keine Schere.«

»Dann geben Sie mir eine Rasierklinge.«

Eine Rasierklinge ist nicht unbedingt das ideale Instrument, um ein Gemälde aus seinem Rahmen zu schneiden, doch Joss wußte sich ihrer zu bedienen. Nach vollendeter Tat blieb er noch einen Augenblick stehen und überlegte sich, ob er durch die Tür auf sein Zimmer oder direkt via Verandatür zum Rose & Crown gehen sollte. Der an die Fensterscheibe prasselnde Regen ließ ihn den ersten Kurs einschlagen. Er blickte den Korridor hinauf und hinunter. Nichts rührte sich. Lautlos eilte er die Treppe hoch, und Sally, die beauftragt worden war, aus Mrs. Steptoes Schlafzimmer die Armbanduhr zu holen, trat genau in dem Augenblick auf den Treppenabsatz hinaus, als er dort ankam.

»Oh!« sagte Sally.

»Ah!« sagte Joss.

»Haben Sie mich erschreckt!«

»Erschrocken sind Sie, weil Sie ein schlechtes Gewissen haben«, sagte Joss streng. »Genau Sie habe ich gesucht, meine kleine S. Fairmile. Seit Tagen möchte ich mich mit Ihnen unterhalten. Es ist ein nicht unbeträchtlicher Nachteil dieses Hauses, daß Sie so schwer für ein Plauderstündchen aufzutreiben sind.«

»Wollten Sie denn über etwas Bestimmtes plaudern?«

»Jawohl. Es wird Zeit, daß wir uns endlich offen aussprechen. Hier hinein, wenn ich bitten darf.«

»Aber das ist doch Mrs. Steptoes Schlafzimmer.«

»Um so besser«, sagte Joss. »Schön ruhig hier.«

15. Kapitel

Er schloß die Tür.
»Also«, sagte er, »was soll denn der Unfug, den ich da ständig von Ihrer angeblichen Verlobung höre?«
Wenn man an seinem Tonfall etwas kritisieren wollte, dann wohl, daß dieser allzu stark an eine Gouvernante mit strikten Moralvorstellungen gemahnte, die eine ihrer jungen Schutzbefohlenen, auf welche der Verdacht gefallen war, Marmelade gestohlen zu haben, in den Senkel stellte, und entsprechend seufzte Sally leise auf. Ihre volle Größe gab zwar nicht allzuviel her, doch sie richtete sich nichtsdestotrotz zu ihr auf. Sally war zum Schluß gekommen, daß in dieser Situation kühle Würde gefragt war.
»Ich muß doch sehr bitten!«
»Um Verzeihung, darf ich wohl hoffen. Das müssen Sie nämlich, wenn es stimmt. Stimmt es?«
»Allerdings. Dürfte ich erfahren, was Sie das angeht?«
»Das«, sagte Joss mehr denn je im Ton einer Gouvernante, »ist eine der albernsten Fragen, die ich je gehört habe. Wenn man bedenkt, daß ich Sie selber heiraten werde.«
»Ach? Das habe ich ja gar nicht gewußt.«
»Na, dann wissen Sie es eben jetzt. Gütiger Himmel, wir sind doch füreinander geschaffen. Mir fiel das gleich auf, als Sie in J.B. Duffs Büro kamen. Sie wollen doch nicht behaupten, Ihnen sei es nicht ebenso ergangen? Das konnte doch ein Blinder sehen. Da standen Sie, und da stand ich, und da standen wir sozusagen alle beide. Mein armes kleines Dummerchen, ich habe geglaubt, das hätten Sie von Anfang an mitgekriegt.«
Sally, die sich entspannt hatte – denn es strapaziert die Muskeln ungemein, wenn man sich zur vollen Größe aufrichtet –, richtete sich abermals zur vollen Größe auf.

»Das ist überhaupt nicht lustig«, sagte sie kühl.

»Wie bitte?«

»Ich wollte nur darauf hinweisen, daß Sie überhaupt nicht komisch sind.«

Joss starrte sie an.

»Komisch? Selbstverständlich bin ich nicht komisch. Warum sollte ich denn komisch sein?«

»Ich soll Ihnen also tatsächlich abnehmen, daß Sie es ernst meinen?«

»Natürlich meine ich es ernst.«

»Ihnen ist doch wohl klar, daß Sie mich erst zum zweitenmal in Ihrem Leben sehen?«

»Zum drittenmal – und schon einmal hätte mehr als ausgereicht. Was bezweckte ich denn Ihres Erachtens mit all diesen Anspielungen über die Liebe auf den ersten Blick? Die Menschen verlieben sich auf den ersten Blick, oder etwa nicht? Sehen Sie sich Romeo an. Sehen Sie sich Chibnall an. Eines Morgens ging er ins Rose & Crown, ein ungebundener Butler, dessen einziger Wunsch jener Krug Bier war, den er zu bestellen gedachte. Hinter der Theke aber stand ein Mädchen mit kupferrotem Haar, und die beiden blickten sich an, woraufhin Chibnall glaubte, ein Schleier hebe sich von seinen Augen. ›Die oder keine!‹ sagte er sich, und genau das sagte auch ich mir, als Sie in J.B. Duffs Büro traten. Ich wußte gleich, daß wir von Anbeginn der Zeiten füreinander bestimmt waren. Ich liebte Sie vom Moment an, als ich Sie erblickte. Ich betete Sie an. Seit Jahren hatte ich von Ihnen geträumt. Ich wußte, daß Sie mir früher oder später begegnen würden. Und dann traten Sie ein.«

Sally stellte an sich eine seltsame Atemnot fest. Dieser Mann mochte eine absonderliche Art haben, einem sein Herz zu öffnen, doch an seiner Aufrichtigkeit war nicht zu zweifeln. Nicht einmal jetzt, wo er zu Mrs. Steptoes Frisierkommode hinüberschlenderte und selbstvergessen mit Lippenstift ein

Gesicht auf den Spiegel malte, ließ sie sich von ihrer Meinung abbringen. Romeo und Chibnall hätten diesen Moment vermutlich nicht dazu benutzt, Gesichter auf Spiegel zu malen, doch hier handelte es sich um Joss Weatherby, ein unberechenbares Geschöpf, für das sie, so wurde ihr plötzlich bewußt, sehr innige Gefühle hegte – selbstverständlich rein mütterlicher Natur, wie sie sich sogleich sagte.

»Sie wischen das besser weg«, riet sie ihm.

»Stimmt«, sagte Joss und tat es. »So sieht es also aus.«

Es entstand eine Pause. Joss hatte ein Töpfchen mit Feuchtigkeitscreme entdeckt und tupfte sich damit verträumt die Nase.

»Es tut mir leid«, sagte Sally.

»Das braucht Ihnen gar nicht leid zu tun. Es ist wunderbar. Bedenkt man, wie gering die Chancen sind, dem einzigen Menschen auf der Welt zu begegnen, der für einen ausersehen ist, kommt die Sache einem Wunder gleich. Nehmen wir mal an, Sie wären an jenem Vormittag nicht in J.B. Duffs Büro gekommen. Nehmen wir mal an, ich wäre nicht dort gewesen. Mensch, es ist ja schon ein Glück, daß ich überhaupt in England weile.«

»Ich wollte sagen, es tut mir leid, daß Sie so empfinden.«

»Warum?«

Ein Teil ihrer mütterlichen Wärme wich aus Sally und machte einem Anflug jenes Grolls Platz, den sie zu Beginn des Gesprächs an sich wahrgenommen hatte. In solchen Momenten schätzt es eine junge Frau, wenn man ihr zu Hilfe eilt.

»Na, glauben Sie, mir mache es Spaß, Ihnen sagen zu müssen, daß ich in einen anderen verliebt bin ...«

Joss sperrte den Mund auf.

»Sie meinen doch nicht etwa ...«

»Ihre Nase ist voller Feuchtigkeitscreme.«

»Sie meinen doch nicht etwa, Sie nehmen Ihr Verlöbnis ernst?«

»Finden Sie nicht, daß man Verlöbnisse ernst nehmen sollte?«

»Aber doch nicht das da.«

»Ach?«

»Auf gar keinen Fall. Die Sache ist absurd. Es liegt doch auf der Hand, daß Sie diesen Burschen nicht wirklich lieben können.«

»Kennen Sie George denn?«

»Heißt er George? Nein, ich kenne ihn nicht, doch ich weiß alles über ihn. Ich habe in der Gesindestube Erkundigungen über ihn eingezogen. Er ist ein Schnulzensänger. Das pfeifen doch die Spatzen von den Dächern. Er singt das Lied *Trees*. Ihre Behauptung, daß Sie ihn lieben, ist kompletter Unsinn.«

Damals, als Sally beim Aufwachen festgestellt hatte, daß sie verlobt war, waren ihr ganz ähnliche Bedenken gekommen. Lord Holbeton sang, wie von Joss angemerkt, für sein Leben gern das Lied *Trees*, und genau dies hatte er auch kurz vor seinem Heiratsantrag getan. Wie so viele *Trees*-Sänger quetschte er aus Text und Melodie stets noch den letzten Siruptropfen, und an diesem Abend ging er derart in die Vollen, daß selbst eine Medusa schwach geworden wäre. Sogar Mr. Steptoe ließ Anzeichen von Rührung erkennen. Und am nächsten Morgen flüsterte ein bösartiger Kobold der Skepsis Sally, die noch im Bett lag und sinnierte, ins Ohr, daß ihre Billigung seines Antrags vielleicht bloß die natürliche Reaktion eines temperamentvollen Mädchens auf eine Tenorstimme gewesen sei, die sich wie eine verzückt sirrende Mücke anhörte.

Die Bedenken waren so schnell verflogen, wie sie gekommen waren, doch der Umstand, daß Sally diese, und sei es auch nur für einen Augenblick, gehegt hatte, ließ jetzt ihr Treuebekenntnis um so pathetischer ausfallen.

»Doch, ich liebe ihn!«

Joss sagte sich, daß er sehr feinfühlig, sehr diplomatisch vorgehen müsse.

»Aber der Mann ist doch vollkommen behämmert«, sagte er ganz im Sinne dieser Taktik.

»Ist er nicht!«

»Nein, wahrscheinlich nicht«, sagte Joss, der wie stets niemandem zu nahe treten wollte. »Das hätte ich nicht sagen sollen. Ich wüßte nicht, was gegen ihn spräche, außer daß er das Lied *Trees* singt. Wahrscheinlich ist einfach die Vorstellung so abstoßend, daß das Mädchen, in das man selbst verliebt ist, einen anderen nur schon in Betracht zieht. Offensichtlich geht es einem völlig gegen den Strich. Also stattgegeben, auf seine Art ist er wohl ein ganz patenter Kerl, und falls er eine andere heiratet, bin ich durchaus bereit, ihm zur Hochzeit eine Fischkelle zu schenken. Aber der Gedanke, daß er Sie heiraten könnte, ist vollkommen lächerlich. Die Sache hat weder Hand noch Fuß. Und wenn Sie glauben, daß Sie ihn lieben, sind Sie auf dem Holzweg. Schlagen Sie sich das gleich aus dem Kopf. Aber man kann natürlich verstehen, was Sie auf die Idee gebracht hat.«

»Ach, das müssen Sie mir schon erklären.«

»Das sticht doch ins Auge. Man macht Ihnen hier das Leben schwer. Die alte Steptoe knechtet und tyrannisiert Sie. Ständig heißt es ›Sally hier‹ und ›Sally da‹. ›Striegle mir den Hund! Besprich dich mit der Köchin …‹«

»Das hört sich ja an wie eine Strophe aus *Ol' Man River*.«

»Sie kennen *Ol' Man River*?«

»Freilich.«

»Ich singe dieses Lied sehr oft.«

»Bestimmt tönt das wunderbar.«

»Allerdings. Dies ist«, sagte Joss, der den Punkt mit dem Geschick eines geübten Redners aufgriff, »mit einem Wort der entscheidende Unterschied zwischen Ihrem George und mir. Wenn ich singe, tue ich das offen und ehrlich, von den Fußsohlen an aufwärts, sehr tief und laut und männlich, damit jedermann erkennt, daß ich das Herz auf dem rechten Fleck habe. Bei ihm dagegen tröpfelt der Ton in einem weibischen Rinnsal hinter der Stirn hervor. Und damit schließe ich mein Plädoyer.«

»Sie wollten etwas über Hunde und Köchinnen sagen.«

»O ja. Ich schilderte gerade, wie hart Ihr Los in diesem Haus ist, so daß Sie sich verständlicherweise sagten: ›Hol's der Teufel! Ich tu alles, um hier wegzukommen.‹ Und als dann George auftauchte, redeten Sie sich eben ein, Sie seien in ihn verliebt.«

Damit hatte er ins Schwarze getroffen, und Sally fühlte dies wie einen Peitschenhieb. Doch die langen Jahre als arme Verwandte hatten sie gelehrt, sich auch in schwieriger Lage zu beherrschen.

»Ich muß jetzt gehen«, sagte sie.

»Wohin?«

»Zurück in den Salon.«

»Nicht bevor wir dies bereinigt haben. So kann das nicht stehenbleiben. Wenn ich nur wüßte, warum Sie nicht einsehen wollen, wie es zwischen uns steht. Sie glauben doch sicher an gegenseitige Anziehung?«

»Wie zwischen George und mir?«

»Lassen Sie jetzt bitte die faulen Witze«, sagte Joss. »Die verstellen uns bloß den Blick aufs Wesentliche. Ich wiederhole, es ist unmöglich, daß Sie diesen Holbeton lieben. Unter uns Angestellten heißt er nur ›Das Bürschchen mit dem Adamsapfel‹.«

Sally hatte längst erkannt, daß die kühle Würde nicht durchzuhalten war. Es fiel ihr nun gleichermaßen schwer, mit Groll zu reagieren. Seit der ersten Begegnung hatte sie sich auf seltsame Weise zu diesem ungewöhnlichen jungen Mann hingezogen gefühlt, und ihr Über-Ich wies sie auch jetzt noch ziemlich entschieden darauf hin, daß sie sich in diesem Moment in seiner Gesellschaft viel zu wohl fühlte.

Selbstverständlich war es scheußlich, wie er über den armen

George herzog, doch es gab nichts daran zu deuteln, daß ihn ›Das Bürschchen mit dem Adamsapfel‹ vortrefflich umschrieb – knapp und schlank, das Ganze auf den Punkt gebracht.

»Sehen Sie sich diesen Adamsapfel an. Mehr brauche ich nicht zu sagen. Sehen Sie ihn sich an. Und in der Stille Ihrer Kammer fragen Sie sich dann bitte, wie es wohl wäre, den Rest Ihres Lebens damit zubringen zu müssen.«

Ebensowenig gab es daran zu deuteln, daß sie sich in Joss' Gegenwart angeregt und beglückt fühlte, als wäre sie ein Kind, das einem Affenzirkus zuschaut. Genau so war sie sich auch gleich bei ihrer ersten Begegnung vorgekommen, an jenem Morgen, als sie zusammen in J.B. Duffs Büro dem Sherry zugesprochen hatten.

Jäh entfuhr ihr ein Kichern.

»Da gibt's nichts zu lachen«, sagte Joss vorwurfsvoll. »Mich würde das in den Wahnsinn treiben.«

»Ich mußte gerade an Mr. Duff und seinen Sherry denken«, rechtfertigte sich Sally.

Joss' strenge Miene entspannte sich zu einem Lächeln.

»Was für 'ne Party!«

»Kann man wohl sagen.«

»Als er plötzlich hereinplatzte und ›Heda!‹ schrie, hatten Sie da nicht auch das befremdliche Gefühl, Ihre Schädeldecke sei aus der Verankerung gerissen worden?«

»Ja, genau so kam es mir vor.«

»Geistesverwandte«, sagte Joss. »Geistesverwandte. Zwei Köpfe und ein einziger Gedanke. Doch wir wollen nicht abschweifen. Großer Gott«, fuhr er fort, »das tun wir ja gar nicht. J.B. Duff. Wir müssen von ihm sprechen. Ich sah ihn gestern.«

»Ich auch.«

»Das erzählte er mir. Und er sagte mir auch etwas, das mich schockierte. Es sieht ganz danach aus, als halte sich Ihre Wahnvorstellung,

George Holbeton zu lieben, so hartnäckig, daß Sie bereit sind, Porträts zu stehlen und ihm so sein Geld zu beschaffen, damit er Sie heiraten kann.«

»So ist es.«

»Gott sei Dank kann ich diesem Schabernack einen Riegel vorschieben.«

»Meinen Sie?«

»Ich weiß es.«

»Ach?«

»Jawohl.«

»Tja, wir brauchen uns deswegen nicht zu zanken. Er erzählte mir, Sie seien ebenfalls hinter dem Porträt her. Möge der Bessere gewinnen.«

»Das hat er bereits. Ich habe es mir geholt.«

»Was!?«

»Es steckt in diesem Moment unter meiner Weste, sozusagen als Brustschutz.«

»Das nehme ich Ihnen nicht ab.«

»Dann sehen Sie mal hierher.«

Sally stieß einen wimmernden Schrei aus.

»Mr. Weatherby!«

»Nennen Sie mich ruhig Joss.«

»Joss, geben Sie's mir!«

»Damit Sie einen Mann heiraten können, der noch beim nichtigsten Anlaß das Lied *Trees* anstimmt? Nein, nein. Das ist nicht die echte Sally Fairmile, die da spricht. Das ist eine Sally Fairmile, die noch nicht ganz aus der Narkose erwacht ist und keine Verantwortung trägt für das, was sie daherredet. Du lieber Himmel, Sie werden mir noch einmal dankbar sein.«

Sally wurde von Verzweiflung gepackt. Sie stürzte sich auf ihn wie Mrs. Chavenders Pekinese jeweils auf Mrs. Steptoes Schäferhund. Ihre Finger krallten sich an seiner Weste fest, und er faßte sie an den Handgelenken. Und dann, so wahr es ist, daß eins zum anderen führt und auch der Hochherzigste irgendwann seine noble Zurückhaltung abwirft, fand er sie plötzlich in seinen Armen wieder. Und im folgenden wußte er kaum noch, was er tat. Chibnall allerdings hätte es ihm sagen können. Chibnall hätte dank seiner intimen Kenntnis der Groschenheftserie »Bouquet« das Prozedere augenblicklich durchschaut. Er drückte Sally an die Brust und überhäufte ihr Antlitz, das zu ihm hochsah, mit heißen Küssen.

Dies zog sich eine Zeitlang dahin. Es hätte sich womöglich noch länger dahingezogen, wäre nicht Lord Holbeton ins Zimmer getreten. Mrs. Steptoe, die es überdrüssig war, zu warten, bis Sally ihr die erwähnte Armbanduhr brachte, hatte ihn um den Gefallen gebeten, einmal selber nachsehen zu gehen.

16. Kapitel

Das Schauspiel, das sich dem ungläubig staunenden Lord Holbeton bot, hätte sich wohl kein Verlobter ganz unbeteiligt angesehen. Dank der Lautlosigkeit, mit der er die Tür geöffnet hatte, war seine Anwesenheit den beiden anderen Hauptdarstellern gar nicht aufgefallen, weshalb jener Zustand, den man als *Status quo ante* bezeichnen könnte, nach seiner Ankunft noch einige Augenblicke fortdauerte. Joss küßte weiterhin Sally, und Sally, die ihm zu Beginn einen Tritt ans Schienbein gegeben hatte, merkte allmählich, daß ihr das alles schändlich gut gefiel.

Daß dies nicht die richtige Haltung war, konnte sie durchaus erkennen, und ihr besseres Ich hielt sich mit Kritik auch nicht zurück. Und doch fühlte sie so. Sie hatte die sonderbare Empfindung, daß ihr dies schon viel früher hätte passieren sollen und daß sie es insgeheim seit jenem Vormittag in Mr. Duffs Büro herbeigesehnt hatte.

Lord Holbeton hüstelte.
»Na so was«, sprach er.
Dieser Kommentar wäre wohl manchem etwas gar schwung- und leidenschaftslos erschienen, stellte er doch nicht unbedingt das dar, was ein Othello unter vergleichbaren Umständen gesagt hätte. In Wahrheit aber hatte der Sprecher nur sehr mühsam einen unverhohlen erleichterten Unterton aus seiner Stimme verbannen können. Die Frage, wie er die eingegangenen Verpflichtungen aufkündigen sollte, ohne den Ehrenkodex eines englischen Gentlemans zu verletzen, hatte dunkle Ränder unter seine Augen gemalt. Und nun erkannte er, daß ihm die Lösung auf dem silbernen Tablett serviert worden war. Normalerweise wäre dem einmal abgelegten Ehegelöbnis eines Holbeton ewige Gültigkeit zugekommen. Doch hiermit sah alles schlagartig anders aus.
In der Zeit, die seit seinem Heiratsantrag im lieblich duftenden Garten von Claines Hall vergangen war, hatte er sich immer wieder das Hirn zermartert und war zum unumstößlichen Schluß gekommen, daß seine Verlobung mit Sally Fairmile ein Fehler gewesen war. Er hatte Sally gern. Er bewunderte Sally. Er wünschte ihr nur das Beste und würde ihren Werdegang mit großem Interesse verfolgen. Doch obwohl er nach wie vor keine genauen Vorstellungen von den Eigenschaften seiner künftigen Gattin hatte, war ihm sonnenklar, daß diese keine Frau sein durfte, die einen Mann um Mitternacht aus dem Bett scheuchte, damit er Porträts klaue und sich von Pekinesen ins Bein beißen lasse.
»Schau an«, sagte Lord Holbeton.
Joss hatte Sally losgelassen. Zwar hätte er es vorgezogen, ihr Antlitz, das zu ihm hochsah, mit weiteren heißen Küssen zu bedecken, doch schließlich galt es bestimmte Formen zu wahren. Nun, da ihr Anverlobter aufgetaucht war, konnte man ihn nicht einfach links liegen lassen. Er mußte in den kleinen Kreis einbezogen werden.

»Ach, servus«, sagte er.

»Wer sind Sie?« erkundigte sich Lord Holbeton.

»Weatherby ist mein Name.«

»Moment mal, Sie sind doch Steptoes Diener!«

»Jawohl.«

»Donnerwetter! Das geht doch nicht«, sagte Lord Holbeton, der sich nun zum erstenmal direkt an Sally wandte. »Das kannst du nicht machen. Ich meine, hier einfach das Gesinde umarmen und abküssen. Ich meine ja nur, Donnerwetter noch mal! Tja, damit wäre die Sache natürlich abgeblasen. Und das ist offiziell.«

Mit großen Schritten verließ er das Zimmer – ohne Mrs. Steptoes Armbanduhr.

Zumindest bei einer der beiden zurückgebliebenen Personen war das Schweigen, das jener hinterließ, von Nachdenklichkeit geprägt. Joss, der zu Mrs. Steptoes Frisierkommode zurückgekehrt war und sich mit ihrer Wimperntusche einen Schnurrbart auf die Oberlippe malte, runzelte grüblerisch die Stirn. Nun erkannte er, was er zuvor übersehen hatte: Sein jüngstes Verhalten war nicht über jeden Zweifel erhaben.

»Es tut mir leid«, sagte er.

Sally schwieg. Er guckte in den Spiegel und war unschlüssig, ob er noch gezwirbelte Spitzen an den Schnurrbart anhängen sollte, entschied sich dann aber dagegen.

»Du hättest dich nicht mit mir balgen sollen. Das brachte mich ja erst auf den Gedanken. Soll ich ihm nachlaufen und alles erklären?«

»Nein, schenk dir die Mühe.«

Joss wandte jählings den Kopf. Sally lachte quiekend auf.

»Dein Gesicht!«

»Stimmt etwas nicht damit?«

»Nein, nein. Es sieht besser aus so.«

Joss blickte sie ungläubig an. Er war überzeugt, daß er sich verhört hatte.

»Hast du gesagt: ›Schenk dir die Mühe‹?«

»Ja.«

»Ich soll es ihm also nicht erklären?«

»Nein, vielen Dank.«

»Aber ich habe deine Liebschaft zerstört.«

»Mir ist es recht so.«

»Aber du hast gesagt, daß du ihn liebst.«

»Manchmal überlegt man sich's eben anders.«

Joss nickte verständnisvoll.

»Ach so. Dann hast du also meinen Rat befolgt und diesen Adamsapfel mal genauer unter die Lupe genommen? Sehr agil, nicht wahr? Wie ein wildes Tier, das sich verzweifelt aus einem Fangeisen oder einer Schlinge befreien will. Jetzt siehst du, wie recht ich hatte.«

»Du hast immer recht.«

»Genau das frage ich mich.«

»Mensch, bist du bescheiden! Was läßt dich denn zweifeln?«

»Siehst du, ich dachte … Ich hatte eine Idee … Es gab doch eine Zeit, du erinnerst dich vielleicht noch, da hielt ich es für möglich, daß du mich heiraten könntest. Aber nach dem, was vorgefallen ist … nach dem widerwärtigen Fauxpas, den ich begangen habe … jetzt, wo dir klargeworden ist, daß ich ein Mann bin, der …«

»… sich an einem hilflosen Mädchen vergreift?«

»Genau! Hast du das bemerkt? Ich habe dich gepackt – umarmt …«

»… geküßt.«

»Ja«, schrie Joss, und seine Stimme vibrierte vor Abscheu und Empörung, »und geküßt. Was für ein Schuft! Was für ein Halunke! Nach dieser Geschichte wollen wir mit J.P. Weatherby nichts mehr zu tun haben.«

»Wofür steht denn das P.?«

»Für Parmalee.«

»Wie grauenvoll!«

»Nach meinem Patenonkel. Und dabei sprang nie auch nur ein Penny für mich raus. Nein«, sagte Joss und nahm den Faden wieder auf, »wir sind wohl nicht länger auf J.P. Weatherbys Dienste angewiesen. Wir fegen ihn vom Tisch. Wir geben ihm den Laufpaß.«

»Dann kannst also auch du dich mal irren.«

»Wie meinst du das?«

»Wenn du nicht weißt, wie ich das meine ...«

»Ich weiß schon, wie du das meinst, aber ich wüßte nicht, wie du es meinen kannst. Sally, willst du?«

»Ja, Parmalee.«

Er schloß sie in seine Arme und kehrte in die gewohnten Bahnen zurück. Übung macht den Meister. Erst nach langer Zeit sprach er weiter.

»Das«, sagte er, »ist himmlisch!«

»Tatsächlich?«

»Ja«, antwortete Joss, »ich nehme kein Blatt vor den Mund. Es ist himmlisch.« Er hielt inne. »Himmlisch«, wiederholte er. »Und trotzdem ...«

»... wünschst du dir, es wäre nicht geschehen?«

»Nein, nein, nein, nein, nein, nein, nein, nein«, sagte Joss mit all dem Feuer, das in ihm loderte. »Ich wollte nur sagen ... Und trotzdem bedrückt mich das Gefühl, unwürdig zu sein.«

»Ich habe geglaubt, du hältst große Stücke auf J.P. Weatherby?«

»Tu ich ja, tu ich ja. Ein toller Bursche. Gleichwohl habe ich dieses niederschmetternde Gefühl, unwürdig zu sein. Wenn jemand in diesem Moment mit den Worten auf mich zuträte: ›Sagen Sie mal, Weatherby, wir haben da gerade eine Wette abgeschlossen. Womit haben Sie das verdient?‹ wäre ich vollkommen überfragt. Ich wüßte keine Antwort. Ich würde rot anlaufen und von einem Fuß auf den anderen treten. Sehen wir den Tatsachen doch ins Gesicht, ich bin es nicht wert, daß ich dir die Schuhe zuknöpfe.«

»Die werden zugebunden.«

»Ich habe dir etwas vorgemacht. Du hast mich vermutlich als eher naßforsch wahrgenommen. Aber in Wirklichkeit bin ich ein krabbelnder, kriechender Klumpen Demut. Ich sehe dich an und dann mich, und dabei komme ich mir vor wie der Schweinehirt aus dem Märchen, der feststellt, daß eine Prinzessin ihn liebt. Ich kann mir nicht vorstellen, was du in mir siehst.«

»Na, dein Äußeres. Deinen Charakter. Deine strahlende Zukunft.«

»Ist meine Zukunft denn strahlend?«

»Funkelnd. Du übergibst Mr. Duff dieses Porträt und erhältst deinen Posten zurück.«

»Einen besseren. Das war ohnehin ein miserabler Posten. Ganz gut für einen unreifen Junggesellen, aber wir Männer, die wir heiraten und uns häuslich einrichten wollen, müssen in die Zukunft blicken. Ich möchte darauf pochen, zum Leiter der Graphikabteilung ernannt zu werden. Das sind meine Bedingungen«, sagte Joss mit fester und entschlossener Stimme. »Wenn J.B. sie nicht erfüllt, bekommt er nicht ein Zipfelchen von diesem Porträt zu sehen.«

»Oh, Joss, bist du dir sicher?«

»Sicher?«

»Daß er so darauf brennt? Es wäre schrecklich, wenn du alles vermasseln würdest, indem du zuviel verlangst.«

»Wart's nur ab. Er lenkt ein. Ich kenne meinen J.B. Er gehört zu jenen Männern, bei denen man erst die Beine zählen muß, um sich zu vergewissern, daß man keinen Maulesel vor sich hat. Was er sich einmal in den Kopf setzt, kriegt man auch mit dem Stemmeisen nicht mehr raus. Er will dieses Porträt um jeden Preis in seinen Besitz bringen, und die Sache ist ihm zur fixen Idee geworden.«

Sally wirkte nachdenklich.

»Liegt dir etwas auf der Seele?« wollte Joss wissen.

»Ich habe mir gerade gedacht, daß vielleicht besser ich bei ihm vorbeigehe.«

»Anstelle von mir?«

»Ja. Ich kann das viel besser als du. Du bist nicht gerade taktvoll.«

»*Ich* soll nicht taktvoll sein?«

»Du schmeißt ihn womöglich noch aus dem Zimmer.«

»Aber du begreifst nicht. Hier geht es um einen außerordentlich delikaten Geschäftsabschluß, und ich habe meine Zweifel, ob ein zierliches Persönchen wie du der Sache gewachsen ist. Es geht ja nicht nur um meine Bedürfnisse. Ich vertrete eine Organisation, deren Interessen man während der ganzen Verhandlungen nicht aus dem Auge verlieren darf.«

»Das verstehe ich nicht.«

»Ich hab's ja gesagt. Kannst du ein Geheimnis für dich behalten?«

»Vermutlich nicht.«

»Na, versuch es wenigstens dieses eine Mal. Ein Geldbetrag, und zwar ein namhafter, muß zwischen J.B. Duff und mir verschoben werden. Mr. Steptoe braucht sein kleines Stück vom Kuchen. Er möchte zurück nach Hollywood, um an seine anscheinend vielversprechende frühere Filmkarriere anzuknüpfen.«

»Ich wußte gar nicht, daß er im Filmgeschäft tätig war.«

»Bis kurz vor Schluß reine Statistenrollen, doch dann bekam er in einem Streifen drei gute Dialogstellen. Laß dir das später einmal von ihm selbst erklären. Und dann … Wenn ich nur wüßte, wie gut du ein verschwiegenes Grab spielen kannst.«

»Warum?«

»Weil das, was ich dir jetzt erzähle, wirklich unter uns bleiben muß. Mrs. Chavender.«

»Was ist mit ihr?«

»Sie möchte ihren Anteil.«

»Mrs. Chavender? Aber die hat doch Geld wie Heu.«

»Nein. Das hatte sie einmal, doch heute nicht mehr. Paß auf, wie J.B. sagen würde, ich will dir 'ne kleine Geschichte erzählen.«
»Hast du schon einmal gehört, wie er das gesagt hat?«
»X-mal.«
»Er sagte es mir damals im Büro.«
»Oh? Also schön, kommen wir auf unser Thema zurück, paß auf.«
Er hatte sein Publikum fest im Griff, soviel stand fest. Sally lauschte hingerissen, als die Geschichte von Mrs. Chavenders traurigem Los Konturen annahm.
»Ach, die Ärmste!«
»›Ärmste‹ trifft die Lage haargenau.«
»Ich begreife, was sie meint. Wenn Mrs. Steptoe davon Wind bekäme, würde sie auf ihr herumtrampeln.«
»Und zwar mit Spikes an den Schuhen.«
»Selbstverständlich muß sie ihr Geld bekommen. Ich werde mit Mr. Duff sehr hart verhandeln.«
»Bist du sicher, daß du das schaffst? Du läßt nicht locker?«
»Aber natürlich nicht.«
»Also gut. Hier ist das Porträt. Steck es in dein Kleid und achte darauf, daß dich niemand in eine Partie Strip-Poker verwickelt. Fährst du mit dem Wagen zum Rose & Crown?«
»Ja. Ich bin gleich zurück.«
»Für mich werden es Stunden sein. Wo treffen wir uns?«
»Beim Tor?«
»Schön. Also, halt die Ohren steif, Sally.«
»Du auch, Joss.«
Die Tür fiel zu. Joss ließ sich in einen Sessel sinken und rückte ein Tischchen heran, auf das er die Füße legte. Dann zog er seine Pfeife aus der Tasche und zündete sie an. Dieses Wunder, das über ihn gekommen war, erforderte ruhiges, konzentriertes Nachdenken. Er mußte sich noch einmal alles durch den Kopf gehen lassen, was seit seiner ersten Begegnung mit Sally

passiert war, mußte jeden einzelnen Moment noch einmal durchleben und sich daran delektieren wie an einem Artischockenblatt, bevor er zum nächsten überging.
Und er war gerade an der Stelle angelangt, wo er sie plötzlich in den Armen gehalten hatte, und verweilte mit einem warmen und nostalgischen Lächeln auf den Lippen in dieser Phase ihres Verhältnisses, als seine Aufmerksamkeit von einem Geräusch in seinem Rücken abgelenkt wurde, das sich anhörte, als flöge ein Munitionsdepot in die Luft. Er wandte sich um und erblickte Mrs. Steptoe. Wie schon J.B. Duff in einem ähnlichen und ebenfalls historischen Augenblick stand auch sie wie vom Donner gerührt in der Tür.
Obwohl jeder Beobachter aus der Haltung des sich nun erhebenden Joss nichts als eine durchaus charmante, klassische Würde herausgelesen hätte, verspürte er doch mit einer gewissen Beklemmung, einer Art nebulösem Gefühl, daß die Lage eher mißlich war und die unmittelbare Zukunft etwas beschwerlich zu werden versprach. Er hatte soeben entdeckt – oder vielmehr wiederentdeckt, denn da er so viel anderes zu überdenken gehabt hatte, war es ihm vorübergehend entfallen –, daß es sich bei dem Raum, in dem er seinen Tagträumen nachhing, um Mrs. Steptoes Schlafzimmer handelte. Er fürchtete, daß ihm nun barsche Worte und gehässige Blicke zufliegen würden.
Und seine Intuition hatte ihn nicht getäuscht. Falls das Schicksal zwischen dieser Frau und ihm eine dauerhafte Freundschaft stiften wollte, hätte es sie schwerlich unter einem ungünstigeren Stern zusammenbringen können.
Schon vor dem Öffnen der Tür war Mrs. Steptoe eher mißvergnügt gewesen. Der Regen hatte ihre Gartenparty ruiniert. Sie hatte den Nachmittag mit einigen der drögesten Gestalten, die ihr je untergekommen waren, verbringen müssen, eingesperrt in einen stickigen Salon. Der pickelgesichtige Baronet hatte sie soeben mit einem amüsierten Lachen – als

gebe er eine lustige Geschichte zum besten und sei sich ihrer guten Aufnahme gewiß –, darüber aufgeklärt, daß Howard seinen niederen Instinkten nachgegeben und versucht hatte, den Gästen beim Knobeln Geld abzuknöpfen. Und je mehr Boten sie aussandte, um Armbanduhren zu holen, desto weniger Armbanduhren bekam sie zurück.

Da bedurfte es bloß noch des Anblicks von Howards tabakqualmumhülltem und die Füße auf den Tisch streckendem Kammerdiener in ihrem Schlafzimmer, um das Faß endgültig zum Überlaufen zu bringen.

»*Nun!*« sagte sie.

Es gibt wahrlich nicht viel, was in einem solchen Augenblick getan werden kann, doch Joss glaubte, mit einem bedauernden Lächeln lasse sich vielleicht etwas gewinnen. Und so setzte er eines auf, worauf seine Gefährtin vom Scheitel bis zur Sohle erschauerte, als hätte er ihr mit dem Sandsack eins übergebraten. In gewissen Situationen – und eine solche war nun in Mrs. Steptoes Leben eingetreten – erscheint einer Frau jedes noch so bedauernde Lächeln wie der Gipfel der Unverschämtheit.

»Er grinst!« sagte sie mit erstickter Stimme und durchschaute nicht im entferntesten den wahren Beweggrund dieses Lächelns. »Ich treffe ihn in meinem Schlafzimmer an«, fuhr sie nun mit lauterer Stimme fort, als vertraute sie ihren Unmut einer leicht hörbehinderten Freundin an, auf deren Mitgefühl sie zählen konnte. »Ich treffe ihn quietschvergnügt mitten in meinem Schlafzimmer an … er schmaucht sein Pfeifchen … streckt die Füße auf den Tisch … und GRINST!«

»Ich versichere Ihnen, Madam …«

»GRRRINST!« wiederholte Mrs. Steptoe. »Wie ein schwachsinniger Affe«, fügte sie präzisierend hinzu.

Joss sah unter den gegebenen Umständen keine andere Möglichkeit, als gepeinigte Laute von sich zu geben. Und das tat er denn auch.

»Passen Se auf!« sagte Mrs. Steptoe, die die Wendung wohl von ihrem Gemahl übernommen hatte.

Sie begann abermals zu sprechen, und nun erschallte ihre Stimme, die anfangs noch fast ehrfürchtig gedämpft gewesen war, wie ein Fanfarenstoß. Eine Weile hörte Joss mit gesenktem Haupt zu, wie sie all die Seiten seiner Persönlichkeit beleuchtete, die ihr nicht behagten. Wann genau ihn das Gefühl beschlich, daß dem lästigen Zustand ein Ende gesetzt werden müsse, hätte er nicht zu sagen vermocht. Doch als sich der Gedanke endlich seiner bemächtigte, ließ er ihn nicht mehr los.

»Madam«, sagte er und machte sich den Umstand zunutze, daß selbst eine entrüstete Frau gelegentlich nach Luft schnappen muß, »ich wäre froh, wenn Sie mein Entlassungsgesuch annehmen könnten. Gültig ab morgen.«

»Entlassungsgesuch, soweit kommt's noch!« sagte Mrs. Steptoe, der dabei eine Stichflamme aus den Nüstern schoß. »Sie sind gefeuert. Gültig ab heute.«

»Sehr wohl, Madam«, sagte Joss. »Und wenn Sie mich jetzt bitte entschuldigen wollen. Ich habe eine Verabredung.«

Seine eigenen Grübeleien und Mrs. Steptoes Ansprache hatten ihn die Zeit ganz vergessen lassen, so daß er, als er die Einfahrt hinunterschritt, tatsächlich glaubte, er müsse noch ein bißchen warten, bis Sally sich zum Stelldichein einfände. Zu seiner Überraschung war sie bereits dort.

Sie wirkte erregt.

»Du hast dir ganz schön Zeit gelassen!«

»Tut mir leid. Ich plauderte mit Mrs. Steptoe und konnte mich kaum losreißen. Na, alles in Butter?«

»Joss! Es ist etwas Furchtbares passiert!«

»Hm?«

»Ich habe Mr. Duff getroffen.«

»Und?«

»Joss, er möchte das Porträt nicht!«

»Was!?«
»Er hat mich aufgefordert, es wieder mitzunehmen«, sagte Sally, deren Stimme zu einem Heulen anschwoll.
Ihr tapferes Herz ließ sie im Stich, und sie brach in Tränen aus.

17. Kapitel

Es ist alles andere als einfach, ein weinendes Mädchen hinter einem Lenkrad hervorzuholen, sie über die Seite zu hieven, in die Arme zu schließen und ihre Tränen zu trocknen, doch Joss brachte es am Ende zustande. Aus dem Schluchzen wurde ein Glucksen. Und das Glucksen verklang vollends in Stille.
»Also gut«, sagte er. »Erzähl mir alles.«
Sally schluckte leer.
»Bitte entschuldige. Wie töricht von mir.«
»Nein, nein. Es tut doch gut, sich mal richtig auszuweinen. Wo liegt denn das Problem?«
»Wie gesagt, er möchte es ni...«
»Ja, aber das ist bestimmt ein Irrtum. Wahrscheinlich hast du ihn falsch verstanden.«
»Nein. Im Grunde ist es ganz einfach.«
»Nicht für mich.«
»Ich meine, wo er doch jetzt Mrs. Chavender heiratet ...«
»Was!?«
»Ja. Sie suchte ihn heute morgen im Gasthof auf, und die beiden verständigten sich darauf. Er ist schon seit Jahren in sie verliebt. Hat er dir das nicht erzählt?«
»Nein, davon war nicht die Rede.«
»Und da sie jetzt heiraten, benötigt er ihr Porträt natürlich nicht mehr. Er wollte es nur, solange er sie für immer verloren glaubte, um ein Andenken an sie zu haben. Es überrascht mich, daß er dir das nicht erzählt hat.«

»Er hat es wohl verschwitzt.«

»Aber warum hast du denn geglaubt, daß er es haben will?«

»Würde nicht jeder einen echten Weatherby haben wollen? Aber nun mal von vorne. Du kamst also ins Rose & Crown und trafst ihn …«

»… in der Halle an. Er wirkte sehr krank. Offenbar hatte er etwas gegessen, das ihm nicht bekommen war, weshalb er letzte Nacht von schlimmen Magenkrämpfen heimgesucht wurde.«

»Aha!«

»Er sagte mir, ihm sei es vorgekommen, als habe sein letztes Stündchen geschlagen. Und heute morgen besuchte ihn dann Mrs. Chavender.«

»Langsam begreife ich. Da lag er also, schwach und matt nach durchlittener Nacht, und plötzlich tritt Mrs. Chavender ein und spendet Trost und Zuspruch. War's nicht so?«

»Ja. Er sagt, sie sei ihm wie ein Engel der Barmherzigkeit erschienen.«

»Den hat er von mir geklaut. Ich habe einmal ein Gedicht darüber verfaßt, daß gewisse Frauen in sorglosen Tagen auf uns vielleicht gar nicht so furchtbar viel Eindruck machen, aber wie eine Bombe einschlagen, wenn Schmerz und Pein uns die Stirn zerfurchen. Ihm ist wohl eine Abschrift davon in die Finger geraten. Jawohl, langsam wird mir der Ablauf klar. Mrs. Chavender kommt ins Krankenzimmer und fängt an, sich als Engel der Barmherzigkeit aufzuspielen. Er entsinnt sich der guten alten Zeit und all der verpaßten Möglichkeiten. Sie legt eine kühle Hand auf seine fiebrige Stirn, er ergreift sie und sagt: ›Warum gingen wir je auseinander? Warum trieben wir die Sache nicht weiter, wo doch alles wie geschmiert lief? Können wir nicht von vorne anfangen?‹ Das leuchtet ihr ein, und man bringt die Angelegenheit unter Dach und Fach. Irgend etwas in dieser Richtung ist geschehen, stelle ich mir vor.«

»Wahrscheinlich.«

»Magenkrämpfe sind etwas Erstaunliches. Sie klopfen noch den Zähesten weich.«

»Aber er liebte sie doch die ganze Zeit.«

»Das habe ich vergessen.«

»Es ist wirklich reizend.«

»Oh, liebreizend.«

»Aber für uns doch eher lästig.«

»Ja, man hat doch ziemlich darauf gesetzt, daß die Aushändigung des Porträts unsere leichte Schräglage wieder ins Lot bringen würde. Hast du mich und meinen Posten erwähnt?«

»Selbstverständlich. Ich habe ihm gesagt, wir seien verlobt.«

»Wie hat er es aufgenommen?«

»Er sagte, ich sei verrückt, und riet mir, das Verlöbnis zu lösen.«

»Was für ein liebenswürdiger alter Herr!«

»Er sagte, er habe geglaubt, daß ich George heiraten wolle, und er habe es sich noch einmal überlegt, und dabei sei ihm klargeworden, daß er sich jahrelang in George getäuscht habe. Er sagte, in dem Jungen schlummere sehr viel Gutes.«

»Er muß letzte Nacht gräßlich gezecht haben. Ein gewöhnlicher Magenkrampf würde sein Hirn nie in diesem Maße auszehren.«

»Er hat George ausbezahlt.«

»Das ist eine fabelhafte Neuigkeit. Ich habe mir ja solche Sorgen gemacht wegen George. Und mein Posten?«

»Nein.«

»Im Eimer?«

»Ja. Er sagte, er habe darüber nachgedacht ...«

»Er denkt zuviel.«

»... und ihm sei klargeworden, daß er seine Verdauungsbeschwerden deiner Gegenwart verdanke. Er könne es sich auch nicht erklären, aber du hättest einen schlechten Einfluß auf ihn.«

»So ein Mistaas! Ich habe ihm das Leben gerettet.«

»Ja, daran erinnerte ich ihn auch, und er sagte, er habe dich nun zwei Jahre lang geduldet und finde, die Rechnung sei damit beglichen. Hast du ihn gestern genötigt, Brandy zu trinken?«

»Ich habe ihn nicht genötigt. Ich habe ihm einen angeboten, und er hat ihn sich sogleich hinter die Binde gekippt. Warum?«

»Er sagte, das habe ihm den Magen verdorben. Die Sache schien ihn ziemlich zu wurmen.«

»Aus einem Menschen wie J.B. Duff soll mal einer schlau werden. Ich vermute, daß der langjährige Umgang mit Schinken seinen Verstand völlig zerrüttet hat. Tja, wenn er mir meinen Posten nicht zurückgibt, werden wir uns mit der Hochzeit wohl noch etwas gedulden müssen. Ich habe nichts gegen ein Liebesnest in einem Schuppen, doch im Augenblick wüßte ich nicht, wie es nur schon dazu reichen sollte. Mein Kapital beläuft sich auf etwa fünfzehn Pfund, und ich stelle mir die bange Frage, wie es sich vermehren ließe. Wer braucht schon einen Künstler?«

»Ich.«

»Lieb von dir. Bist du sicher, daß du nicht doch zu George zurückwillst, jetzt, wo er den Zaster hat?«

»Nein danke.«

»Mein Gott!« sagte Joss, dem ein bestürzender Gedanke gekommen war. »Ist dir klar, daß wir uns nie begegnet wären, wenn ich an jenem Vormittag nicht verschlafen hätte?«

»Ach, tatsächlich?«

»Ja. Ich hätte um zehn im Büro sein sollen. Wäre ich rechtzeitig aufgetaucht, hätte ich mich lange vor deinem Eintreffen wieder empfohlen. Doch da ich bis tief in die Nacht geknobelt hatte, trudelte ich erst um elf ein. Das sollte uns allen eine Lehre sein.«

»Uns dem Würfelspiel hinzugeben?«

»Das ohnehin. Aber eigentlich meinte ich, daß man nie

pünktlich sein soll. Von nun an mache ich es mir zur Lebensmaxime, stets mindestens eine Stunde zu spät zu erscheinen.«
»Auch zur Hochzeit?«
»Zur Hochzeit. Ach! Jetzt sind wir also wieder beim Thema. Was stellen wir denn damit an?«
»Es ist verzwickt, nicht wahr?«
»Irgendeine Lösung wird sich schon finden. Tag für Tag heiraten irgendwelche Leute. Das können doch nicht alles Millionäre sein! Weißt du was? Gib mir das Gemälde, ich verstecke es in meinem Zimmer, mache mich anschließend auf einen ausgedehnten Spaziergang und lasse mir alles durch den Kopf gehen. Die besten Ideen kommen mir immer nach ein, zwei Meilen. Rechne also in Bälde mit meinem Bericht.«

Der Abend war schon weit fortgeschritten, als Joss nach Claines Hall zurückkehrte. Es hatte aufgehört zu regnen, und die mit Verspätung strahlende Sonne hatte Lord Holbeton vor dem Abendessen zu einem Bummel durch die Gartenanlagen herausgelockt.
Lord Holbeton fühlte sich glänzend. Als er die Einfahrt hinunterging, war er im siebten Himmel. Wie ein Ehrenmann hatte er sich aus einer Bindung befreit, die ihm, wie wir gesehen haben, immer einschnürender vorgekommen war, und in seiner Tasche lag ein Scheck mit der Unterschrift seines Treuhänders. Wenn dies nicht eine sehr ordentliche Leistung für einen einzigen Tag darstellte, hätte George, der zweite Baron Holbeton, zu gern gewußt, wie man sich eine solche denn vorzustellen habe.
Er sang, während er dahinschwebte, und verfiel selbstverständlich auf seine Lieblingsmelodie, und als er gerade die Zeile erreichte, in der geschildert wird, wie die Rotkehlchen sich im Haar des Baumes ihr Nest bauen, und diese mit noch größerer Inbrunst hinausschmetterte als sonst, drang eine der düstereren Passagen des Liedes *Ol' Man River* an sein Ohr,

und er sah die gebeugte Gestalt des jungen Weatherby auf sich zukommen.

Wenn ein Mann, der *Trees* singt, auf einen trifft, der *Ol' Man River* singt, muß einer die Segel streichen. Sie können nicht einfach beide fortfahren. Lord Holbeton beschloß großherzig, selbst das Feld zu räumen. Wohl versetzte es ihm einen leisen Stich ins Herz, daß er die hohe, flatternde Note auf »Haar« nicht mehr singen durfte, doch schließlich lernt ein richtiger Mann, auch einmal fünf gerade sein zu lassen.

»Servus«, sagte er. »Sieh an.«

Unter normalen Umständen hätte er sich wohl nicht so gesprächig gezeigt. Doch an diesem Abend waren ihm alle Menschen Brüder.

Einen Moment lang sah es ganz so aus, als würde es Joss seinem *Ol' Man River* gleichtun und einfach dahinrollen. Mit gesenktem Haupt und weltabgewandtem Sinn schritt er weiter. Dann jedoch schien ihm bewußt zu werden, daß man ihn angesprochen hatte, und er blieb stehen.

»Ach, servus.«

Auf Lord Holbeton machte das Bürschchen einen leicht bedrückten Eindruck, womit er auch gar nicht falsch lag. Der Spaziergang hatte Joss die Lösung für seine Probleme nicht beschert. Ganz im Gegenteil, jenes unbehagliche und keinem von uns ganz unvertraute Gefühl, daß er in der Tinte saß und jederzeit mit Mann und Maus untergehen konnte, hatte sich nur noch vertieft und verschärft. Er hatte sich um eine heitere und unbefangene Haltung bemüht, als er mit Sally über die Zukunft sprach, doch nicht eine Sekunde verlor er aus den Augen, wie trostlos die seine aussah.

»Sagen Sie mal«, meinte Lord Holbeton, »Sally hat mir von Ihnen erzählt.«

»Ach ja?«

»Sie behauptet, Sie seien gar nicht in Stellung. Ich will damit sagen«, ergänzte Lord Holbeton, der sich klar auszudrücken wünschte, »Sie hätten sich nur als Kammerdiener des alten Steptoe einstellen lassen, um in ihrer Nähe zu sein.«

»Ja.«

»Äußerst löblich«, sagte Lord Holbeton generös.

Stille trat ein. Joss, der sich inzwischen einigermaßen auf den Wortwechsel konzentrieren konnte, wirkte etwas befangen.

»Sie hat mir gesagt, Sie kennen den alten Duff.«

»Ja.«

»Sie hätten in seinem Regiment Dienst geleistet und so weiter.«

»Ja.«

»Was für ein Kauz!«

»Ja.«

»Eigentlich komisch, daß wir uns nie begegnet sind. Ich meine, wo Sie doch in seinem Büro ein- und ausgingen und auch ich regelmäßig vorbeikam, um dem alten Knaben ein paar Scheine abzujagen, müßte man glauben, wir hätten uns mal getroffen.«

»Ja.«

»Aber so ist es nun mal.«

»Ja.«

Nun fiel Joss ein, daß das ganze Geplänkel bisher etwas gar einseitig verlaufen war und daß auch er endlich seinen Beitrag leisten müsse.

»Offensichtlich darf man gratulieren«, sagte er.

»Hm?«

»Ich höre, Duff hat Sie ausbezahlt.«

»Ach das. Ja, ja, o ja. Ich habe nicht gleich begriffen, worauf Sie hinauswollten. Ja, ich habe den Scheck hier. Nach dem Essen fahre ich nach London, damit ich morgen früh gleich zur Stelle bin und ihn einlösen kann, falls er es sich doch noch anders überlegt. Das ist mir schon einmal passiert.«

»Ach ja?«

»Ja. Solche Dinge geschehen immer dann, wenn das alte Ekel

seine Anfälle hat. Geschwächt von Schmerzen, ist er die Sanftheit und Liebenswürdigkeit in Person. Doch kaum befindet er sich auf dem Weg der Besserung, regt sich in ihm wieder der alte Adam. Und vor diesem Moment muß man sich höllisch in acht nehmen. Ich weiß noch, wie er vor ein paar Jahren zu einem Gala-Diner ging und mich am nächsten Morgen zu sich rief und mir mitteilte, ihm sei klargeworden, daß er sich in mir jahrelang getäuscht habe und viel Gutes in mir schlummere. Kurz und gut, er wankte an seinen Schreibtisch und stellte mir einen Scheck auf meinen vollen Anspruch aus. Und ich Hornochse verplemperte den ganzen restlichen Tag damit, herumzuziehen und den Scheck meinen Kumpeln zu zeigen, die auf mein Wohl anstießen, und als ich am nächsten Morgen endlich in der Bank stand, mußte ich feststellen, daß er das verfluchte Ding hatte sperren lassen. War mir eine Lehre, das können Sie mir glauben. Falls irgendwer von Ihnen wissen möchte, wo ich mich morgen um neun Uhr früh aufhalte, können Sie mit absoluter Gewißheit antworten, daß ich auf der Treppe der Spar- und Depositenkasse stehe und warte, bis die Tore aufgehen.«
Joss starrte ihn mit offenem Mund an.
»Das ist doch wohl nicht Ihr Ernst?«
»Und ob! Auf der obersten Stufe.«
»Ich meine, läuft das tatsächlich so mit J.B.?«
»Jedesmal.«
»Dann glauben Sie also … Nehmen wir folgenden Fall. Wenn er in beduseltem Zustand das Gefühl hätte, in jemanden verliebt zu sein …«
»Der alte Duff?« fragte Lord Holbeton ungläubig.
»Ich wähle einfach das erstbeste Beispiel, das mir einfällt.«
»Es würde mich mächtig überraschen, wenn er selbst nach einem Gala-Diner …«
»Nur mal so angenommen. Glauben Sie, daß er später, wenn er sich wieder besser fühlte, in einen Mahlstrom der Reue gerissen würde?«

»In was für einen Strom?«
»Glauben Sie, er würde es bereuen?«
»Oh, sehr bitter, keine Frage.«
Irgend etwas schien in Joss wie eine Sprungfeder hochzuschnellen. Es handelte sich um das Heraufdämmern von Hoffnung.
»Ich muß mir das durch den Kopf gehen lassen«, sagte er. »Sie haben mich auf eine Idee gebracht.«
»Sie wollen schon gehen?«
»Wenn es Ihnen nichts ausmacht. Ich würde gern ein bißchen nachdenken.«
»Oh, natürlich«, sagte Lord Holbeton mit einer ausholenden Handbewegung, als wolle er signalisieren, daß Joss seinem Bedürfnis in den Gartenanlagen nachgehen dürfe, wo immer es ihm beliebe. »Nur zu. Grüßen Sie Sally, wenn Sie sie sehen.«
Erneut trat eine Pause ein. Joss wirkte schon wieder befangen. Er konnte nicht vergessen, daß dies der Mann war, dem er das einzige Mädchen weggeschnappt hatte, das irgendeinem Mann etwas bedeuten konnte. Wohl wirkte der zweite Baron nicht sonderlich deprimiert, was jedoch nur bedeuten konnte, daß er sich keine Blöße gab, in den sauren Apfel biß und gute Miene zum bösen Spiel machte.
»Es tut mir leid«, sagte er verschämt.
»Leid?«
»Wegen Sally und mir.«
»Was, jetzt schon?« fragte Lord Holbeton erstaunt.
»Ich meine ... Ich kann verstehen, wie Ihnen zumute sein muß ...«
»Ach das?« sagte Lord Holbeton, der nun begriff. »Mein Lieber, denken Sie gar nicht mehr darüber nach. Mit mir ist alles in bester Ordnung. Es geht mir gut. Wenn ich erst einmal diesen Scheck eingelöst habe, bin ich der unbeschwerteste Mensch auf dem weiten Erdenrund. Ich gehe nach Italien und lasse meine Stimme schulen. Etwas Besseres hat mir gar

nicht passieren können, so sehe ich die Sache. Nettes Mädchen, ganz klar. Die Beste weit und breit. Aber wenn Sie mich fragen, ist ein Mann, der heiratet, nicht ganz bei Trost. Ein Riesenblödsinn, das ist mir nun klargeworden.«

Dem hätte Joss gern energisch widersprochen, doch er konnte sich jetzt nicht damit befassen. Waren dies die Gefühle, so fragte er sich, die auch J.B. Duff hegte oder bald hegen würde?

Er ging ins Haus zurück, und als er in die Unterkunft der Bediensteten kam, fand er dort Chibnall am Telefon.

»Ja?« sagte dieser gerade. »Wer? Weatherby? Ja, der steht hier. Sie werden am Telefon verlangt«, bemerkte Chibnall kühl.

Joss nahm den Hörer.

»Hallo?«

»Weatherby?«

»Ja.«

»Passen Se auf. Kann Sie jemand hören?«

Joss sah sich um. Er war allein.

»Nein.«

»Passen Se auf. Können Sie unverzüglich hierherkommen?«

»Das müßte sich einrichten lassen.«

»Schön, also passen Se auf. Machen Sie sich auf die Suche nach Ihrem Mädchen, lassen Sie sich von ihr das Porträt geben und bringen Sie es hierher.«

»Sie wollen es?«

»Aber natürlich will ich es.«

»Sie haben doch gesagt, Sie wollen es nicht mehr.«

»Ich habe es mir anders überlegt.«

»Ach?«

»Verstanden?«

»Bestens.«

»Dann kommen Sie her«, sagte Mr. Duff, »und zwar ein bißchen dalli!«

18. Kapitel

Joss hatte sich nicht getäuscht, als er vorhin beim Zusammentreffen mit Chibnall in dessen Gebaren eine leichte Unterkühltheit zu wittern glaubte. Der Klang von Mr. Duffs Stimme am anderen Ende der Leitung war dem Butler unter die Haut gegangen. Ihre Unterhaltung im Teestübchen Gardenie mochte kurz gewesen sein, doch er erkannte diese Stimme augenblicklich wieder. Und mit dem Gefühl, daß Not am Mann und promptes Handeln unerläßlich sei, reichte er den Hörer weiter. Der Gedanke, daß zwei Vertreter der Unterwelt das Telefon seines Arbeitgebers benutzen, um ihre infamen Pläne zu schmieden, kann einen beflissenen Butler nie ganz gleichgültig lassen.

Wie immer, wenn er ernsthaft nachdenken mußte, zog Chibnall sich in die zellenartige Abgeschiedenheit seines Kabinetts zurück. Die Gesindestube mit ihren überschäumenden Possen und flotten Schäkereien sparte er sich für jene geselligeren Momente auf, in denen er eher zu solch fröhlichem Wirbel aufgelegt war. Er schenkte sich ein Glas Portwein ein und nahm Platz, um nachzugrübeln.

So unerbittlich sein Wille war, jede finstere Verschwörung aufzudecken, die dieses feine Duo anzetteln mochte, mischte sich in den Willen doch auch Groll. Er fand es ungerecht, daß man einen Mann, der das Gehalt eines Butlers bezog, dazu nötigte, vollkommen unentgeltlich, sozusagen als milde Gabe an seine Arbeitgeber, auch noch die fortdauernden Beanspruchungen eines Geheimagenten und hochspezialisierten Wachhundes auf sich zu nehmen. Es war durchaus denkbar, daß dieser Weatherby und sein Komplize einen nächtlichen Überraschungscoup planten, wodurch er abermals aufbleiben müßte. Als er daran dachte, wie sehr er seinen Schlaf schätzte und wie verkrampft er sich nach jener letzten Nachtwache gefühlt hatte, bedauerte Chibnall schon beinahe, daß er so pflichtbewußt war.

Er hatte seinen Portwein ausgetrunken und erwog gerade, ob er sein Hirn noch weiter mit derselben Substanz aufputschen wolle, als der Laufbursche mit der Meldung hereinkam, Chibnall werde am Telefon verlangt. Die Stimme, die durch die Muschel an sein Ohr drang, gehörte Miss Pym.

»Sidney!«

»Hallo?«

»Bist du da?«

»Ja.«

»Sidney!«

»Hallo?«

Miss Pym, die eindeutig aufgewühlt war, machte sich nun daran, etwa zweihundertfünfzig Wörter in einer Zeitspanne unterzubringen, die normalerweise für zehn reserviert ist, was Chibnall veranlaßte, Widerspruch anzumelden.

»Wer spricht denn da?«

»Ich natürlich, Vera.«

»Dann rede nicht, als wärst du Donald Duck, meine Liebe. Sonst brennt noch die Leitung durch.«

Die solcherart abgekanzelte Miss Pym trat auf die Bremse.

»Sidney, es geht um diese beiden Männer.«

Chibnall zuckte zusammen. Das klang schon interessanter. Zu Beginn des Gesprächs hatte er vermutet, daß er bloß eine jener weitschweifigen Ansprachen zu hören bekomme, denen sich seine Geliebte wie so viele ihrer Geschlechtsgenossinnen mit Vorliebe hingab, wenn sie zum Hörer griff.

»Na? Was ist denn mit ihnen?«

»Sie sind hier.«

»Wo?«

»In meinem Schankraum. Sie schmieden ein Komplott.«

»Dann geh gefälligst zurück und lausch! Hast du denn den Verstand verloren?«

Miss Pym sagte, deswegen brauche Chibnall einem Mädchen nicht gleich den Kopf abzureißen. Chibnall entgegnete, er habe keinem Mädchen den Kopf abgerissen, doch jede Sekunde sei wertvoll. Miss Pym räumte dies gerne ein, fügte aber hinzu, daß trotzdem keine Notwendigkeit bestehe, einem Mädchen den Kopf abzureißen.

»Ich gehe jetzt lauschen«, sagte sie gekränkt. »Ich lausche ja schon die ganze Zeit.«

»Was haben sie denn geredet?«

»Nicht viel. Wie sollten sie auch, wo ich ständig um sie war?«

»Du hast gesagt, sie hätten ein Komplott geschmiedet.«

»Ich meinte ja nur, daß sie damit anfangen würden, sobald ich sie nicht mehr störe. Bis jetzt haben sie sich über die Ehe unterhalten.«

»Über die Ehe?«

»Ja. Dem Dünnen schien sie zuzusagen. Dem Dicken nicht. Oh, *Sidney*!«

»Ja?«

»Der Dicke hat seinen Schnurrbart abgenommen!«

»Was!?«

»Ja. Kein Härchen ist mehr dran. Also gut, ich gehe jetzt lauschen. Ich mußte einfach anrufen, um dir Bescheid zu sagen. Sie sitzen direkt unter diesem Schiebetürchen, wo man die Getränke in den Schankraum reicht, und ich öffne es jetzt ein, zwei Fingerbreit. So kann ich jedes Wort verstehen.«

»Dann tu das und ruf mich gleich wieder an.«

»Schon gut, schon gut, schon gut, schon gut, schon gut«, sagte Miss Pym und stellte erneut unter Beweis, daß es um ihre übliche Gelassenheit geschehen war. »Was hast denn du geglaubt, was ich tun würde?«

Sie legte den Hörer auf und huschte auf leisen Sohlen zur Vertäfelung hinüber, als wäre sie Drexdale Drew im Krimi »Mord am Hafen«, in dem dieser im stahlverkleideten Raum des Blue Chicken eine Unterhaltung belauschte. Behutsam schob sie das Türchen auf, und durch die Öffnung flog ihr ein so vielsagender Gesprächsfetzen zu, daß sie sich furchtbar zusammennehmen mußte, um nicht einen langen, leisen Pfiff des Erstaunens auszustoßen. (Man mag sich erinnern, daß Drexdale Drew in der erwähnten Episode besagte Leichtfertigkeit beging, was bekanntlich zu all den Garstigkeiten von seiten des maskierten Unbekannten und zu jener Sache im Keller führte.)

Der Dialog verlief wie folgt:

Der Dicke: Und wo ist es dann?

Der Dünne: Ich hab's in meinem Zimmer versteckt.

Der Dicke: Na, dann holen Sie es.

Der Dünne: Nein, J.B. Bevor Sie Ihre Krallen darauf legen, möchte ich Tacheles reden.

Miss Pym klammerte sich am Regal unterhalb des Schiebetürchens fest, wo man die Getränke in den Schankraum reicht, und ihre Ohren standen regelrecht vom Kopf ab. Dies war eine brandheiße Sache, davon war sie überzeugt, falls sie das ganze Gespräch nicht vollkommen falsch gedeutet hatte.

Kein gewissenhafter Historiker sollte dem Beispiel dieses Mädchens folgen, das den vorangegangenen Teil der Unterhaltung zwischen Joss Weatherby und Mr. Duff leichtfertig als vollkommen belanglos abgetan hatte. Wenn zwei große Geister ein Thema von solcher Tragweite erörtern, wie es der heilige Stand der Ehe ist, darf man weder etwas hineinpfuschen noch herauskürzen. Es reicht nicht, zu sagen, dem Dünnen scheine sie zuzusagen und dem Dicken nicht. Ihre tatsächlichen Worte wollen genau protokolliert sein.

Die Unterhaltung hatte ihren Anfang in der Halle genommen, wo der ins Rose & Crown stürmende Joss den zusammengekauert in einem Sessel sitzenden Mr. Duff antraf, der einer Skulptur des Bildhauers Epstein glich. Der junge Mann sprach (wie dies wohl jeder an seiner Stelle getan hätte) den Älteren sogleich auf die neuen und verbesserten

Verhältnisse an, die an dessen Oberlippe herrschten.
»Gott sei Dank!«
»Hä?«
»Sie haben ihn abgenommen.«
»Sie hat mich dazu genötigt.«
»Wer denn?«
»Beatrice Chavender«, sagte Mr. Duff vergrämt. Obwohl er den Schnurrbart nie besonders gemocht hatte, rebellierte sein stolzer Geist gegen jedweden Zwang.
Da jener Name schon gefallen war, konnte sich Joss unverzüglich dem Hauptthema zuwenden.
»Sagen Sie mal, J.B., wo wir gerade davon sprechen, stimmt es, was man sich von Dixie erzählt?«
»Hä?«
»Sie trifft doch zu, diese Geschichte, die mir zu Ohren gekommen ist? Sie sollen verlobt sein?«
»Wenn mir das nur mal jemand sagen könnte.«
»Sie sollen behauptet haben, es sei so.«
»Sie führt sich jedenfalls auf, als ob es so wäre.«
»Aber Sie sind sich nicht sicher?«
»Nein.«
»Ich verstehe Sie nicht, J.B. Sie sprechen in Rätseln. Weshalb sind Sie sich denn nicht sicher?«
»Ich finde einfach nicht raus, ob ich mich wirklich verpflichtet habe.«
»Na, na, J.B. Sie müssen doch wissen, ob Sie ihr einen Antrag gemacht haben.«
»Oh, das habe ich bestimmt nicht getan.«
»Was denn sonst?«
»Das möchte ich Ihnen ja erzählen«, antwortete Mr. Duff. Nach einer kurzen Pause sprach er weiter. Es wurde allzu deutlich, daß er sich seiner Vergangenheit nur mit großer Mühe zu stellen vermochte. Sein Verhältnis ihr gegenüber erinnerte an das eines schüchternen Gastes in einem französischen Restau-

rant, der sich zum erstenmal einem Teller Bouillabaisse gegenübersieht. Er scheute sich, darin zu rühren.

»Passen Se auf«, meinte er schließlich. »Es war so. Ich lag im Bett, nach dem schlimmsten Anfall meines Lebens. Wenn ich Ihnen die Qualen schildern wollte, die ich letzte Nacht durchlitt, würden Sie mir keinen Glauben schenken.«

»Doch es wurde Morgen, und Sie kamen wieder in Schuß?«

»Nein, kam ich nicht. Ich fühlte mich scheußlich. Der Schmerz war weg, doch …«

»… er hatte Sie geschwächt. Sie waren weiß und wackelig – wie ein Seitenwagen. Na schön, weiter im Text.«

»Treiben Sie mich nicht an!«

»Ich möchte auf den geschlechtlichen Aspekt zu sprechen kommen. Ich erwarte den Auftritt der weiblichen Hauptfigur. Besuchte Sie Mrs. Chavender, als Sie darniederlagen?«

»Ja. Und als die Tür plötzlich aufging und sie vor mir stand, traf mich fast der Schlag!«

»Und daraufhin …?«

»… sagte sie: ›Mensch, Jimmy, du siehst aus wie ein verregneter Sonntag in Pittsburgh!‹ Und ich antwortete: ›Ich fühle mich auch wie ein verregneter Sonntag in Pittsburgh.‹ Und sie sagte: ›Hast du etwas gegessen, das dir nicht bekommen ist?‹ Und ich antwortete: ›Allerdings!‹ Und sie sagte: ›Mein armer Pummel, der Magen war doch schon immer deine Schwachstelle, nicht wahr? Ein König unter den Menschen, aber ein gefundenes Fressen für die Magensäfte, schon damals, in der guten alten Zeit.‹«

»Das waren also die ersten Worte, die Sie seit fünfzehn Jahren wechselten?«

»Ja. Warum?«

»Ich habe mich oft gefragt, was Liebende zueinander sagen, wenn sie sich nach langer Trennung wiedersehen. Jetzt weiß ich es.«

»Ich wünschte, Sie würden uns nicht als Liebende bezeichnen.«

»Na, ist es nicht so?«
»Das möchte ich ja gerade herausfinden.«
»Hat sie Ihr Kopfkissen glattgestrichen?«
»Nein.«
»Was hat sie dann getan?«
»Sie lief in die Drogerie und kaufte mir so ein Mittelchen, das wie Unkrautvertilger schmeckte. Ich will nicht behaupten, daß es mir nicht guttat. Durchaus nicht. Aber ich fühle mich noch immer, als hätte man in meinem Mund eine Kläranlage in Betrieb gesetzt.«
»Und dann ...«
»... nahm sie Platz, und wir alberten ein bißchen herum.«
»In welchem Rahmen denn?«
»Na ja, sie sagte dies, und ich sagte das.«
»Wirklich sehr aufschlußreich.«
»Ich meine ja nur, wir redeten von der guten alten Zeit. Nahmen den Faden eben wieder auf. ›Weißt du noch hier?‹ ›Weißt du noch da?‹ ›Was ist denn aus dem alten Soundso geworden?‹ Sie kennen doch die Leier. Und dann fragte sie mich, wie ich denn in diese Lage gekommen sei, und ich schilderte es ihr.«
»Wie sind Sie denn in diese Lage gekommen?«
»Das ist eine lange Geschichte.«
»Dann erzählen Sie sie nicht. Sparen Sie sich die für einen Abend auf, wenn Sie mich als Leiter der Graphikabteilung zum Abendessen einladen, um mit mir ein bißchen über die Firmenpolitik zu plaudern.«
»Leiter der Graphikabteilung?«
»Das waren meine Worte.«
»Soso!« sagte Mr. Duff einigermaßen erregt.
Joss wollte nicht auf diesem Punkt herumreiten. Das hatte Zeit.
»Na, bisher scheinen Sie glimpflich davongekommen zu sein«, sagte er. »Wenn sonst nichts vorfiel ...«

»So ist es aber nicht.«

»Ich habe doch gewußt, daß die Untersuchung früher oder später etwas zutage fördern würde. Was fiel denn vor?«

»Gerade hatte ich ihr erzählt, wie ich in diese Lage gekommen sei, da legte sie mir die Hand auf die Stirn ...«

»Hab' ich's mir doch gedacht.«

»... und sprach davon, daß ich eine Frau nötig hätte, die sich um mich kümmere. Und ich erwiderte, daß sie da vielleicht gar nicht so falsch liege.«

»Na also! Das wär's!«

»Sie glauben, daß ich mich dadurch verpflichtet habe?« fragte Mr. Duff bange.

»Aber natürlich haben Sie sich dadurch verpflichtet.«

»Es war überhaupt nicht persönlich gemeint«, sagte Mr. Duff mit eindringlicher Stimme. »Ich redete eher so allgemein daher.«

»Sie brauchen nicht weiterzusprechen, J.B. Bestellen Sie die Hochzeitstorte.«

»Ach, du heiliges Kanonenrohr!«

»Beschaffen Sie die Fahrkarten für die Flitterwochen. Lassen Sie sich den Hochzeitsfrack anmessen. Verpflichten Sie einen guten Pfarrer und treffen Sie alle Vorkehrungen, um die Trauzeugen zu bestimmen. Meine Güte, Sie geben sich unendlich Mühe, das Gerücht in Umlauf zu bringen, daß Sie jenes Porträt wollen, weil Sie seit fünfzehn Jahren nach dieser Frau schmachten ...«

»Das hat sie doch wohl nicht gehört?«

»Aber natürlich hat sie es gehört. Alle Welt redet davon. Ihre Treue gilt als Leitbild für das männliche Geschlecht, an dem sich sämtliche Frauenzimmer der Grafschaft orientieren. Glauben Sie tatsächlich, daß Sie zusätzlich zu dieser Propaganda Mrs. Chavender auch noch sagen dürfen, Sie brauchten eine Frau, die sich um Sie kümmere, und daß Sie dessenungeachtet Ihr Junggesellenleben fortführen können, als wäre nichts geschehen? Sie erstaunen mich, J.B. Sie stehen mit einem Bein schon vor dem Hotel an den Niagarafällen und bürsten sich die Reiskörner aus den Haaren.«

Mr. Duff erhob sich. Seine Miene war betrübt, und er bewegte sich schwerfällig.

»Kommen Sie in den Schankraum«, sagte er. »Ich brauche einen Schluck.«

Joss hatte den Eindruck, die über dem Getränkesortiment thronende Miss Pym sei ein bißchen fahrig, als die beiden auf sie zutraten, um zu bestellen. Ihre attraktiven Augen waren groß und rund, und sie kicherte unentwegt fieberhaft. Flüchtig streifte ihn der Gedanke, in dieser begnadeten Bierzapferin spiele sich eine Art Aufruhr der Gefühle ab. Doch er war genausowenig in Stimmung wie sein Begleiter, den Gemütszustand von Schankmädchen zu ergründen. Sie zogen sich mit ihren Bierhumpen an einen Tisch am Rande des Lokals zurück – einen Tisch, der sich, wie Miss Pym blitzschnell erkannte, direkt unterhalb des besagten Schiebetürchens befand.

Es war nun Joss, der den Faden des Gesprächs fortspann, wobei er einen fröhlicheren und aufmunternderen Ton anschlug.

»Ich verstehe einfach nicht, J.B. warum Sie sich so aufführen, wo man doch eigentlich glauben müßte, Sie würden sich Blumen ins Haar flechten und ausgelassen durch Loose Chippings tanzen. Sehen Sie denn nicht, daß Sie das große Los gezogen haben? Sie ist eine wunderbare Frau. Sieht gut aus, ist blitzgescheit und hat einen goldenen Humor. Was wollen Sie denn noch? Wenn Sie mich fragen, ist das mit Abstand das Beste, was Sie je in Angriff genommen haben. Endlich fangen Sie zu leben an.«

Mr. Duff war nicht in der Verfassung, um freundlichen Zuspruch schätzen zu können. Er blieb düster. Seine Ähnlichkeit mit einer Skulptur, die der erwähnte Epstein am Morgen nach einer Sylvesterparty gemeißelt hatte, stach inzwischen fast noch mehr ins Auge.

»Nur schon die Vorstellung einer solchen Ehe verschafft mir ein flaues Gefühl im Magen«, sagte er. »Das war schon immer so. Als ich meinen Heiratsantrag machte, dachte ich unentwegt daran, was für eine Witzfigur ich dabei abgab. Und als sie unser Verlöbnis platzen ließ, lief ich in der Gegend herum und sang wie eine Lerche.«

Es war nicht allein der abscheuliche Gedanke, daß der andere wie eine Lerche singen könnte, der Joss heftig erschauern und sein Bier verschütten ließ. Sein ganzes Wesen bäumte sich gegen die Gesinnung dieses Mannes auf.

»Die Ehe ist das Schönste auf der Welt!« rief er feurig. »Bloß ein seelenloser Kretin mit verkommenem Verstand könnte das Gegenteil behaupten. Ich appelliere an Sie, Miss Pym«, sagte er, als er an die Theke trat, um sich seinen Humpen auffüllen zu lassen.

»Wie bitte?« fragte Miss Pym entgeistert. Ihre Gedanken waren ganz woanders gewesen.

»Ist die Ehe nicht eine großartige Einrichtung?«

»Aah!« meinte Miss Pym und zapfte das Bier in heller Aufregung.

»Es gibt doch nichts Schöneres, oder?«

»Ooh!« meinte Miss Pym. »Entschuldigen Sie mich bitte«, ergänzte sie und wandte sich hastig ab. Joss kehrte mit dem Gefühl an den Tisch zurück, den Nachweis für seine These erbracht zu haben.

»Haben Sie gehört, wie sie meine Frage beantwortet hat? ›Aah!‹ hat sie gesagt und ›Ooh!‹ Diese Worte aus dem unschuldigen Herzen eines Schankmädchens untermauern meine Ansichten so umfassend, wie man es sich nur wünschen kann. J.B., Sie sollten Ihre Seele mal wieder richtig waschen und bügeln lassen.«

»Sehn Se mal«, sagte Mr. Duff, der genausowenig für offenen Hohn zu haben war wie zuvor für ein aufmunterndes Wort. »Wenn Sie heiraten, was passiert dann? Ich kann Ihnen sagen, was passiert. Die Herrschaft des Volkes durch das Volk und für das Volk siecht elend dahin. So sieht es doch aus. Man wird herumkommandiert. Die eigene Seele gehört einem nicht mehr. Sehn Se mal, wie sie mich gezwungen hat, diesen Schnurrbart abzunehmen. Er war nicht echt, und ich kann Schnurrbärte ohnehin nicht leiden, aber da sieht man doch, wie der Hase läuft. Und so ist es dann ständig, wenn man sich von ihnen erst einmal die Giftspritze geben und in die Kirche zerren läßt. Ich liebe es, vor dem Einschlafen im Bett eine milde Zigarre zu rauchen. Damit ist Sense. Ebenso mit dem Lesen der Abendzeitung bei Tisch. Und was geschieht, wenn ich hundemüde aus dem Büro komme und schon nach meinen Pantoffeln greifen will? Dann heißt es: ›Los, zieh dich an, Jimmy. Hast du vergessen, daß wir bei den Wilburflosses eingeladen sind?‹ Verschonen Sie mich mit der Ehe!«

Joss schüttelte den Kopf.

»Sie malen da ein düsteres Bild, J.B. Ich sehe das alles ganz anders. Ich will Ihnen mal einen typischen Tag in meinem Eheleben schildern. Ich wache auf und fühle mich wie ein Riese nach erquickendem Schlaf. Ich hüpfe unter die kalte Dusche. Ich schlüpfe quietschfidel in meine Kleider und gehe dann hinunter zu einem von anmutigen Händen liebevoll zubereiteten Frühstück, das um so besser schmeckt, als ein lächelndes Gesicht über die Kaffeekanne guckt. Dann mache ich mich zur Arbeit auf, beseelt vom Gedanken, daß ich endlich besitze, wofür es sich zu arbeiten lohnt. Vielleicht verabreden wir uns mittags zu einem kleinen Imbiß. Dann wieder zurück zur Arbeit, immer noch schwer auf Zack, denn ihre warme Ermunterung klingt mir im Ohr. Und dann der gemütliche lange Abend, wir sitzen vor dem Radioapparat und lassen den Tag noch einmal Revue passieren, oder vielleicht …«

»Sehn Se mal«, sagte Mr. Duff, der nicht bei der Sache gewesen war. »Mir ist da eine Idee gekommen. Ich habe das Gefühl, es gibt einen Ausweg.«

»Ich wünschte, Sie würden mir nicht ins Wort fallen«, sagte Joss verärgert. »Nun habe ich glatt vergessen, was ich sagen wollte.«

»Sehn Se mal.«

»Und noch etwas. In meiner Gegenwart sagen Sie sonst immer ›passen Se auf‹, doch nun haben Sie angefangen, ›sehn Se mal‹ zu sagen. Bitte entscheiden Sie sich für das eine oder andere. Man weiß gar nicht, woran man ist.«

»Sehn Se mal«, sagte Mr. Duff. »Damals, bei unserem ersten Verlöbnis, löste sie die Bindung, bloß weil ich ein- oder zweimal das Wort Premium-Schinken in den Mund nahm. Wie wird sie wohl reagieren, wenn sie herausfindet, daß ich ihr Porträt als Poster für den guten alten P.S. verwende?«

Joss starrte ihn an.

»Sie halten doch wohl nicht weiter an diesem Plan fest?«

»Und ob!«

»Sie sind nicht zu beneiden, wenn Sie's ihr sagen.«

»Ich werde es ihr nicht sagen. Ich setze die Sache einfach zügig ins Werk, und eines schönen Morgens stellt sie fest, daß sämtliche Mauern und Reklametafeln mit ihrem Gesicht zugekleistert sind. Und was geschieht dann? Ich will's Ihnen verraten. Sie kriegt Zustände, und zwar dutzendweise, und ruft mich im Büro an, um nachzufragen, was das Ganze solle. Und ich ziehe bloß die Augenbrauen hoch ...«

»Am Telefon?«

»Am Telefon. Und dann sage ich: ›Damit wir uns recht verstehen, mir macht hier keiner Vorschriften. Wenn ich dein Gesicht in einer Premium-Reklame verwenden will, dann verwende ich es – kapiert? Und wenn's dir nicht paßt, weißt du ja, was du tun kannst – kapiert?‹ Einfach so.«

»Am Telefon?«

»Am Telefon. Tja, ich sag's Ihnen gleich: Wie ich Beatrice kenne, ist die Sache damit vom Tisch. Haben Sie das Porträt mitgebracht?«

»Nein.«

»Aber ich habe es Ihnen doch aufgetragen! Ist denn hier auf niemanden Verlaß? Ich habe klar und deutlich gesagt: ›Machen Sie sich auf die Suche nach Ihrem Mädchen‹ – ich kann mir ihren Namen nie merken – na, Sie wissen schon, diese kleine Kröte ...«

»Ich habe Sie schon einmal wegen Ihrer Marotte zur Ordnung rufen müssen, Miss Fairmile als kleine ...«

»... ›und lassen Sie es sich von ihr geben‹, habe ich gesagt.«

»Ich habe es mir ja von ihr geben lassen.«

»Und wo ist es dann?«

»Ich hab's in meinem Zimmer versteckt.«

»Na, dann holen Sie es.«

»Nein, J.B. Bevor Sie Ihre Krallen darauf legen, möchte ich Tacheles reden. Sie kommen jetzt mit mir nach Claines Hall, und auf dem Weg nenne ich meine Bedingungen. Ich kann Ihnen jetzt schon sagen, daß sie knallhart sein werden.«

Am erwähnten Domizil stand Chibnall verkrampft neben dem Telefonapparat, war er doch zu ungeduldig, um in seinem Kabinett darauf zu warten, daß er, womit ohnehin jeden Moment zu rechnen war, gerufen wurde. Schrill drang nun die Klingel an sein Ohr.

»Hallo?«

»Sidney?«

»Am Apparat.«

»Bist du dort?«

»Natürlich bin ich da. Wo sollte ich sonst sein? Auf einer Fahrradtour durch Afrika?«

»Du brauchst gar nicht den Brummbären zu spielen.«

»Ich spiele nicht den Brummbären.«

»Doch, du spielst den Brummbären.«

»Bitte verzeih mir«, sagte Chibnall, der seine ganze eindrucksvolle Selbstbeherrschung in die Waagschale warf, »wenn ich gereizt klinge, aber ich brenne einfach darauf, deine Neuigkeiten möglichst ohne Verzug zu erfahren.«

»Aah. Also …«

»Also?«

»Aah, Sidney, es ist ja so aufregend!«

»Hast du etwas gehört?«

»Ooh, und ob! Wenn das kein Komplott ist!«

»Haben sie denn tatsächlich ein Komplott geschmiedet?«

»Darauf kannst du Gift nehmen. Sidney, dieser Weatherby hat in seinem Zimmer irgend etwas Kostbares versteckt, das der Dicke haben will. Und jetzt sind sie auf dem Weg nach Claines Hall.«

»Was!?«

»Ich habe es selbst gehört. Weatherby nennt unterwegs seine Bedingungen. Sie haben noch nicht ausgehandelt, wie sie die Beute aufteilen wollen. Was gedenkst du denn zu tun?«

Chibnalls Kiefermuskeln spannten sich bedrohlich.

»Das kann ich dir genau sagen. Ich marschiere jetzt schnurstracks ins Zimmer dieses Weatherby und durchsuche es von oben bis unten. Und wenn die beiden eintreffen, werden sie feststellen, daß ich schon auf sie warte.«

»Aah! Sidney!«

»Ja?«

»Sie werden dich abmurksen.«

»Unsinn. Denn wenn sie das auch nur versuchen sollten, murkse ich sie glatt selbst ab. Ich hole mir jetzt aus dem Gewehrschrank eine Flinte.«

»Aah!«

»Ich verstecke mich hinter dem Vorhang.«

»Ooh!«

»Und springe plötzlich hervor.«

»Aber bitte sei vorsichtig.«

»Ich bin schon vorsichtig.«

»Ich möchte nicht, daß mich Mrs. Ellis oder sonst jemand aus

Claines Hall anruft, um mir mitzuteilen, man habe dich in einer Blutlache gefunden.«

Chibnall lachte hell auf. Er fand dieses mädchenhafte Getue ganz bezaubernd. Es gefiel ihm, wenn Frauen sich weiblich gaben.

»Ich werde nicht in einer Blutlache liegen.«

»Dann sieh dich lieber vor«, sagte Miss Pym.

19. Kapitel

In Claines Hall hielt um halb zehn nach Beendigung der Mahlzeit ein gemütlicher langer Abend Einzug, genau wie Joss ihn Mr. Duff geschildert hatte. Die Vorhänge hatte man zugezogen, das Licht angedreht und das Radio, welches Orgelmusik spielte, eingeschaltet. In der Bibliothek saßen Mrs. Steptoe mit ihrem Schäferhund, Mrs. Chavender mit ihrem Pekinesen und Mr. Steptoe mit einer Katze, die sich für sein Äußeres begeisterte (was erstaunen mag, doch Katzen sind eben so) und sich ihm in enger Kameradschaft zugesellt hatte. Alle waren in ganz unterschiedlicher Weise beschäftigt.

Mrs. Steptoe warf einen Blick in die Morgenzeitung, für die sie bislang weder Zeit noch Muße gefunden hatte. Der Schäferhund starrte die Katze unfreundlich an. Die Katze grinste höhnisch zum Schäferhund hinüber. Mrs. Chavender las in einem Roman und kraulte ihrem Pekinesen den Bauch. Mr. Steptoe, der eigentlich in ärztliche Behandlung gehörte, nachdem er vernommen hatte, was seine Gattin von Männern hielt, die mit der Blüte der Grafschaft knobelten, lag zusammengesackt in einem Sessel und sann Hollywood nach.

Sally befand sich nicht unter den Anwesenden, sondern flanierte durch den Garten. Und Lord Holbeton, der seinem Entschluß treu geblieben war, auf der obersten Stufe der Spar-

und Depositenkasse zu stehen, wenn dieses Geldinstitut am folgenden Tag die Tore für seine Kundschaft öffnete, war bereits nach London abgereist.

Mrs. Steptoe, gestärkt durch die Cocktails und Mrs. Ellis' köstliches Abendessen, fühlte sich wieder besser. Der Seelenschmerz über die ruinierte Gartenparty hatte sich gelegt, und auch der Abscheu vor der menschlichen Gattung, der sie den ganzen Nachmittag und Abend verfolgt hatte, war nach und nach abgeklungen, so daß sie nun bloß noch einem Mitglied dieser Spezies mit Vergnügen den Bauch aufgeschlitzt hätte, nämlich Joss. Sie konnte ihm sein Verhalten bei ihrer letzten Begegnung nicht vergeben. Im Grunde versuchte sie es auch gar nicht.

Soeben hatte sie in ihrer Zeitung einen Absatz gelesen, in dem sich die spektakuläre Nachricht fand, daß ein gewisser Albert Philbrick, 39, wohnhaft am Acacia Grove, Fulham, mit gebrochener Rippe und Schädelfraktur ins Krankenhaus hatte eingeliefert werden müssen, nachdem er in der King's Road, Chelsea, in eine Baugrube gestürzt war, und Mrs. Steptoe überlegte gerade träumerisch, wie entzückend es doch wäre, wenn etwas Ähnliches auch jenem letzten der zahllosen Kammerdiener ihres Mannes zustieße, der vermutlich schon wieder in der Metropole weilte, als die Tür aufging und Chibnall eintrat.

Da sie glaubte, er sei – wie dies Butler um halb zehn zu tun pflegen – lediglich hereingehuscht, um die Kaffeetassen abzutragen, war sie verblüfft, als er sich nicht etwa dieser häuslichen Pflicht zuwandte, sondern vor ihr Aufstellung nahm und dabei unheilschwanger hüstelte.

»Könnte ich Sie kurz sprechen, Madam?«

»Ja, Chibnall?«

Wäre Mrs. Steptoe eine intimere Kennerin griechischer Dramen gewesen, hätte sie sich an einen Sendboten erinnert gefühlt, der Nachrichten aus Troja bringt, doch nicht einmal jetzt witterte sie etwas Bedrohliches.

»Die Sache betrifft den jungen Weatherby, Madam.«

Mrs. Steptoes gleichmütige Stimmung wurde von plötzlich aufflackernder Gereiztheit ins Wanken gebracht. Sie schätzte Chibnall. Sie hatte ihn stets als vorzüglichen Butler respektiert. Doch seine Gesprächsthemen erschienen ihr nun doch entnervend eindimensional. Sie hatte das Gefühl, in jüngster Zeit nichts als eine lange Reihe von Unterredungen mit ihm geführt zu haben, denen stets diese Bemerkung vorausgegangen war, und dunkel beschlich sie der Verdacht, daß sich bei ihrem Ableben die Worte »Die Sache betrifft den jungen Weatherby, Madam« in ihr Herz eingeritzt fänden.

»Weatherby? Ist er denn nicht fort?«

»Noch nicht, Madam.«

»Dann schaffen Sie ihn unverzüglich aus dem Haus!« schimpfte Mrs. Steptoe und warf sich flugs in die Klapperschlangenpose. »Das ist wirklich allerhand! Wenn ich Leute feuere …«

Mr. Steptoe schreckte aus seinem Koma hoch.

»Hast du Weatherby gefeuert, Schatz?«

»Jawohl. Und wenn ich Leute feuere, erwarte ich, daß sie sich auch verhalten, als seien sie gefeuert. Er ist also noch hier und lungert im Haus rum, als ob …«

»Nein, Madam. Er ist im Kohlenkeller.«

»Was!?«

»Ich habe ihn heute abend zusammen mit einem Gefährten festgenommen. Die beiden sind ins Haus eingedrungen, Madam, und ich hielt es für ratsam, sie in den Kohlenkeller zu sperren.«

Dies war eine sensationelle Eröffnung, und Chibnall wußte das auch. Entsprechend groß war seine Freude, als er feststellen durfte, daß sie ihre Wirkung nicht verfehlt hatte. Neben seiner eigenen Kinnlade befanden sich – sah man vom Pekinesen, dem Schäferhund und der Katze ab – noch drei weitere Kinnladen im Raum, und sie waren allesamt ganz heruntergeklappt.

Zudem hatte Mr. Steptoe einen erstickten Schrei ausgestoßen.

»Eingebrochen?«

»Jawohl, Madam.«

»Und warum erfahre ich das erst jetzt?«

»Ich hielt es für das Beste, bis nach dem Abendessen zu warten, Madam, damit der Genuß Ihrer Mahlzeit nicht gestört würde.«

Dies zeugte natürlich von großem Takt und Anstand, und Mrs. Steptoe wußte es zu schätzen. Deshalb verzichtete sie auf weitere Fragen in diese Richtung.

»Haben die beiden etwas gestohlen?« fragte sie nun milder.

»Jawohl, Madam. Das Porträt von Mrs. Chavender, das im Frühstückszimmer hängt.«

Der Pekinese hob stirnrunzelnd den Kopf. Die liebevollen Finger, die seinen Bauch massierten, hatten ihn schmerzhaft gekniffen.

»Was Sie nicht sagen!« rief Mrs. Steptoe.

»Jawohl, Madam. Aus sicherer Quelle erfuhr ich, daß der junge Weatherby im Schlafzimmer etwas Kostbares verstecke, worauf ich mich dorthin begab und eine gewissenhafte Nachforschung durchführte. Ich entdeckte das Gemälde in einer Schublade und deponierte es in meinem Kabinett. Danach bezog ich im Zimmer mit der Schrotflinte hinter dem Vorhang Posten und wartete. Schließlich tauchte Weatherby mit seinem Gefährten auf. Ich arretierte die beiden und führte sie hinunter in den Kohlenkeller.«

Bescheiden hielt er inne, wie ein Redner, der den Applaus abwartet. Dieser erfolgte auch prompt in Form einer deutlichen Dankesbezeigung durch Mrs. Steptoe.

»Saubere Arbeit, Chibnall.«

»Vielen Dank, Madam.«

»Haben Sie die Polizei verständigt?«

»Noch nicht, Madam. Ich wollte Ihren Anweisungen nicht vorgreifen.«

»Dann verständigen Sie sie jetzt.«

»Jawohl, Madam. Soll ich Weatherby zu Ihnen führen?«

»Warum?«

»Wenn ich ihn richtig verstanden habe, möchte er eine Aussage machen.«

»Na schön. Bringen Sie ihn her.«

»Sehr wohl, Madam.«

Die Pause, die auf den Abgang des Butlers folgte, wurde durch Mrs. Steptoes meisterliches Resümee der Affäre überbrückt. Wie der Detektiv im Schlußkapitel eines Kriminalromans faßte sie alles zusammen und entkleidete den Fall noch seines letzten Geheimnisses.

Es habe eine Zeit gegeben, gestand Mrs. Steptoe freimütig, da seien ihr Weatherbys Winkelzüge vollkommen schleierhaft gewesen. Selbstverständlich habe sie vermutet, daß er irgendeine Schandtat begehen wolle, doch hätte man sie gefragt, worin diese Schandtat denn genau bestehe, wäre ihr keine Antwort eingefallen. Nun aber sei alles glasklar. Dieser Knilch Weatherby sei offenbar vom Strolch Duff gedungen worden, dem sie vom ersten Moment ihrer Begegnung nicht über den Weg getraut habe. (Weißt du noch, Howard, wie du ihn ertappt hast, als er im Haus herumschnüffelte?) Und sie beabsichtige nun, sitze Weatherby erst einmal hinter Schloß und Riegel, Duff vor den Kadi zu schleppen – jeder gute Anwalt wüßte ihr das in Frage kommende Delikt zu nennen – und ihn auf einen Millionenbetrag zu verklagen. Das wäre ihm, so glaubte Mrs. Steptoe, bestimmt eine Lehre.

Dies alles wurde als Monolog gehalten, denn weder Mr. Steptoe noch Mrs. Chavender schienen geneigt, einen Gesprächsbeitrag zu leisten und das Ganze so in ein Symposion zu verwandeln. Mrs. Chavender kraulte ihrem Pekinesen noch immer gedankenverloren den Bauch, während Mr. Steptoe im Zimmer auf und ab schritt, wie es in Zeiten innerer Unruhe seine Art war.

Howard Steptoe glaubte, ein Fluch liege auf ihm. Bereits mit der Knobelgeschichte hatte er sich entschieden in die Nesseln gesetzt. In welcher Hölle er erst braten würde, wenn dieser Weatherby hereinkam und auspackte, wagte er sich gar nicht vorzustellen.
Seine Träumerei wurde durch den Auftritt eben jenes Weatherby unterbrochen, der von Chibnall eskortiert wurde.
Joss wirkte nicht gerade wie aus dem Ei gepellt. Kein Mensch kann sich stundenlang in einem Kohlenkeller aufhalten und trotzdem piekfein daherkommen. Hände wie Gesicht waren rußbedeckt. Sein Frohsinn allerdings war ungebrochen.
»Guten Abend«, sagte er. »Ich muß mich für meinen Aufzug entschuldigen, aber unser guter Freund hier erhob Einspruch, als ich mich zuerst waschen und abbürsten wollte. Er schien der Ansicht, daß keine Zeit zu verlieren sei.«
»Baden können Sie auch noch im Zuchthaus«, bemerkte Mrs. Steptoe, die das vielleicht in tröstender Absicht meinte, obwohl ihr Gebaren nicht unbedingt darauf schließen ließ.
»Oh, wir wollen doch hoffen, daß es nicht soweit kommt.«
»So, wollen wir das?«
»Aussage«, sprach Chibnall barsch zur Seite. Während des ganzen Wortwechsels hatte er es geschickt verstanden, in seiner Haltung die erbarmungslose Strenge des FBI-Agenten mit der gesetzten Korrektheit des Butlers zu verbinden. Im Augenblick war er allerdings ein reinrassiger FBI-Agent.
»Was?«
»Sie haben mir doch erzählt, Sie wollten eine Aussage machen.«
»Allerdings will ich eine Aussage machen«, sagte Joss beherzt. »Zuerst möchte ich jedoch gern meinen Leidensgenossen im Kohlenkeller von jeder Verstrickung in den Fall lossprechen. Er ist bloß ein alter Kumpel, den ich auf eine Zigarette und einen kleinen Schwatz hereinbat. Um so verblüffter war er dann auch, als er feststellen mußte, daß man ihn mit

Schußwaffen bedrohte und auf einen Anthrazithaufen verfrachtete. Der Mann ist unbescholten, lassen Sie ihn frei, so lautet mein Rat.«

»Madam.«

»Ja?«

»Das stimmt nicht. Meine Gewährsperson hörte, wie diese zwei Männer ein Komplott schmiedeten. Ihre Worte machten unmißverständlich klar, daß sie beide knietief im Dreck stekken – es sind Komplizen«, fügte Chibnall hinzu und korrigierte damit leicht errötend sein Abirren von der sprachlichen Etikette.

»Lassen wir den anderen Burschen mal beiseite«, sagte Mrs. Steptoe. »Was wollen Sie denn aussagen?«

»Nur soviel«, antwortete Joss. »Ich gebe zu, daß ich dieses Porträt entfernte. Aber warum tat ich es?«

»Das kann ich Ihnen sagen.«

»Nein, ich will es Ihnen sagen. Ich persönlich malte dieses Porträt. Es war meine ureigenste Schöpfung und mein Meisterwerk. Sie wissen ja, wie es Künstlern ergeht, wenn sie Meisterwerke malen. Sie geben sie nur ungern aus der Hand. Tun sie es aber doch, wollen sie sie wiederhaben. So war es auch mit mir. Kaum hatte ich mich von jenem Porträt getrennt, verspürte ich den unwiderstehlichen Drang, es zurückzuerlangen. Ich mußte es einfach haben. Deshalb holte ich es mir. Aber bitte, wenn Sie mir das vorwerfen wollen ...«

»Das will ich.«

»Ach ja? Ich hatte gehofft«, sagte Joss vorwurfsvoll, »daß eine Frau, die so viel von Corot versteht wie Mrs. Steptoe, ein bißchen Verständnis und Mitgefühl aufbringen würde.«

»Tut sie aber nicht.«

»Es würde mich nicht wundern, wenn Corot seinerzeit oft dasselbe getan hätte. Wir Künstler sind eben so.«

»Und wir Steptoes sind eben anders. Wenn wir aalglatte junge Schurken dabei erwischen, wie sie unser Haus ausplündern, schicken wir sie in den Bau. Und genau das steht Ihnen bevor, guter Freund. Ich kaufe Ihnen die Geschichte nicht ab.«

»Aber sie ist *gut*«, wehrte sich Joss.

»Verständigen Sie jetzt die Polizei, Chibnall.«

Howard Steptoe hatte aufgehört, auf und ab zu schreiten. Er suchte am Tisch Halt und versuchte angestrengt, das Wort zu ergreifen. Die Katze sprang ihm auf den Kopf, doch er schenkte ihr kaum Beachtung.

Die erstaunliche Entdeckung, daß dieser Weatherby mitnichten auspacken, sondern offensichtlich den Kopf hinhalten und stillschweigend ins Zuchthaus wandern wollte, hatte Howard Steptoe anfänglich verdutzt, um dann den ganzen in ihm schlummernden Edelmut wachzurütteln. Er, der sonst kein sehr emotionaler Mensch war, sah sich von Gefühlen übermannt. Er erkannte, daß er alles offenlegen mußte. Zu behaupten, daß ihm diese Vorstellung behagt hätte, wäre gewiß übertrieben, doch er spürte, daß er es einfach tun mußte.

Und er wollte gerade loslegen, als Mrs. Chavender sprach.

»Moment mal, Mabel.«

»Ja, Beatrice?«

»Mr. Weatherby hat dieses Porträt tatsächlich gemalt.«

»Gibt ihm dies das Recht, es zu stehlen?«

»Er stahl es ja gar nicht deshalb. Er tat es für mich.«

»Nein, nein«, rief Joss. »Hören Sie nicht auf sie. Die Frau ist bekloppt.«

Mrs. Steptoes porzellanblaue Augen weiteten sich vor Erstaunen.

»Für dich?«

»Ja. Ich mußte schleunigst an Geld herankommen, da ich blank bin. Was meine Finanzlage betrifft, war ich mit dir wohl leider nicht ganz aufrichtig, Mabel. Vor einem guten Jahr verlor ich praktisch mein ganzes Vermögen.«

»Delirium«, sagte Joss. »Hören Sie nicht auf sie.«

Mrs. Steptoe kniff die Augen zusammen.

»Du«, sagte sie und stockte.
»Bist«, sagte sie und stockte abermals.
»Blank?« sagte sie, und ihre brüchige Stimme verwandelte sich in ein ungläubiges Piepsen. »Soll das ein Witz sein, Beatrice?«
»Nicht für mich.«
Mrs. Steptoes Gesicht hatte sich langsam ins Purpurrote verfärbt.
»Soso!« sagte sie.
»Tja«, sagte Joss, »was ist schon Geld?«
»Soso!«
»Man kann es nicht mit ins Grab nehmen.«
»Soso!«
»Nicht das Geld zählt, sondern ...«
»Soso!« sagte Mrs. Steptoe. »Ich muß schon sagen!«
Sie war aufgesprungen. Der Schäferhund, der zwischen sie und den Teppich geraten war, jaulte laut auf, so daß sich die Katze ein Lächeln nicht verkneifen konnte.
»Ich muß schon sagen, ich hätte es nicht für möglich gehalten, daß du so hinterlistig sein könntest, Beatrice. Nach diesem Vorfall ... Das ändert natürlich alles ... Dem guten Otis zuliebe hast du bei uns natürlich immer Wohnrecht ...«
»Ich wußte doch, daß du es nicht krumm nehmen würdest, Mabel.«
»Allerdings ...«
»Allerdings«, sagte Mrs. Chavender, »möchte mein Gatte bestimmt, daß ich zu ihm ziehe.«
»Dein Gatte?«
»Ich werde Jimmy Duff heiraten.«
»Oh!« sagte Mrs. Steptoe. Sie geriet sichtlich aus dem Konzept und legte eine Pause ein. »Er ist sehr reich, nicht wahr?«
»Sehr.«
»Ich würde sein Jahreseinkommen«, schaltete sich Joss wie immer hilfsbereit ein, »auf zirka zweihunderttausend Dollar

veranschlagen. Es wird natürlich weiter anwachsen, wenn er mich anstellt.«

Mrs. Steptoe musterte ihn kühl. Die Erkenntnis, daß sie sich dazu hatte hinreißen lassen, eine Frau wie eine arme Verwandte zu behandeln, die in Kürze einen Millionär heiraten würde, verbitterte sie sehr, und so ergriff sie dankbar die Gelegenheit, einen Teil ihres Verdrusses wieder loszuwerden.

»Wenn er Sie anstellen möchte«, sagte sie, »muß er sich aber noch etwas gedulden. Ihre Zeit wird andernorts ziemlich lange in Anspruch genommen werden. Chibnall, verständigen Sie die Polizei.«

»Mabel, das kannst du nicht machen.«

»Ach nein?«

»So hör doch, Mabel …«

Der mutmaßliche Appell Mrs. Chavenders an das Gewissen ihrer Schwägerin wurde im Keim erstickt. Plötzlich war der Raum von Hundegejaule und Katzengefauche erfüllt.

Seit Mrs. Steptoe auf den Schäferhund getreten war, hatte sich dieser allerlei Gedanken darüber gemacht, wer für dieses Vorkommnis verantwortlich sei. Nun war ihm klargeworden, daß sämtliche Indizien in Richtung Katze wiesen. Er hatte diese Katze noch nie leiden können. Von Anfang an hatte es ihm mißfallen, daß man ihr Zutritt zur Bibliothek gewährte. Allerdings war er bereit gewesen, ihre Anwesenheit zu dulden, solange sie sich zu keinen Schandtaten hinreißen ließ. Dies jedoch hatte sie getan, als sie eine bestimmte Frau mittels Hypnose dazu verleitete, ihm auf den wunden Fuß zu treten, und nach vollbrachter Tat auch noch hochnäsig lächelte. Deshalb schien ihm die Stunde des Handelns gekommen.

Die Katze saß, als er diesen Entschluß faßte, immer noch auf Mr. Steptoes Kopf. Da dessen Aufmerksamkeit ganz von seiner Gattin und Mrs. Chavender in Beschlag genommen wurde, war sein Schrecken um so größer, als er feststellte, daß ein Hund, den er nie gemocht hatte, an ihm hochsprang und mit den Pfoten nach seinem Gesicht schlug. Eigentlich vermochte nichts sein Gesicht zu verschönern oder zu verunstalten, doch hier ging es ums Prinzip. Ihn ärgerte es, daß sich dieses Tier seiner bediente, um über sich hinauszuwachsen.

Die Natur hatte Howard Steptoe eine einzige Begabung mit auf den Lebensweg gegeben, auf die er halbwegs stolz war – seinen rechten Aufwärtshaken. In der Zeit, als er sich mit anderen Boxern aus der Gosse geprügelt hatte, war dessen Einsatz allzuoft durch die Ausweichmanöver seiner Gegner vereitelt worden. Nun aber, da er sich einem Widersacher gegenübersah, der bereit schien, auch mal etwas einzustecken, konnte er sich endlich entfalten. Man vernahm ein dumpfes, stumpfes Geräusch, worauf der Schäferhund durch die Luft segelte und auf einem Beistelltisch voller Porzellan landete. Als er sich wieder hochrappelte, sah er sich von Schutt umgeben wie einst Marius in den Trümmern Karthagos, und er begann sich zu lecken. Der Krieg war, soweit es den Schäferhund betraf, vorüber.

»How-WARD!« rief Mrs. Steptoe.

Einstmals, und das war noch gar nicht lange her, hätte der Klang seines Namens aus dem Mund dieser Frau und in diesem Tonfall mühelos ausgereicht, um Mr. Steptoe in einen schwabbeligen Plasmahaufen zu verwandeln. Doch nun war sein Blick fest und sein Kinn entschlossen. Er glich einer Statue mit dem Titel ›Recht besiegt Unrecht‹.

Es ist schlicht undenkbar, daß ein Mann, dessen ganzer Edelmut durch die untadelige Haltung ritterlicher Kammerdiener wachgerüttelt wird und der außerdem gegen eine Kreatur der Tierwelt kurz nach Beginn der ersten Runde einen höchst eindrucksvollen Sieg davonträgt, seine alte zerknirschte Geisteshaltung nicht abwirft. Hier stand ein überarbeiteter und verbesserter Neudruck von Howard Steptoe, der mit der einen Hand die Katze hinter dem Ohr kraulte und mit der anderen weit ausholende trotzige Gebärden vollführte. Hat ein Pantoffelheld gerade einen Schäferhund k.o. geschlagen, sollte man sich lieber vorsehen.

»Paß auf«, sagte er, »wie war das noch gleich mit der Polente?«

»Ich möchte, daß dieser Mann ins Zuchthaus gesteckt wird.«

»Ach ja?« sagte Mr. Steptoe mit geröteten Augen und geschwollener Brust. »Ist das so? Na, dann paß auf, ich sag' dir jetzt was. Dieser Weatherby ist schwer in Ordnung und wandert nicht ins Kittchen, solange ich hier noch was zu husten habe.«

»Gut gegeben, Steptoe«, sagte Joss.

»Der Bursche ist ganz große Klasse«, meinte Mrs. Chavender.

»Ein Pfundskerl«, sagte Joss. »Mir hat er von Anfang an gefallen.«

Ermutigt durch diesen umwerfenden Szenenapplaus, sprach Mr. Steptoe weiter.

»Wer ist denn der Eigentümer dieses Porträts? Ich. Wer ist der Betroffene? Ich. Und wer hat Anzeige zu erstatten, falls jemand ins Loch soll, weil er's gemopst hat? Ich. I-c-h, ich«, sagte Mr. Steptoe, dem Wörter mit einer Silbe mühelos von der Zunge gingen. »Und ich erstatte keine Anzeige – kapiert? Willst du wissen, was ich jetzt mache? Ich mach' mich auf die Suche nach Duff und verkaufe ihm das Ding.«

»Da brauchen Sie nicht weit zu suchen«, sagte Joss. »Sie finden ihn im Keller.«

»Was!?« sagte Mr. Steptoe.

»*Was!?*« sagte Mrs. Chavender.

»Und ich bin sicher, daß er sich über ein kleines Geschäft freuen würde.«

Mrs. Chavender hatte sich mit dem Pekinesen in der Hand erhoben. In einer langen Laufbahn als Doppelgängerin von Mrs. Siddons in *Macbeth* war die Ähnlichkeit mit Mrs. Siddons in *Macbeth* kaum je größer gewesen. Nicht vielen Menschen ist es vergönnt, einem englischen Butler zuzusehen, wie er sich duckt, doch eben dies tat Chibnall nun, als ihn ihre stechenden Augen durchbohrten.

»Was höre ich da? Haben Sie etwa meinen Jimmy in Ihren dreckigen Kohlenkeller gesperrt?«

Bis zu diesem Augenblick hatte Chibnall die Pose eines ebenso interessierten wie distanzierten Zuschauers eingenommen. Genüßlich hatte er sich im Hintergrund jede Einzelheit dieser köstlichen Szene aus dem Leben der oberen Zehntausend eingeprägt, um später als Augenzeuge Miss Pym ausführlich Bericht zu erstatten. Er hatte sich ausgemalt, wie sie an seinen Lippen hängen würde, wenn er Sätze abspulte, die allesamt mit »er sagte« und »sie sagte« begannen. Daß er selber in den Strudel der Ereignisse gerissen werden könnte, war ihm nicht in den Sinn gekommen, und jetzt, da die Katastrophe eingetreten war, sah er sich außerstande, mit gewohntem Gleichmut darauf zu reagieren. Er wurde weich in den Knien und glotzte schafsköpfig.

»Äh – jawohl, Madam«, sagte er kleinlaut.

Einen Moment lang schien es, als würde ihm Mrs. Chavender den Pekinesen an den Kopf werfen. Doch sie beherrschte sich.

»Führen Sie mich auf der Stelle zu ihm.«

»Sehr wohl, Madam. Wenn Sie mir bitte folgen wollen, Madam.«

Die Tür fiel zu. Mr. Steptoe nahm den Faden wieder auf.

»Paß auf.«

»Ich will dir was sagen«, soufflierte Joss.

»Ich will dir was sagen«, wiederholte Mr. Steptoe. »Wenn ich erst einmal Duffs Moneten in der Tasche habe, bin ich in Null Komma nix aus dem Laden hier raus. Ich gehe zurück nach Hollywood, genau das mache ich, und wenn du auch nur einen Funken Verstand hast, kommst du mit. Ich wüßte ja zu gern, warum du in dieser verfluchten Gegend deine Zeit verplempern willst. Meilenweit nichts als steife Stöcke. Und was passiert heute? Du gibst draußen deine Party, und was kriegst du dafür? Schauer und Gewitter. Warum sollte man denn in einem solchen Klima bleiben wollen? Wenn du gern im Regen stehst, dann komm mit nach Hollywood und stell dich unter die Dusche.«

»Jetzt geben Sie's ihr aber«, sagte Joss voller Ehrfurcht. »Jetzt sagen Sie's mal klipp und klar.«

Mrs. Steptoe, die wieder Platz genommen hatte, lehnte sich vor, stützte das Kinn in die Hände und dachte nach. Nicht nur Joss, nein, auch sie war von diesem zungenfertigen Redner tief beeindruckt. Selbst wenn Howard Steptoe über Wochen Nacht für Nacht geschuftet hätte, um der Sache Pfiff und Schliff zu geben und die schlagkräftigsten Argumente zu finden, hätte er den Ton nicht besser treffen können. Mit wenigen Worten hatte er ihren innersten Empfindungen Ausdruck verliehen.

»Paß auf«, fuhr Mr. Steptoe in sanftem und gewinnendem Tonfall fort. »Versetz dich doch einmal zurück nach Hollywood, Schatz. Denk an die gute alte Sonne. Denk an die gute alte Brandung in Malibu.«

»An die guten alten Catalina-Inseln«, schlug Joss vor.

»An die guten alten Catalina-Inseln«, sagte Mr. Steptoe. »Na so was, waren Sie denn auch schon in Hollywood?«

»Jawohl, ich war vor drei Jahren dort.«

»Was für ein Ort!«

»Durchaus.«

»Schön dumm, sind Sie weggegangen.«

»Ich bin froh darüber.«

»Sie müssen verrückt sein.«

»Nein. Verstehen Sie, Steptoe«, sagte Joss, »die Liebe hat mich gefunden. Das wäre mir im guten alten Hollywood nicht passiert. Da fällt mir ein, wissen Sie zufällig, wo Miss Fairmile steckt?«

»Sie hat gesagt, sie gehe in den Garten.«

»Dann muß ich Sie jetzt verlassen«, sagte Joss. »Bleiben Sie am Ball«, spornte er ihn flüsternd an. »Ich glaube, sie wird langsam weich.«

Nachdem die Tür zugefallen war, verharrte Mrs. Steptoe noch eine Weile in gedankenvoller Reserviertheit. Mr. Steptoe betrachtete sie gespannt. Schließlich blickte sie hoch.

»Weißt du was, Howard?«

»Ja, Schatz?«

»Vielleicht liegst du da gar nicht so falsch.«

»Du kommst also mit?«

»Ich glaube schon.«

»So kenn' ich mein Mädchen!« sagte Mr. Steptoe. »So kenn' ich meine Süße! So ist's recht! So was hört man gern!«

Er drückte sie an die Brust und überhäufte ihr Antlitz, das zu ihm hochsah, mit heißen Küssen. Nicht einmal Joss, der darin auch nicht unbegabt war, hätte es besser gekonnt.

20. Kapitel

Der Gartenspaziergang hatte Sally bis ans Mäuerchen des Wassergrabens geführt, und als Joss sie fand, stützte sie sich mutlos darauf ab und kam sich im lieblichen englischen Zwielicht völlig deplaziert vor. Ein triefender Himmel hätte ihrer Stimmung schon eher entsprochen. Nie paßte das Wetter. Noch am Nachmittag hatte Mrs. Steptoe mit diesem gehadert, weil es naß war. Nun am Abend grollte Sally, da es so schön war.

Der Klang von Joss' Schritten ließ sie herumfahren, und als sie ihn erblickte, spürte sie einen schwachen Hoffnungsschimmer. Trotz der Kürze ihrer Bekanntschaft setzte sie bereits stark auf sein Geschick beim Lösen schwieriger Aufgaben.

»Und?«

Er blieb neben ihr stehen.

»Da bist du ja, an meinem Lieblingsplätzchen, wie in der guten alten Zeit. Weißt du noch?«

»O ja.«

»Mehr denn je gleichst du einer Waldnymphe. Da sieht man's doch.«

»Was denn?«

»Ich habe gerade gedacht, wie schrecklich sich der Mensch irren kann, wenn er nicht bei seinen Leisten bleibt. Zum Beispiel J.B. Duff. Er hält dich für eine Kröte. Eines Tages halte ich ihm, sofern sich die Gelegenheit ergibt, eine vor die Nase. Anders läßt er sich offenbar nicht überzeugen. Er hat die monströse Ansicht auch heute abend wieder vertreten.«

Sally zuckte zusammen.

»Du hast ihn doch nicht etwa gesehen?«

Mit Schrecken fiel Joss ein, daß dieses Mädchen keine Ahnung von all den Flutwellen und Erdbeben hatte, die seinen einstigen Chef mitgerissen und Claines Hall in den Grundfesten erschüttert hatten, und daß sie also haarklein über alles unterrichtet werden mußte. Er stockte, schockiert über die Ungeheuerlichkeit der Aufgabe. Es war, als begegne man einem Menschen, der noch nie etwas vom Ersten Weltkrieg gehört hat.

»Ach, du meine Güte!« sagte er.

Sally sah ihre schlimmsten Befürchtungen bestätigt.

»Schlechte Nachrichten?«

»Ja.«

»Schieß los.«

Es war nicht angenehm, diese Geschichte zu erzählen, doch er entledigte sich seiner Pflicht tapfer und ohne etwas auszulassen. Als er am Ende anlangte, hörte er ihre Zähne leise zusammenschlagen. Erst nach einer Weile sprach sie.

»Dann wär's das also?«

»Leider ja.«

»Glaubst du, Mrs. Steptoe kehrt nach Hollywood zurück?«

»Sieht ganz danach aus.«

»Das heißt, ich muß mit ihr gehen.«

»Stimmt. Das ist mir vorhin gar nicht in den Sinn gekommen. Ich habe Steptoe in seinem irrwitzigen Plan noch bestärkt und angefeuert. Ich könnte mich ohrfeigen.«

»Bist du sicher, daß dir Mr. Duff deinen Posten nicht zurückgibt?«

»Ganz sicher. Er war während unserer gesamten Rast im Keller etwas unwirsch. Offensichtlich trage ich in seinen Augen die Verantwortung für das, was passiert ist.«

Sally verstummte abermals.

»Können wir nicht einfach auf gut Glück heiraten?«

»Mit einem Kapital von fünfzehn Pfund und ohne Arbeit?«

»Die findest du schon.«

»Aber natürlich«, rief Joss. Es war nicht seine Art, auch nur für einen Augenblick den Kopf hängen zu lassen. Seine Unverwüstlichkeit reagierte auf ihre Worte wie ein Pferd, dem man die Sporen gibt. Wem jemals das Vergnügen seiner Bekanntschaft zuteil geworden war, der hatte ihn immer nur als Optimisten wahrgenommen.

»Es gibt haufenweise Stellen.«

»Millionen davon, überall, sie warten bloß darauf, daß sich jemand auf sie stürzt. Jetzt weiß ich auch«, sagte Joss, »was wir falsch gemacht haben. Wir haben diesen Weatherby immer nur als Künstler gesehen und seine Vielseitigkeit dabei vollkommen außer acht gelassen. Mit dir an meiner Seite wüßte ich nichts, was ich nicht tun könnte. Dann ist also alles in Butter. Gott sei Dank haben wir das geklärt.«

»An was für eine Arbeit hast du denn gedacht?«

»Das kann ich dir nicht sagen, bevor ich in den gelben Seiten des Telefonbuchs nachgeschlagen habe.«

»Das einzige, was mir aus den gelben Seiten noch einfällt, ist die Zinkindustrie.«

»Vielleicht entscheide ich mich ja genau dafür. Bestimmt verdient man dort ein Heidengeld. Siehst du uns nicht schon in unserem kleinen Heim – wie du uns die Cocktails mixt, während ich mich mit heraushängender Zunge in den Sessel fläze? ›Du siehst müde aus heute abend, Liebling.‹ ›Ich fühle mich auch ein bißchen so. Dieser neue Eisenhaufen gibt wieder ganz schön was zu verzinken. Nicht wie bei der letzten Lieferung.‹«

»Oh, Joss!«

»Hm?«

»Du bist dir doch bewußt, daß ich mich gleich in den Wassergraben stürze? Ich fühle mich so erbärmlich.«

»Ich auch, man braucht nur ein bißchen am glänzenden Lack zu kratzen. Mir ist sterbenselend zumute. Hoffentlich habe ich keinen allzu heiteren Eindruck auf dich gemacht. Wenn der Menschheit ganzer Jammer einem ans Herz faßt, weiß ich nie so recht, ob ich nach außen hin tun soll, als wäre alles in bester Ordnung, oder ob ich mich lieber gehen lasse und zusammenbreche. Aber mal im Ernst, warum sollte ich nichts finden? Ich bin jung und stark und zu allem bereit. Und außerdem – das hätte ich fast vergessen – können zwei so günstig leben wie einer.«

»Und Geld allein macht auch nicht glücklich.«

»Richtig. Andererseits bringt das Glück allein auch kein Geld. Das gilt es ebenfalls im Auge zu behalten.«

»So ist es wohl.«

»Aber wenn man gewisse Leute sieht, die im Geld schwimmen, mein Gott, da müßte man doch glauben, es sei ein Kinderspiel, zu Reichtum zu kommen. J.B. Duff etwa – das ist ein gutes Beispiel. Trägt Sommer und Winter die Banknoten auf der nackten Haut und ist doch, sieht man von seinem plumpen und vermutlich angeborenen Talent als Schinkenhändler ab, der größte Schafskopf, der je Natron getrunken hat.«

»Heda!«

Die Stimme, die da sprach, kam von einer schemenhaften

Gestalt, die unbemerkt auf die beiden zugekommen war. Inzwischen konnte man nicht mehr allzuviel sehen, doch der knappe Ausruf, mit dem jene Stimme auf sich aufmerksam gemacht hatte, erleichterte die Identifizierung ungemein.

»Ach, J.B.«, sagte Joss gutmütig. »Haben Sie sich von Ihrer zierlichen Dame losreißen können?«

Mr. Duff blieb keuchend stehen. Er machte keinen allzu freundlichen Eindruck.

»Was haben Sie da gerade über mich gesagt?«

»Ich habe Miss Fairmile erzählt, wie reich Sie sind.«

»Sie haben mich als Schafskopf tituliert.«

»Und wer trägt die Schuld daran, J.B.?« versetzte Joss streng. »Einzig und allein Sie. Hätte außer einem Schafskopf irgend jemand einen Mann wie mich ziehen lassen? Wenn Sie mir meine alte Stelle zurückgeben wollen ...«

Mr. Duff seufzte schwer.

»Es ist noch schlimmer. Sie verlangt ...«

»Wer denn?«

»Beatrice Chavender. Wir haben uns gerade besprochen, und sie verlangt, daß ich Sie zum Leiter der Graphikabteilung ernenne.«

»Iiih!« piepste Sally in der Art eines Mäuschens, das man dabei ertappt hat, wie es Käse stibitzt.

»Lassen Sie das!« sagte Mr. Duff bebend. »Ich bin nervös.«

Joss, der so ins Taumeln geraten war, daß er mit der Hand an der Mauer hatte Halt suchen müssen, legte diese Hand nun auf die Schulter seines Gegenübers. Seine Haltung verriet große Dringlichkeit.

»Sie würden mich doch nicht zum Narren halten, J.B.? Das stimmt doch?«

»Genau das verlangt *sie*«, antwortete Mr. Duff schwermütig. »Ich sagte Ihnen doch, was geschehen würde. Herumkommandiert wird man. Von Anfang an.«

»Leiter der Graphikabteilung?«

»Das verlangt *sie*.«

Joss holte tief Atem.

»Hast du das gehört, Sally?«

»Ja, Joss.«

»Leiter der Graphikabteilung. Eine Position, deren Gehalt noch den Habgierigsten schwindeln macht.«

»Davon kann keine Rede sein«, sagte Mr. Duff hastig.

»Tja, darüber können wir uns später noch unterhalten. Inzwischen«, fuhr Joss laut und herzlich fort, »möchte ich der erste sein, der Sie, J.B., zu diesem raren Fund, den Sie da gemacht haben, beglückwünscht. Sie erhalten einen exzellenten Mitarbeiter, der sich im Dienste der guten alten Firma selbstlos einsetzt, geistesgegenwärtig handelt, wo deren Interessen auf dem Spiel stehen, und sich mit jeder Faser seines Seins für die Wahrnehmung eben jener Interessen engagiert. Ich wäre erstaunt, wenn sich das nicht als Wendepunkt in der Geschichte von Duff & Trotter erweist.«

»*Sie* verlangt auch, daß ich mich von Ihnen porträtieren lasse.«

»Es wird ja immer schöner.«

»Und jenem Butler ein dickes Notenbündel überreiche, damit er den Mund hält.«

»Natürlich. Wir wollen schließlich nicht, daß er die Geschichte Ihrer Schmach in die Welt posaunt. ›Magnat im Kohlenkeller‹ … ›Duff darbte im Dreck‹ … Das wäre sehr unpassend. Stopfen Sie ihm das Maul, J.B. Sie werden die Investition nicht bereuen. Meine Güte!« sagte Joss, »Sie haben heute abend ganz schön Ehre für sich eingelegt, stimmt's? Dank Ihrer Hilfe werden meine Hochzeitsglocken läuten. Dank Ihrer Hilfe wird Chibnall nun seine Schenke kaufen und mit der Pym ein Gespann bilden können. Ein Wohltäter der Menschheit!«

»Grr«, erwiderte Mr. Duff und zeigte sich wenig begeistert.

»Das ist sensationell. Wissen Sie, an wen Sie mich erinnern,

J.B.? An einen jener fetten Cherubim, die man auf Gemälden aus dem siebzehnten Jahrhundert im Louvre sieht. Sie schweben über den glücklich Verliebten und lassen ihren Überfluß auf sie herabregnen. Ziehen Sie sich aus, besorgen Sie sich ein Paar Flügel und ein Füllhorn, und keiner wird den Unterschied bemerken.«
Abermals entfuhr Mr. Duff ein langer Seufzer.
»So ein frecher Hund!« sagte er betrübt. »Nun, ich sollte jetzt zu *ihr* zurück. Sie möchte mit mir zum Gasthof spazieren.«
Er drehte sich um und entschwand in der dichter werdenden Dämmerung.
»Sally!« sagte Joss.
»Joss!« sagte Sally.
»Meine Liebste!« sagte Joss. »Mein Engel! Mein herzallerliebstes blauäugiges Häschen!«
»Hä?« fragte Mr. Duff, der zurückgekommen war.
»Ich habe nicht mit Ihnen gesprochen«, antwortete Joss.
»Ach so«, sagte Mr. Duff und zog sich wieder zurück.

Eine volle Altstimme begrüßte ihn, als er sich dem Hauptportal näherte.
»Bist das du, Jimmy?«
»Jawohl.«
»Hast du Weatherby gesehen?«
»Jawohl.«
»Dann kann's ja losgehen«, trällerte Mrs. Chavender ihrem Pekinesen zu. »Was für ein wunderschöner Abend für einen Spaziergang.«
Dies traf zweifellos zu, obwohl es Mr. Duff genausowenig Linderung verschaffte wie zuvor Sally. Als die beiden auf dem Pfad den Rasen entlang bummelten, stieg aus der feuchten Erde weihrauchartig der Duft der süßen Blumen der Nacht. Doch dies blieb J.B. Duff, dem das Herz schwer war, verschlossen.

Mrs. Chavender dagegen war das Herz leicht, und sie schnupperte anerkennend.
»Aah!«
»Hä?«
»Mmmh!«
»Oh?« sagte Mr. Duff, der sie nun verstanden hatte.
»Diese Flora, wie das duftet!« sagte Mrs. Chavender.
»Wirklich dufte, wenn's floriert«, stimmte Mr. Duff bei.
Mrs. Chavender schien erfreut über diesen lyrischen Lobpreis. »Weißt du was, Jimmy, du hast dich seit unserer ersten Begegnung wirklich sehr vergeistigt. In deinen Worten schwingt etwas fast Poetisches mit, das früher nicht da war. Hätte ich damals darüber gesprochen, wie die Flora duftet, hättest du umgehend einen kritischen Vergleich mit dem Duft des Premium-Schinkens zu Beginn des Abkochens angestellt.«
»Ach«, seufzte Mr. Duff und sehnte sich nach jenen Tagen zurück.
Schweigend gingen sie weiter.
»Ich möchte mich mit dir darüber unterhalten, Jimmy.«
»Ach?«
»Ja«, sagte Mrs. Chavender und hakte sich bei ihm ein. »Ich habe mir in letzter Zeit dies und das durch den Kopf gehen lassen. Heute weiß ich, daß ich für dich damals eine furchtbare Enttäuschung gewesen sein muß. Ich war ein albernes Mädchen, und es fehlte mir an Erfahrung, um mich für höhere Dinge zu interessieren. Wie zum Beispiel für Schinken. Weißt du noch, wie ich sagte: ›Du mit deinen dämlichen Schinken!‹ und dir den Ring hinwarf?«
»Ach!« sagte Mr. Duff wehmütig. Bleiern lastete auf ihm das Gefühl, daß ein solches Zerwürfnis im Leben eines Mannes kein zweites Mal eintritt.
»Ich bin inzwischen zur Vernunft gekommen. Du wirst in mir eine Ehefrau finden, die Interesse für die Geschäfte ihres Gatten zeigt. Jawoll, Sir!«

Einen Moment lang hob sich Mr. Duffs düstere Stimmung ein bißchen. Doch dann senkte sich der Nebel erneut herab. Jenes entscheidende Wort »Gatte« klang für ihn wie ein Totenglöcklein.

»Jimmy«, sagte Mrs. Chavender, in deren Stimme nun ein ernster Unterton lag, »laß uns ein bißchen über jenes Porträt reden. Hast du es dir einmal genauer angesehen?«

»Ach.«

»Fällt dir etwas daran auf?«

»Wie meinst du das?«

»Paß auf, Jimmy«, sagte Mrs. Chavender, »ich habe es noch einmal unter die Lupe genommen, bevor ich herausgekommen bin, und dabei ist mir plötzlich etwas aufgefallen. Ich glaube, mir ist da eine glänzende Idee gekommen. Ich dachte mir nämlich, daß die Leute es bestimmt langsam satt haben, auf den Premium-Reklamen immer nur hübsche Mädchen zu sehen. Wäre es nicht an der Zeit, daß du ihnen etwas Neues bietest? Vielleicht hältst du mich ja für verrückt, aber ich kann mir dieses Porträt als Plakat vorstellen.«

Mr. Duff war stehengeblieben und schwankte leicht, als wüßte er nach einem Hieb mit dem Schlachtbeil noch nicht recht, auf welche Seite er fallen sollte. Ihre Worte schienen aus weiter Ferne zu kommen.

»Ich weiß nicht, ob du verstehst, was ich meine. Ich habe mir folgendes überlegt: Vielleicht war es ja bloß ein flüchtiger Ausdruck, den Weatherby da eingefangen hat, aber in diesem Porträt hat er mir eine leicht ungeduldige, gebieterische Miene verpaßt, als ob ich mich über etwas ärgere, das ich auf keinen Fall schlucken will. Und ich habe mir nun überlegt, daß man das Porträt so, wie es ist, übernehmen und darunter eine Pointe setzen könnte, zum Beispiel: ›Nehmen Sie das Zeug da weg. Ich habe einen Premium bestellt!‹, und daß man auf diese Weise zu einem Plakat mit völlig neuem Blickwinkel käme. Taugt das was?« fragte Mrs. Chavender schüchtern.

Nichts vermochte Mr. Duffs Gesicht je wirkliche Schönheit zu verleihen, doch bei diesen Worten neigte es sich wenigstens ein bißchen in diese Richtung. Ein plötzliches Glühen der Verzückung ließ es wie eine Laterne aufstrahlen.

Alles, was er je über Seelenverwandte gehört oder gelesen hatte, fiel ihm wieder ein. Alles, was er je über die Schattenseiten der Ehe gedacht und gefühlt hatte, kam ihm zu Bewußtsein, und er konnte kaum fassen, daß er je solche Gefühle gehegt hatte. Betrachtete man die Sache ganz allgemein, war er natürlich völlig im Recht gewesen. In der überwältigenden Mehrheit der Fälle entpuppte sich ein Mann, der heiratete, als Nulpe reinsten Wassers, und er hatte durchaus Verständnis dafür, daß die Ehe gern für das Schicksal gehalten wird, das schlimmer ist als der Tod.

Im Irrtum war er jedoch gewesen, weil er nicht an die Ausnahme gedacht hatte, die die Regel bestätigt. Man brauchte sich nur die richtige Partnerin zu schnappen, wie er es so gerissen getan hatte, und schon war man auf Rosen gebettet. Die bevorstehenden Jahre hielten schätzungsweise 9225 Frühstücke bereit, und an jedem von ihnen würde er das Antlitz jener Frau auf der anderen Seite des Tisches erblicken. Und dies behagte ihm. Er war Feuer und Flamme. Durch entsprechende Schonung seiner Gesundheit hoffte er die Zahl sogar noch zu erhöhen.

»Paß auf«, sagte er heiser.

»Ja?«

»Würdest du etwas für mich tun?«

»Klar. Was denn?«

»Nein, nichts«, sagte Mr. Duff.

Eben hatte er sie fragen wollen, ob sie ihm in die Augen sehen, die Hände auf die Wangen legen, das Gesicht zu dem ihren hinunterziehen und »Mein Mann!« flüstern würde, doch obschon es ihm gut ging, ging es ihm dafür noch nicht gut genug. Vielleicht später einmal.

Er legte ihren Arm liebevoll um seinen Leib.

»Paß auf«, sagte er. »Ich will dir ’ne kleine Geschichte von den Premium-Schinken erzählen. In den Krisenjahren, als jeder andere Schinken auf dem Markt baden ging und um Hilfe schrie, konnte der gute alte Premium …«

Die Nacht verschluckte die beiden.

Evelyn Waugh
Die unerreichte Kunst des P. G. Wodehouse

Ich selbst gehöre einer Generation an, die im Licht von Wodehouse' Genie groß geworden ist. Als ich in die Schule kam, zählten seine Geschichten über die englischen Public Schools bereits zu den Klassikern, und in meinem Elternhaus erlebte ich häufig, wie mein großer Bruder Wodehouse' Romanfigur Psmith imitierte. Einst besaß ich eine lückenlose, inzwischen aber durch Diebstahl arg gelichtete Sammlung seiner Werke, und noch heute sehne ich mit Heißhunger jede Vervollständigung seines Werkes herbei. Dieses Hobby ist alles andere als abwegig – ich teile es mit Tausenden.

Die erste Eigenschaft von Wodehouse' Kunst, die ins Auge springt, ist ihre im zwanzigsten Jahrhundert unerreichte Universalität. Abgesehen von der politischen Phrasendrescherei gibt es nur wenige Schreibformen, die so kurzlebig sind wie die der Komik. Drei volle Generationen haben sich bereits an P. G. Wodehouse ergötzt. In jungen Jahren heiterte er den Premierminister H. H. Asquith nach arbeitsreichen Tagen auf. Und noch heute sehe ich, wie sich meine Kinder über denselben Büchern vor Lachen biegen. Wodehouse hat sowohl dem anspruchsvollsten wie dem schlichtesten Geschmack etwas zu bieten.

Hilaire Belloc bezeichnete ihn kurz und bündig als den besten Prosaschriftsteller seiner Zeit, und selbst Ronald Knox, dieser pedantischste unter den Gelehrten und Stilisten, hatte seine helle Freude an ihm. Gleichzeitig werden Wodehouse' Bücher aber auch von den Norwegern verschlungen, einer Nation, die noch zu keiner eigenen Literatursprache gefunden hat und den Nuancen des Dialogs nicht allzuviel Beachtung schenkt. Die Norweger lesen Wodehouse der Handlung wegen. Die

Amerikaner dagegen sind berüchtigt für ihr unberechenbares Lachen und wechseln den Stil ihres Humors so häufig wie den Stil ihres Interieurs. Dennoch lesen sie weiterhin P. G. Wodehouse.

Worin aber liegt das Geheimnis seiner Unsterblichkeit? Entscheidend ist natürlich seine in harter Arbeit erzeugte technische Vollkommenheit. Wodehouse plant und überarbeitet mit heroischem Eifer. Zwar hat er nie sehr viel Privates über sich enthüllt, doch 1953 autorisierte er die Veröffentlichung des Briefwechsels mit seinem alten Schulfreund W. Townend, der diesen in einem faszinierenden Band unter dem Titel »The Performing Flea« [Der Zirkusfloh] herausbrachte. Darin wird Wodehouse' Arbeitsleben über dreißig Jahre hinweg dokumentiert und seine literarische Methode offengelegt. Uns tritt ein Mensch entgegen, der sich intensiv, um nicht zu sagen obsessiv mit Fragen der Konstruktion auseinandersetzt.

Die meisten von uns, die sich an seinem Werk erfreuen, tun dies vor allem wegen seines meisterlichen sprachlichen Ausdrucks. Auf diesen scheint der Autor aber gar nicht so viel Wert zu legen. Entweder wächst er ihm unbewußt zu – eine unerklärliche Gabe wie Nijinskys berühmtes Schweben in der Luft –, oder Wodehouse vertraut seinem Urteil so sehr, daß er sich gar nicht erst die Mühe macht, irgendein Zögern oder Zaudern zu benennen, das er möglicherweise erlebt. Glaubt man seinen Briefen, dann scheint er ganz so zu schreiben, wie die Norweger lesen: der Handlung wegen.

Wodehouse hat häufig für das Theater gearbeitet und betrachtet die Erzählung als eine Folge effektvoller Szenen. Seine Figuren stellt er sich auf und hinter der Bühne vor. Jeder Auftritt und Abgang erfolgt ganz bewußt. Wodehouse schrieb 1924: »Ich stufe all meine Figuren wie lebende, fest besoldete Schauspieler ein. Schauspieler – und ich spreche hier von bedeutenden Schauspielern – können es nicht ertragen, wenn sie in einer für sie wertlosen Szene eingesetzt werden, nur um einer Nebenfigur Stichworte zu liefern, und ich halte das nicht für Eitelkeit. Sie sträuben sich, weil sie wissen, daß die Gewichte ungleich verteilt sind.«

Und 1937 schreibt er:

»Es sieht ganz danach aus, als wolle die ›Saturday Evening Post‹ [ein US-amerikanisches Wochenblatt, das sich zu jener Zeit mit Vorabdrucken bekannter Autoren einen Namen machte, Anm. d. Ü.] die Geschichte kaufen, doch man scheint Kürzungen für angebracht zu halten. ›Zu viele dramatische Pausen‹, so lautete Brandts Kommentar. Und als ich noch einmal einen Blick hineinwarf, fiel mir auf, daß das stimmte. Vorher sah mein Ablauf wie folgt aus: 1. Bertie besucht seine Tante Dahlia. 2. Sie bittet ihn, für die erkrankte Tante Agatha Blumen zu kaufen. 3. Bertie kehrt in seine Wohnung zurück, wo Dahlia ihn anruft, um ihm mitzuteilen, daß sie versäumt habe, ihn noch um einen zweiten Gefallen zu bitten, der einen Besuch in einem Antiquitätengeschäft nötig macht. 4. Bertie sucht den Blumenladen auf und gerät in Schwierigkeiten. 5. Bertie kehrt in die Wohnung zurück und klagt Jeeves sein Leid. 6. Bertie geht in das Antiquitätengeschäft und gerät in weitere Schwierigkeiten. Stell Dir vor, ich habe diese Stelle mindestens ein dutzendmal geschrieben und sehe erst jetzt, daß es eigentlich so sein müßte: 1. Bertie geht zu Tante Dahlia. Sie fordert ihn auf, ins Antiquitätengeschäft zu gehen. 2. Bertie geht ins Antiquitätengeschäft und spielt zuerst die Szene, die ursprünglich im Blumenladen stattfand, und anschließend die Szene im Antiquitätengeschäft. Auf diese Weise spare ich 15 Seiten und verliere nichts von Belang. Damit möchte ich nur sagen: Ist es nicht gräßlich, daß man sich seinen Lebensunterhalt seit 37 Jahren mit Schreiben verdient und immer noch solche Böcke schießen kann? Weshalb ich Bertie immerzu in seine Wohnung zurückkehren ließ, wo nicht das geringste passierte, ist mir schleierhaft. Die Überarbeitung bedeutete für mich fünf Tage Plackerei.«

Dieser Auszug, der typisch für viele seiner Briefe ist, beweist nicht nur des Meisters Fleiß, sondern auch seine Bescheidenheit. Schriftsteller sind im allgemeinen ein eitles und reizbares Völkchen, welches auf Kritik höchst empfindlich reagiert, von Anordnungen einmal ganz zu schweigen.

P. G. Wodehouse verdankt seinen Ruf eher den Lesern als der Kritik. Im Grunde ist er aber einfach ein Praktiker, der die Wünsche seiner Kunden zu befriedigen sucht, und als Kunden betrachtet er jene, die die Schecks ausstellen: die Herausgeber und Verleger. Gegenüber einer Haltung, die man in Europa als lästige Anmaßung empfinden würde, hat er nie Ärger, sondern eher Dankbarkeit gezeigt. Die höhere Qualität amerikanischer Zeitschriften schreibt er sogar genau jener Einmischung von seiten der Herausgeber zu: »Praktisch jede englische Zeitschrift«, so notierte er, »hat noch den letzten Mist gekauft, wenn er nur von einem namhaften Schriftsteller stammte. Die ›Saturday Evening Post‹ dagegen war immer so verflixt gut, weil Lorimer nie in diese Falle tappte. Zwar war der Chef ein Autokrat, aber welche Wohltat, für einen solchen Herausgeber zu arbeiten! Er hielt einen auf Zack. Von mir erschienen in der ›Post‹ insgesamt 21 Fortsetzungen, doch sicher war ich mir immer erst, wenn ich das Telegramm mit der Mitteilung erhielt, die Geschichte sei bei Lorimer durchgegangen.«

Wodehouse' Briefe streichen den hingebungsvollen Handwerker in hohem Maße, den Künstler jedoch fast nie heraus. Seine köstliche Diktion, die so natürlich klingt wie Vogelgesang, ist ein Fall von echter poetischer Inspiration. Ich glaube nicht, daß Wodehouse weiß, woher sie kommt und wie sie entsteht. Wo er auch lebt, ob im Wohlstand oder im Gefängnis, stets gelingt es ihm, sich abzukapseln und von seinem guten Geist gleichsam das Diktat aufzunehmen.

Ich gehöre nicht zu seinen Vertrauten, doch hege ich den leisen Verdacht, daß sich sein beachtlicher Mangel an Selbstgefälligkeit nicht nur persönlicher Größe, sondern auch einer echten Unfähigkeit verdankt, die eigene grenzenlose Überlegenheit gegenüber jenen Schriftstellern zu erkennen, die ebenfalls »bei Lorimer durchgingen« und ihre Waren der »Saturday Evening Post« verkaufen konnten. Ich habe das Gefühl, Wodehouse sei immer noch ein bißchen verdutzt über die Ehrfurcht, die ihm Kenner der englischen Literatur entgegenbringen. Er war ehrlich beschämt, als man ihm in Oxford den Ehrendoktortitel überreichte – weshalb er offensichtlich auch glaubt, die Feier habe in Cambridge stattgefunden.

Als der Dramatiker Sean O'Casey ihn den »Zirkusfloh der englischen Literatur« nannte, entgegnete Wodehouse: »Er hat mir wohl ein Kompliment machen wollen, denn sämtliche Zirkusflöhe, die ich kennengelernt habe, wußten mich mit ihrer lauteren Artistik und jenem undefinierbaren Etwas zu beeindrucken, das das alte Schlachtroß auszeichnet.« Zudem verwendete er die Bezeichnung als Titel jenes Buches, aus dem ich soeben zitiert habe. Es ist nicht das »alte Schlachtroß«, das wir vor allem verehren, und nicht einmal der »lautere Artist«, sondern jenes »undefinierbare Etwas«, das den wahren Dichter auszeichnet.

Ein hochnäsiger Rezensent blamierte sich vor ein, zwei Jahren mit seiner Behauptung, P. G. Wodehouse sei altmodisch. Folgt man dem Verständnis jenes jungen Mannes, dann war Wodehouse gar nie modisch, da er in einer Welt lebt, die so zeitlos ist wie jene von »Ein Sommernachtstraum« oder »Alice im Wunderland«, eine Welt, in der sich die seltsamsten Verwandlungen ereignen.

Es trifft zu, daß Wodehouse zumeist die Oberschicht und ihre Bediensteten beschreibt, auch wenn diese Feststellung präzisiert werden muß. Von seinen drei berühmten Zyklen ist jener um Blandings Castle aristokratischer und jener um Mr. Mulliner bürgerlicher Natur, während jener um Bertie Wooster eine komplexe Mischung aus betuchtem Müßiggang und verzweifelter Geldnot darstellt. In keinem der drei findet sich irgendeine Übereinstimmung mit dem wirklichen Leben irgendeiner Epoche. Wodehouse' Figuren sind nicht, wie törichterweise behauptet wurde, Relikte aus dem edwardischen England. Sie sind reine Phantasiegestalten – und ich verwende »rein« hier in beiden Bedeutungen des Wortes. Wodehouse weiß bestens Bescheid über die wahren Liebesabenteuer reicher Londoner Junggesellen. Im Gegensatz dazu eifern seine »jungen Männer in Gamaschen« [so der Titel einer Sammlung von Kurzgeschichten, Anm. d. Ü.] dem hehren Ideal der Minne nach. Schon das Wort »Gamaschen« entführt uns in eine Fabelwelt, gehören doch diese Kleidungsstücke schon seit vier Jahrzehnten nicht mehr zur Garderobe des flotten jungen Städters. Trotzdem trägt man sie laut Wodehouse bis heute im Drones Club, obwohl auch dieser nicht die geringste Ähnlichkeit mit irgendeinem Londoner Club irgendeiner Epoche hat. Wodehouse selbst war ein frühes Mitglied des Buck's Club. Er kannte die Redeweise junger Männer. Die Sprache des Drones Club dagegen kam nie einem lebenden Menschen über die Lippen, sondern entspringt vollkommen Wodehouse' Erfindungsgabe – oder besser gesagt seiner Eingebung.

Sie verlieben sich leidenschaftlich und ungestüm, diese Geschöpfe seiner Phantasie. Bloß gelegentlich bringt sie die Geldgier vom Pfad der Tugend ab, weil sie einer Erbin nachstellen. Verführung und Ehebruch sind unter ihresgleichen unbekannt. Allerdings unterlaufen ihnen die meisten anderen moralischen Verfehlungen. Sie erleiden Tobsuchtsanfälle. Sie betrinken sich. Sie schmuggeln. Sie stehlen. Sie begehen Brandstiftung. Sie entführen. Sie erpressen. Sie werden sogar gewalttätig – zahlreiche unschuldige und schuldige Menschen, ja selbst Polizisten, bekommen einen Schlag auf den Schädel. Es wimmelt von Berufsverbrechern, doch sind es nicht die rohen Kerle aus der modernen Literatur und schon gar nicht aus dem richtigen Leben. Auch an fürchterlichen Tanten besteht kein Mangel, doch sind es nicht die Tanten des Schriftstellers »Saki« Munro. Welche Schurkereien ihnen auch zur Last gelegt werden, sie alle leben in einer Welt der keuschen paradiesischen Unschuld.

Für Wodehouse hat der Sündenfall nicht stattgefunden. Seine Figuren haben nie von der verbotenen Frucht gegessen. Noch heute leben sie im Garten Eden. Seine idyllische Welt wird niemals an Glanz verlieren. Auch künftige Generationen wird er aus einer Unfreiheit erlösen, die vielleicht noch mißlicher sein wird als die unsere. Er hat für uns eine Welt erschaffen, in der wir leben und schwelgen können.

Leicht gekürzte zweite Hälfte einer Hommage an P. G. Wodehouse, die der Verfasser im Juli 1961 am Rundfunksender BBC Home Service vortrug und die tags darauf im Magazin der Sunday Times abgedruckt wurde.